U0927775

魅丽文化
心晴坊
女性新阅读

这碗粥　著

江苏凤凰文艺出版社
JIANGSU PHOENIX LITERATURE AND
ART PUBLISHING

图书在版编目（CIP）数据

让春光 / 这碗粥著 . -- 南京：江苏凤凰文艺出版社，2023.5
ISBN 978-7-5594-7171-0

Ⅰ . ①让… Ⅱ . ①这… Ⅲ . ①长篇小说 - 中国 - 当代 Ⅳ . ① I247.5

中国版本图书馆 CIP 数据核字 (2022) 第 168597 号

让春光

这碗粥 著

责任编辑　张　倩
出版统筹　曾英姿
选题策划　石　颖
特约编辑　张昊楠　王　亭
封面设计　白砚川
插画绘制　柳相禾招
出版发行　江苏凤凰文艺出版社
　　　　　南京市中央路 165 号，邮编：210009
网　　址　http://www.jswenyi.com
印　　刷　湖南天闻新华印务有限公司
开　　本　880mm × 1230mm　1/32
印　　张　10
字　　数　281 千字
版　　次　2023 年 5 月第 1 版
印　　次　2023 年 5 月第 1 次印刷
书　　号　ISBN 978-7-5594-7171-0
定　　价　46.80 元

目录

C O N T E N T S

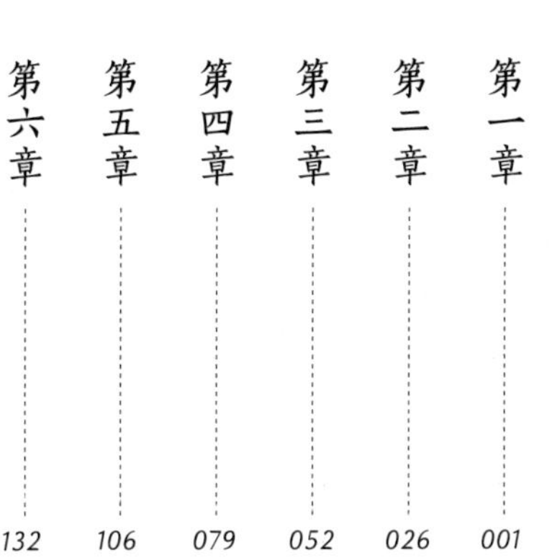

目录

CONTENTS

第一章

二十正在掩日楼的外园绣花。

十五愤愤地进来，嘴里不断蹦出难听的词句。

二十明白，十五又是在泽楼受气了。

十五看着二十手中的动作，冷哼：“二十妹妹倒是静得下心。我看那未来的正夫人是打定主意，要把我们给端了。”

二十比十五年长一岁，不过十五喜欢以牌号称呼姐妹。

二十低眉咬断手中的线，声音轻得只有自己听见：“那样也好。”

这个掩日楼，住了五个女人，皆是慕家二公子的侍女。离这不远处，还有一座花苑，那儿都是近身侍婢。

慕锦懒得去记这些侍女的名字，于是一一赋予代号，每个侍女的腰间都别着一个号码牌。

二十排到了二十，却不是第二十个侍女。前面有几个代号的主儿，或已不在人世，或是在明争暗斗中沦为败者。

二十原名叫徐阿蛮，她的爹娘起这名，是希望她能够硬力顽强。

家境贫困，她十岁时被卖进大户人家当苦力。后来几年，这家卖，那家买，辗转到慕家时，到了十六岁的年纪。本是慕家三小姐看她手巧，收了当贴身丫鬟。谁料，某夜慕锦醉酒，占了徐阿蛮的清白。原本依他的身份，占了也就占了，还是慕三小姐起了怜悯之心，央着二公子把徐阿蛮收了。

慕锦的侍女排到十九了，多一个也无碍。

只是，二十的身份终归不能进花苑。她刚进掩日楼的那年，被这里的几个女人轮番挑刺。直到又来了个新人，众人才跟二十和平共处。

掩日楼的女人不如花苑那边的受宠，慕锦偶尔想起了才会过来。

二十侍寝的次数寥寥无几。她并非大美人，不是慕锦喜欢的面相和身段，而且性格沉闷，不懂谄媚那一套，僵硬无趣。他找她，只是心血来潮的发泄。也许，他连二十曾是慕三小姐的丫鬟这件事都不记得了。

十五曾道，二十这般无趣之人，最终会被驱逐出府。

二十听了，心里有了盼头。她见这里的大多女人只为讨好慕锦而活，得宠则幸。她没有足够的心计城府，争不得宠，迟早惨败，还不如另觅去路。

即将出现的慕锦正妻，也许能为她打开这掩日楼的大门。

这么一想，二公子的这桩喜事，也成了二十的喜事。

十五说，慕锦的正妻是苏家的小女儿，名叫苏燕箐，是京城数一数二的大美人。

关于这苏家，十五长篇大论了一番：苏家的绸缎是最好的，连官府的千金们都争相添购。

十五言辞透出艳羡之意。然而，真正领教了苏燕箐的厉害之后，十五失望而归。

苏燕箐未过门，已经派丫鬟和仆人在泽楼打造一番新天地。

泽楼和慕锦所在的崩山居仅一潭之隔，泽楼以前一直空着，就是要留给慕锦正妻的。

慕锦众多的侍女，在京城本就不是秘密。苏燕箐表面上落落大方，暗地里则逐个打听。

十五是妖媚的身段，玲珑有致。

苏燕箐心中有数。在掩日楼，有竞争力的就是十五。其余不过是慕锦闲时消遣的女人。花苑那些，再慢慢收拾。

苏燕箐让自己的丫鬟三番四次挑十五的刺。十五心直口快，屡屡中计。她在那边受了气，回来就要和二十抱怨。

二十劝过几句，十五听完就忘。

二十想着，日子久了，或许十五就吃够教训了。

冬去春来，二十天天坐于院中刺绣。

十五越发焦急。她自小在青楼里长大，学的本事就是和男人有关的。如果真的被遣走，她无一技之能。二十则不同，她就算出了慕府，也能在别的张府、李府找到活计维生。

随着慕苏两家亲事的临近，十五愈加烦躁，她不想回到一双玉臂千人枕的日子。她琢磨要如何留下来，想到了一个冒险的办法——母凭子贵。

她在掩日楼最信得过的人，就是二十。因为二十个性沉静，不争不抢。

这天，十五拉着二十回到屋里，把自己的念头说了出来。

二十往外张望了下，关上门窗："你有什么把握能母凭子贵？"

十五的眼睛光彩夺目："二公子没有孩子，第一个他会珍惜的。"这种似害怕、似期待的表情，让十五显现出与平日不同的疯狂。

二十暗叹十五的天真。慕锦如果真想要孩子，二十几个女人的肚皮哪会这么多年都没反应？根本是他自己不要。况且，花苑那些近身侍婢，远比掩日楼的侍女来得有身份，他怎会承认无名无分的子嗣。

二十分析过后，让十五冷静冷静。

十五望了望二十，步出屋子。

后来的一段日子里，十五没有再提此事。她总是往崩山居跑。具体去做什么，不得而知。

二十隐隐有些不安。

临近月中，二十陪同十一去庙里上香。

十一早年是娇俏欲滴的美人儿，曾和十四打过几次架。

十四性子烈，碰上十一这种恃宠而骄的，合起来就是火上浇油。

随着越来越多的女人出现，十一日渐消沉。她年岁大了，比不过年轻姑娘。慕锦见到她，眼里再无惊艳之色。

十一深知美人迟暮的悲剧。

十一早早起床。出来井边打水梳洗，见到了外归的十五。

十五面容娇艳，披着一袭墨蓝纱袍，莲步轻摇。那件男式纱袍，让十一的动作顿住，打翻了水桶。半桶水溅上她的绿襦裙，湿了鞋袜。

十五斜斜望过去，不说话，径自走向房间。

十一松了桶绳，望着井水沉默不语。起伏的井水将她秀丽的五官映得狰狞扭曲。

去寺庙的路上，十一把这事说了："现在的十五，很像当年的我。"

二十更加担心十五，劝过十五好几回。

十五并不放在心上。

掩日楼的五个女人里，十五年纪最小，长相媚，性子直，曾经也和十四打过架。

或者说，十四就喜欢打架。

论说十五的手段，那是远比不上十一的。如若踏错一步，十五的下场会比十一更惨。

其实，这些一、二十……在慕锦眼里不过数字而已，他未曾将任何一个放在心上——二十早已认清这一点。

南喜庙里熙熙攘攘，香炉火焰越烧越烈，灰烟弥漫。大殿上，佛祖宝相庄严，俯瞰众生悲喜。

二十和十一上完香，遇到一群小孩子拥过来，两人走散了。

二十四处寻找十一，好一会儿，她远远见到十一，立即扬起手。十一并没有看到，望向庙宇的另外一头。

二十好不容易挤到十一的身边，却见十一突然跑了出去。

"十一！"二十担心十一是要逃跑，连忙追过去。

十一没有走太远，在转角处停下了脚步，怔怔看着前方的路。

二十上前。十一笑了笑："我曾经喜欢过一个男人。"

二十顺着望去，那是通向庙宇内院的路，此时并没有人。

“不是二公子。”十一笑容淡了，“没有二公子的容貌气质，他就是个屠夫。”

二十不语。此景见得越多，她更想离开慕家。不过，她要拿回签下的卖身契才能走。

慕锦的婚期越来越近。关于花苑和掩日楼的去留，众人忐忑不安。

十五悄悄告诉二十，慕锦暂时没有遣散她们的意思。

二十讶异：“二公子亲口和你说的？”

十五摇头说：“二公子身边的寸奔说的。”

二十闻言不再追问。

那日，花苑的小六去找慕锦撒娇。慕锦心情好，赏了许多的凉果。十四和小六碰上，差点打起来。十四摔了小六的凉果。小六当场哭了。小十想上前看热闹，却不慎滑进了淤泥中。

有十四的地方就止不住闹腾，她去花苑闹，衬得掩日楼冷冷清清。

女人间的恩怨，慕锦一概不闻不问。

这天夕阳下山后，二十在院子收拾晾晒的冬被，听见园子里传来嬉笑声。

“二公子，你好久没来我房里了。”十四说话的语速向来快。

慕锦没有声音。

十四的笑声响起：“呀，你轻点。”

二十拽被子的手一紧，有一阵透骨的凉意。

晾晒的角落在掩日楼的北面，曾经杂草丛生，二十来后，打扫出来成了空地。女人们的房间，排在东南侧。二十要回房的话，需要经过园子。

二十在原地站了好一会儿，听到园子没有声音响起，她抱紧被子，就要往房间走去。

才踏进园子，她就僵了身子。

夕阳落山，霞光烧云。慕锦的背影正在她的前方，映在她眼里，张牙舞爪到了天际。改变她命运的那一晚，他就是这样，挡住了所有的亮光，让她疼得逃不出黑暗地狱。

二十转身返回，慕锦却在此时回头。

十四探出来，见到二十，松了口气。二十长相普通，无趣木讷，不懂撒娇，更不会奉承，是掩日楼里最没有威胁的。

二十抱着被子往前走，没有留意身后的一男一女。

慕锦拧起十四的下巴，轻问："那是谁？"

十四踮着脚，迎向他的挑逗，娇滴滴地回答："是二十。"

慕锦笑："嗯，今天你俩过来伺候用膳、更衣吧。"

十四殷勤地去拉二十。

二十抱着棉被不肯放。

十四眉毛一掀，火辣的性子骤起，语气跟着冷厉："你也不看看我们的处境。二公子的正妻还没进来，就将两个院子闹得乌烟瘴气。我们不依着他，还能指望谁？"

二十抬眼看十四，十四腮凝新荔，眉眼透着恼怒。

二十暗叹口气，今晚运气衰背。

"还不快来。"十四抢过棉被，扔到石桌上，"别让二公子等久了。"

二十磨蹭不前，十四扯住了二十的手腕。十四懂些拳脚功夫，力气尤其大。

无奈之下，二十被拖着跑向十四的房间。

慕锦在里面闲闲坐着，品着上等的茶水。见到十四笑意盈然地进来，他跟着笑了下，接着眼睛向后一扫，春意浅去。

十四拉的那个女人，表情隐着不情愿。如若是个绝色倾城，哪怕不甘委屈，亦是惹人心怜。但这平庸样貌，加上木讷的眼神——他怀疑这是府里的丫鬟。

他的视线往下，二十的腰间别着一个牌号——这是他的侍女的信物。如此平凡的姿色，是如何进来的，他全然忘了。

慕锦慢慢地喝了口茶。

十四觉得他神色有些不妥，抓不住头绪。她拧了拧衣扣，娇笑道："二公子，天色已晚，莫虚度这良宵哪。"

二十低下头去。太阳才刚下山，哪来的"已晚"。

慕锦再次望向二十，大好的心情沉了下去。他喜好美人，偏偏这个不知打哪儿来的丫鬟，挂着二十的排名。

极为扫兴。

于是，茶杯一搁，他挥袖而去。

十四僵在原地，深感莫名。明明前一刻，二公子还魅惑着她，怎的转瞬就没影了？

二十暗自松了口气。她刚进掩日楼时，这些女人都不待见她。十五故意将自己得宠的事添油加醋，意图让二十伤心。

二十当然不伤心，反而希望慕锦别上她的房间。

二公子长得是玉树临风，不过挥霍无度，那身子恐怕早被掏空了。

第二天午时，十四又和花苑的小六吵架。原因是慕锦昨天赶走十四和二十后，找小六伺候了一晚上。小六吵不赢，哭了。小十在旁看戏，不慎跌入荷花池。

一时间，花苑乱成一团，十四功成身退。

近日来，十五喜色明显，她上崩山居伺候了好几个晚上，很是讨慕锦欢心。

同时，苏燕箐将她视为眼中钉。

十五那天经过泽楼，被苏燕箐的奶娘诬陷。奶娘直接甩了巴掌过去。十五当然不服，反手甩回去，之后被几个丫鬟纷纷掌嘴。

她肿着脸回来时，十四是第一个看见的。

十四先是一愣，然后扑哧一笑，讽刺说：“这不是即将飞上枝头的十五吗？怎么，得罪二公子了？”

十五恨恨瞪着十四：“你少幸灾乐祸，别以为我不知道，二公子已经三个月没有找你了。”

“呸。”十四扬眉，“前几日二公子还进了我的房。”

“少说笑了。”十五说话时扯起脸颊的伤，痛得眼泪都要落下来，嘴上却逞强，“二公子就是看不惯你这么泼辣的婆娘，才掉头走人的。”

十四火得一脚踏上石桌：“你再敢说一句，我就撕了你的嘴。”

“有本事来啊。”十五正一肚子气，上前扯十四。

十四一个不稳摔下，两人打成一团。

待到其余人出来拉开二人后，两人的衣衫破了几处。

十五趴着大哭，十四冷着脸坐在一旁。

二十望着这个院子。这些女人每日就为了慕锦一个男人争破了头。而今还是青春正盛，到迟暮，她们只能枯萎在这里，盼着一个永远盼不来的男人。

好不容易将十四和十五安慰下去，二十坐到外园刺绣。她已经想好了，如果有一丝离开慕府的机会，都要好好把握。出去之后，需要变卖手艺维生，所以她这阵子提前绣了些绢巾。

和苏燕箐的婚事，慕锦不太上心。

苏燕箐也是闻名京城的大美人，可是他攻陷她只花了短短数日，得手之后就无趣了。

不过，他做足了戏，提亲、聘礼，皆是诚意满满。

慕锦从泽楼出来，去花苑逛了一圈。花苑里的小六、小九都在对他诉苦，说是十四屡屡来闹。慕锦挂着轻笑，不置可否。女人之间的争宠，他由着她们去斗，她们无非为了得到他的宠幸。

回去时，慕锦去了掩日楼，一眼就见到，院中的二十正专注于手里的绣活。他眼色一冷。

这个女人的容貌是他风流史上的败笔。

二十感觉有一阵冷意爬上背脊，手微微颤了下，针的方向歪了。她不敢回头。

慕锦悠悠走上前，看她坐姿僵硬，手上动作迟缓，他索性落座在她身旁。

二十再也无法忽略他，惶惶起身行礼："二公子。"

仔细听，她说话有西关的口音。慕锦在很久很久以前，曾经听过这种生硬的西关调子。

他扯过她的刺绣绢帕。她只绣了几片叶子，铜绿、荷绿、翠绿，深浅叠色层次分明。他看两眼扔下，再望晾晒的绢帕："十五呢？"

"回二公子，十五在房里。"

二十低垂着头，慕锦抬眼见到的是一支木质步摇，趴在她的高髻上。掩日楼的女人，哪个不是花枝招展，为博他一笑。他还是第一次见这么朴素的首饰，朴素得有些欲擒故纵了。他漫不经心地问：“你打哪儿来的？”

二十答：“回二公子，奴婢原是三小姐的下人。”

“嗯？”他还是不明白，下人怎么进了掩日楼？

她停顿了一下，说：“三小姐吩咐我过来伺候二公子。”她的头越垂越低，步摇下的花枝珠子爬出了发髻。

他不禁又看向那支步摇：“抬起头来，再让我看看。”

“是。”她慢慢地抬头。

败笔，真的败笔！慕锦双目只在她脸上走了半瞬，又说：“还是别抬了。”

她再垂下去。万般庆幸，他美色至上，对乡间野草不屑一顾。

他伸手捻起她的腰牌：“二十……我上回找你是什么时候？”

“回二公子，去年……”她斟酌该不该说，尚未斟酌完毕，话已出口，“腊月。”

这答案出乎他的意料，他长眸潋滟，柔下声来：“因何而来？”

“二公子喝醉了。”二十全身不动，眼珠子定在地面。

说得再细些，是腊月二十。那一晚，慕大公子为弟弟准备了生辰宴，二公子却独自酒醉去了厨房。他糊涂，亲上了她。

过程自然是不愉快的。不过，那天亦是二十的生辰日，她不让自己哀伤。子时过后，她不再强颜欢笑。然而，她笑，他不满意；她不笑，他亦不满意，拖着她折腾了一夜。

第二天，她睡到日上三竿才起。

“嗯。”慕锦的手还是扯着她的腰牌，加大了力道，把她拉得向前趔趄半步，“我喝醉后说过什么话？”

他的声音仍然轻柔，二十听出了威胁之意。她稳住身子，一字一句说得肯定：“回二公子，奴婢不曾听到你说过什么话。”

他把她的腰牌轻轻一甩，她险些跌倒，晃了晃身子，脚上使劲踩实地面。

慕锦说："懂事，那就在这留着吧。"

"谢二公子。"

他转身向外走，衣袍消失在园门。

二十始终躬着的腰这才直立起来。她缓缓坐下，脚底发虚。绢帕被他扯得皱巴巴的，连绣线都断了。

这时，十五的惊呼声响起："二十！是不是二公子来过了？"

二十应了一声："嗯。"

"那为什么不叫我？"十五跺了跺脚，懊恼说，"我休息错过了。"

"二公子没让我叫你，是想让你放心睡觉。"

十五从未见过，二公子有找过二十。她狐疑地望着二十："二公子和你说了话？"

"问了几句。"二十重新拿起针线。

"他问了什么？"十五跟着在旁坐下。

"问了些女红的事。"二十面不改色。

十五怪叫："他问女红做什么？"

"婚事近了，衣裳鞋袜都离不开女红。"

"骗人。"十五嘟起嘴，"二公子是不是问了我的事？"

二十问："你的什么事？"

十五不答，说："我去追二公子。"她别着一个白兰香囊，花香随着她远去而消散。

看着十五那飘扬的朱槿裙，二十疑虑更深。

过了几天，花苑的小六陪慕锦去骑马。这轮不到掩日楼的几位伺候，可十五硬是撒娇，撒到慕锦松了口。

小六和十五，俏丽若三春之桃，相伴慕锦身旁。同行的尚书之子不禁调侃慕锦的艳福。

十五听着，心中窃喜，不料却出了岔子。

他们去时走的是官道，回程则是林路。途中遇上山匪，护卫一时不察，丢了十五。

"丢了？"十四凶恶地冲至花苑，逼问小六，"什么叫丢了？"

小六本就娇小，这下更是缩起身子，团成了猫似的，“就是……山匪把她劫去了……”

十四的眼睛润上水色，她赶紧眨两下：“二公子就这样把她丢了？”

“不，不是。”小六摆摆手，解释说，“你们没看到那群山匪，人高马大，凶神恶煞的，又拿刀，又拿剑，话也不好好说，直吆喝，光是听他们的大嗓门，我都吓坏了。同行的那位公子，说是兵部尚书家的，可也没多大神力，他保二公子已经很吃力了……”

十四打断道：“十五呢？”

“那个……二公子没有丢下她……”小六闪躲着十四，“是顾不上……”

“那不一样吗！”十四狠狠一踢椅子。

除了小六，其余人心知肚明，十五这回是凶多吉少了。

沉默片刻，小九探出了手：“我们可以去报官吗？”

小十在厅中来回踱步：“前年听说，官兵围剿山匪，剿了几回，官兵死得比山匪还多。”

小九一听，吓得把手缩回去了。

二十素白的脸毫无血色：“二公子怎么说？”

“二公子没说……我也问了他——”接收到众人的目光，小六抱了抱臂，“你们别瞪我，我是想争宠，可谋害人命的事，我不敢。”

十四冷冷一笑，说：“以前的女人死的死，走的走，你现在排最前了。”

小六立即澄清：“她们不是我杀的。”

十一重重叹了声气，转身往外走。

二十紧跟出去，声音有些抖：“十五她……”

十一步子略一停顿，再继续向前，说：“十五是惹恼二公子了。”

回到掩日楼。

二十和十一沉默，各自进屋。

静坐片刻，二十听见室外无声无响，再开门出来。

银月轻晃，红墙外一株白花成了仅有的点缀。这里走一人，便冷清一个夜晚。连泼辣的十四都早早熄灯了。

二十举步往外走。

崩山居和女眷们的院落，以深潭相隔。

此潭有一名：逝潭。古时，一对深情男女在此殉情，世人惋惜，起名纪念。

传说当然是美好的。不过，居住在此的，是无情无心的二公子。

逝潭通行之路，唯有一座木桥。十四曾戏言道："我水性好，可以游过去呀。"说归说，谁也没有胆量去。

二十行至桥边，桥上把守的两名护卫，有一个站了出来。他扫一眼她的腰牌："二公子在休息，姑娘，请回吧。"

"请问……你见过十五吗？"二十两颊苍白，定定望着护卫。

小六说，二公子是尚书之子力保才脱身。可二公子身边有寸奔。慕老爷曾言，寸奔武功深厚，罕有对手。二公子不是顾不上十五，分明是丢弃了她。

主子的风流债，哪能过问。护卫不答，只说："姑娘，请回吧。"

二十从绣袋里掏出碎银，恳切道："麻烦你通报一声，我是腊月二十的晚上，伺候过二公子的。"

护卫摇摇头，还是那句话："姑娘，请回吧。"

"麻烦你通报一声。"二十躬了躬腰，"二公子生气与否，后果由我承担，不会让你为难。"她把绣袋反过来，银子全部倒在手中，再双手捧到护卫面前。

护卫在月光下打量她。二公子的侍婢美貌如花，眼前这般模样的，还是第一回见，莫不是……真和二公子有更深的因由？

思及此，护卫不敢怠慢，和同伴分了银子，反身上桥。

他报给了寸奔。

寸奔漠然，摇头。

护卫退了回来，以同样的冷漠拒绝二十。

二十看着护卫面无表情的脸，道谢离开。

途中，她眼角余光扫了一眼逝潭，忆起儿时，爹爹带她和弟弟、妹妹去河边戏水的情景。她慢慢移动步子，身子藏在树影里。见那两名护卫并未注意，她蹲下身，伸指探了探水温。

寒凉如春夜。

她仰望崩山居的楼阁，灯火通明的窗边有一道身影，似乎在欣赏夜景。

十五危在旦夕，她顾不得那么多了。

慕锦的眼睛，轻飘飘地落在潭水对岸的树下：“寸奔。”

“在。”

“东西二财有多久没喂食了？”

“两天。”寸奔沉静地回答。

“省了捞尸的麻烦。”慕锦浅浅而笑，倚在窗栏。

东西二财是慕锦饲养的两条食人鱼。逝潭不是无人游，人过鱼食罢了。

寸奔向外看去，对岸树下黑影重重，他目力惊人，自然见到了那个试探的身影。东西二财只要寻得她的气味，必定紧咬不放。

寸奔看了慕锦一眼。

慕锦悠然自得：“她要是死在这里，也应了逝潭二字了。”

二十脱了鞋袜，半身落在水中。她水性不错，只要受得住潭水的寒冷，就可以游过对岸。

游离不远，二十被水下的什么东西绊住了。潜入水中细看，原来是一条麻绳。

她伸手拉开，忽然辨得绳子另一端拴住的……像是一个人。

此时，月光推云而出。

她清晰见到，水中浮动的男人四肢残缺，右肩上有两只小圆生物在滚动……不，应该是撕咬。

二十心中大骇，立即浮出水面，匆匆回到岸边，扑腾的水声引来护卫的注意。

护卫冲过来，见到湿透的她，不禁绷直了唇。

二十无声笑笑，这下就能见到二公子了吧。

果然，护卫将她带去了崩山居，她先见到的是寸奔。

从前服侍慕三小姐时，她知道寸奔。他生得英挺，不少丫鬟议论他的长相。仆人也有阶级，寸奔位居在上。

寸奔挥退护卫，给她扔了条手巾。他沉静的脸上，没有表情："擦擦。"她一路滴着水，跪立的脚下湿漉漉的。

"谢谢。"二十轻轻擦拭头发上的水珠，轻声说："寸奔公子——"

寸奔打断她的话："我不是公子。"

她抬眼："麻烦通报二公子一声，我想见他。"

寸奔没有回答，问："为什么下水？"

"我想见二公子。"她跪趴在地，一手按着手巾。

寸奔望着她因跪趴而拱起的纤背。她一直偏瘦，不当丫鬟了，还是纤薄。

二人静候片刻。

慕锦终于出来了，第一句话就略有讽意："居然没死。"

二十听出他的声音隐有惋惜，她无从分辨他的意图，只能额头抵住地面，恭敬地说："二公子，奴婢是腊月二十伺候过你的人。"

慕锦在圈椅落座："进了掩日楼，就不是奴婢了。"

"谢二公子。我是腊月二十伺候过你的人。"

"说。"

"十五生死未卜，我食寝难安。"

"十五命苦，我会厚葬她的。至于你……"慕锦的目光落在二十的湿发上，见到的又是那一支步摇。掩日楼的女人不愁衣食，她却朴素得可以，"只能丢到水里去了。上一个死的残尸还在水里泡着，你没几两肉，就当给东西二财塞牙缝了。"

"二公子，我此趟前来，是向你坦诚一件事。"

"说。"

"关于腊月二十的。"二十额头被地上的水浸得一片冰凉，连带的，说话也小心翼翼。

慕锦瞥向寸奔，寸奔意会，走出房间，再关上了门。

房里暖意消失，二十的背脊飘起了凉风，寒意来自慕锦。她力持镇静：“我酒醉时，糊涂地将腊月二十的事讲给十五听。十五为了要挟我，撰写成册，藏于他人家中。十五若出意外，小册即会公开。我贱命死不足惜，可是累及二公子声誉。”

慕锦起身，缓缓走到她的跟前：“你有何遗言，说来听听。你死了，我心情大好，说不定会让你如愿。”

“此事因我而起，我罪孽深重。”二十跪趴的身子一动不动，“山匪素来不满官商，如果十五为了保命，将二公子的私事说出来，山匪人多口杂，防不胜防。”

“哦？依你之见？”也就是这时，他才正眼看了二十。

“恳请二公子将十五救回来，追问小册下落。”

“知道了。”慕锦半低身子，“你跳潭水去，别累我处理尸体。”

“二公子，我再斗胆——”

慕锦猛地抓起她，一把擒住她的脖颈。她眼里闪过惊惧，脸色因为憋气而转成紫红。他靠近她，低喃：“我好奇，你究竟有几颗胆？”

二十攀着他的手，想摇头，转动无力。胸间空气越来越稀薄，他的眼神也越来越冰凉。她晕沉沉的，双手落下。说不仓皇是假的，可是此时脸上已经表现不出情绪。

她险些翻白眼了，慕锦才放开她。

身子轻如纸张般跌落，她粗哑地喘着气。

“对了。”他问，“腊月二十那一晚，我是先解你衣衫，还是裙子？”

二十喉咙烧得疼，哪里说得上话。她涨红的脸分不清是羞意还是气闷。

世人道，赤身即为坦诚相对。然而他与她，共眠几回，也仍是陌生人。

慕锦自问自答：“遮你这张苦脸是必然的。”说完他唤，“寸奔。”

“在。”寸奔推门进来。

慕锦坐回圈椅：“把十五找回来。活要见人，死要见尸。”

“是。”寸奔领命而去。

二十爬了起来行礼。她抬头，只见慕锦眉藏春光，他说：“再空两天，你就自己跳下去。它们吃惯了糙汉子的臭肉，改善一下伙食也好。”

她道不出那一声谢了。

十五在第二日清晨回来，见着二十，她扑过去无声落泪。

二十轻抚十五，安慰说：“活着就好。”再细细打量，十五光艳的衣裳不见破碎，仅仅起了褶皱。

过了一会儿，有人来报，二公子念及十五旧情，赐予其妾室名分。

这就是说，十五要去花苑了。

一时间，掩日楼几人欢喜，几人悲愁。十四站在连廊，与十五隔着远远的，她提起调子：“听说二公子寻你花了不少力气，伴君如伴虎，保重。”

十五莞尔一笑，媚眼斜斜地勾起来：“我早知道，二公子不会不管我的。”

二十有话想说，又知劝不住十五，只能点到为止：“二公子想你自然会来，别过分主动了。”

十五不知听进去没有，拉起二十的手：“最舍不得二十妹妹了，你要是也来花苑多好。”

二十笑了笑，她想去的不是花苑，而是府外。

十五到了花苑，除了小六对她亲近些，其余女人都看不惯她的狐媚色相。可她是唯一一个慕锦放弃又重拾的女人，众人不敢置气，只得无视。

十四翻墙去花苑，冷嘲热讽了那群女人，吵了一番，荷花池塌了几片叶。

比起花苑的热闹，掩日楼十分安静。

不知是不是受了庙宇的熏陶，十一有了长伴青灯的想法，将衣裙改成了霜色，愈加沉默。

这几日，慕锦不曾过来。

十四说，他去的是花苑。十四还说，掩日楼的几个女人都失宠了。说这话时的十四，失了鲜亮的火焰，眉目如十一般，弥漫恹恹之气。

二十不将慕锦的恩宠放在心上，不过，某天晚上，她梦见逝潭那具残尸变成了她的模样，手脚断了一半，颈上还有小圆球在啃噬。

她惦记着的，是他的那几句恶言。

过了几天，寸奔来了。这是他第一次踏进掩日楼。

二十正在外园。

绣巾越来越多。

那晚，她把大半的银两给了护卫。苏燕箐驱逐之意越来越明显，二十想再备些银两，为将来打算。

这些绣巾，通过厨房的刘大娘售卖。刘大娘收了二十的绣巾，外出采购蔬菜时，转给摊贩。成交后，摊贩和刘大娘扣掉一半银两，剩余一半给二十。

价格不高，积少成多。

寸奔的身影出现在面前，二十停止了手里的动作。他站在离她三尺外的地方，转述说："二公子要见你。"

自那晚噩梦惊醒，二十就预料到了这一天。她平静地点头，指指未完成的刺绣："能让我把这些收拾一下吗？"

寸奔抬眼望了一眼天空。春末微热，她在太阳底下刺绣，腮若胭脂。他再看院落，春红已谢，不见绿木，让他想起儿时练武场的秃土。

原来，过去一年半，她生活在这样的天地中。

他退到了掩日楼外。

二十收拾针线，转身进了屋。梦中残尸的景象在她脑海闪过。她想，如若真的喂鱼，也该体面些。

她换了一件衣裳，相较她往常的衣着，这件石榴红裙称得上鲜艳。

二十走出房间，见到寸奔挺拔的背影立在院外。

从前，三小姐身边有一位丫鬟心仪寸奔。丫鬟生得貌美，愿为他的妾室。

三小姐讲给寸奔听，他委婉拒绝。

三小姐来来回回，给寸奔说了几回媒，都以失败告终。她说："寸奔跟二哥久了，嘴也刁了吧。"

貌美丫鬟和二十谈起此事，直说寸奔心里住了人。丫鬟问：“他莫不是……喜欢三小姐？”

二十哪知寸奔的心思。这儿处处有主仆，主中有主，仆中有仆。逾越了，就叫妄想。

二十跟随寸奔，来到崩山居。

慕锦悠闲地坐在凉亭喝酒，端着的是拳头大的玉杯。

二十踏上凉亭，他向她瞟了一个眼神。

她一声不吭，在台阶处跪下。

慕锦左手晃着玉杯：“小册子呢？找十五问过没？”

“回二公子，是奴婢糊涂了。”二十和上回一样，额头抵住坚硬冰凉的地面，眼睛半闭，“原来在我酒醉时絮叨的人，不是十五。她其实毫不知情。”

“哦？”慕锦两指捏碎了玉杯，看着她的那支木制步摇，一字一句地问，“那是谁呢？”

二十回答：“奴婢当时醉得迷糊，记错成了十五，却想不起究竟是谁。”

玉杯碎片掉落了。

慕锦问：“那是几月几日？”

“三月初六。”她回得肯定。

“寸奔。”慕锦将衣上沾到的碎片抚了抚，“吩咐下去，把三月初六和她见过面的全部杀了，鸡鸭猪狗都别放过。”

二十听到寸奔毫不犹豫地回了声：“是。”

她掌心发烫，赶紧说道：“恳请二公子再听奴婢几句话。”

慕锦挑起眉：“说。”

“奴婢糊涂，认不清那人，只记得他说要将小册子交给别人，以此要挟我。如今尚未寻得此人，就算她死了，二公子的秘密一样暴露在外。”

慕锦仔细聆听她的说话声，轻缓而有力，慌乱且镇定。他起身走到她的面前。她今日换了一支绛色珠钗，发黑，裙红，比墨黑的寸奔来得清亮。

亮色映在慕锦眼里，他更加不快，抬脚踩上她的右肩膀：“横竖都暴露了，我又不在乎多死几个人。”

二十吃疼，剧烈地喘了一口气。

“我现在最想杀的人——”他凉凉地看她，调子拖长，“是你。”

“二公子杀人……”二十的语速变慢了，思索着出口的话，“是盼事有所成，还是徒劳无功？”

慕锦扯出了一抹笑：“何出此言？”

“灭口知情人，是为有所成。”肩胛骨几乎碎了一样，她咬紧牙关，“无辜者惨死，知情人藏匿他处，则徒劳无功。”

“废话那么多，死就是了。”慕锦脚下施力。

痛楚从二十的手臂传到指尖，她手腕处不自觉跳了下。

寸奔右手的食指在这时曲了起来。

慕锦突然侧眼看向寸奔。

寸奔面上无波无澜，一动不动地站在亭台。

异样光色在慕锦脸上一闪而过，他收回了脚。

二十右肩搭在地上，歪歪斜斜，跪着的双膝丝毫不敢挪动。

慕锦坐回椅子，浮出了笑意：“我们换一种温和的解决方法。”

二十强撑着应声，竭力让自己出口的声音不那么悲鸣。

“过来。”慕锦命令道。

二十匍匐跪爬到他的跟前。

他脚尖一动。二十忍不住缩了缩，生怕他再踩上来，她双肩就得废了。

慕锦又看寸奔。

寸奔恭恭敬敬地垂下头，见不到他的表情。

慕锦瞟向二十：“你识字不？”

她微怔：“不识。”

他用折扇托起她的下巴，盯紧她的两片红唇。二十头部被迫抬起，背脊塌陷，她似乎听到了骨头错位的脆响。

他的折扇向上提了提，凉意从下巴蹿进面颊，她的牙关开始打战。

“那把舌头割掉就编不出谎了。”慕锦开心地笑了，“你该庆幸你不识字，不然，这双手也要跟着剁了。”

二十赶紧缩起舌头，紧闭嘴巴。

“寸奔，把她舌头割了，洗干净泡酒喝。”慕锦撤回折扇，展开轻摇。

“是。”寸奔沉沉地应声，走上前。

二十侧脸贴在地上，肩胛痛楚让她起不了身：“二公子……我还有话说。”

慕锦说：“那就一边割，一边说。”

“二公子，二公子，其实我不知道你的秘密。”二十去拽慕锦的衣袍。

他踢开她的手：“牙尖嘴利，满口谎言。”

“二公子，我说的是真的……”这时，寸奔半蹲在她身侧，她睁大眼睛看向寸奔面无表情的脸，再转向慕锦，“那晚，那晚……你没说话，只拉着我上了床……”

“嘘。”慕锦半弯腰，食指抵在唇上，“叫这么大声只会死得更快。”

寸奔右手持刀，刀尖泛起银光，他左手钳住二十的下巴。

她“啊啊啊”地叫了几声，挣不开他的力道。

寸奔右手扬起，刀未到，二十的舌头已有霎时麻痹。

慕锦忽然说：“对了。”

寸奔的尖刀及时停住。

慕锦用折扇拍了拍二十的脸，关切地问：“余生有何遗憾，说来听听。”

刀光晃在眼前，她低声下气说：“二公子，我知错了。”

慕锦充耳不闻：“过了今天，你想说都没机会了。”

“二公子，我认错。”二十跪在他的脚下磕头。

“没有遗言吗？”

“求二公子开恩。”

寸奔的尖刀横在二十的耳畔，他双目眺望深潭对岸，说道：“二公子，三小姐来了。”

慕锦抬头，见到慕冬宁匆匆而来的身影。“好吧，我心善，见不得血光。”他站起来，“寸奔，灌她喝哑药。”

“是。”寸奔右手收起尖刀，左手松开二十的脸。

慕锦又说：“做得干净点，别被三小姐发现。”

“是。”

待慕锦走出亭外，二十方觉一身冰凉，汗涔涔的。

寸奔掏出一小包药粉，倒入酒壶，轻轻晃了几下。再拿起玉杯，给她斟了半杯酒。他将酒推到她的跟前，平静地说：“二公子要你永远闭嘴。”

她看着酒杯，听见了他的话，又仿佛没听见。

“你不哑，二公子不会放过你。”寸奔面沉如水。

二十扶着椅子站起来，肩背歪垮向右：“会痛吗？”

寸奔答：“不会。”

她瞬间明白了他的话。

寸奔执起酒杯，想要逼迫她。

她主动接了过去。

他眉目一沉，左移站在了她的前方，遮挡住外人可能投来的目光。

“我不想欠人情债。”二十轻声说完，以袖遮脸，仰头喝酒。

接着她手一抖，碎了一个空杯。

二十不能说话了，极少走出掩日楼。

十五、二十两人轮番遭难，让其余女人跟着谨慎起来。

十四收敛起心性，不再去花苑打架。

得知此事的苏燕箐，笑了几声。她知道，掩日楼已成弃妇之地。花苑一个个婀娜多姿的女人，才是劲敌。

苏燕箐第一个赶走的女人是小九。

二公子遣散小九时，赠了一车金银珠宝，足够她下半生衣食无忧。

小九恋恋不舍，一步三回头。走不出几丈，她又回来了。看着平日吵骂的一群女人，她的泪珠在眼眶中滚了滚：“我家住江州杏花巷，要是你们谁出来了，有机会来见见我。”

说完，她又自抽嘴巴：“你们一定别出来，留在这里战斗到底。”

小六拭着眼角，啜泣道：“一定的，我们会出去的。”

小十欲言又止。小九转身要走时，小十上前一步，拉起小九的手：“有件小事，我对不住你，你那件丝绸羽衣，是我……剪破的。”

小九由悲转怒，再转喜。

大雾国的男子多妻妾。民间有言：大雾红颜乱不休。慕二公子的女人不比别人少，好在小打小闹，不伤及性命。此时，这群女人还有了几丝道别的不舍。

小九和二十以前说话少，现在二十哑了，相对无言。

小九抿唇，抱了抱二十：“记住啊，我住江州杏花巷。”

马车走了不远，小九掀帘，向众女人挥手，她笑中有泪。

“什么人啊，临走了才来装姐妹情深。”小六哽咽着，“弄得我都不想她走了……”

面前宽路窄巷，市井喧闹。二十有了向往，安静过日子就好，迟早会和小九一样离开的。

慕锦成亲的前五天。

十五又遭苏燕箐陷害，她气愤地冲进了掩日楼。

自从二十失了言语，十五更爱和她诉苦。能说话时，二十劝不住十五，如今口不能言，反而能阻止十五几句。

十五经历山匪一事之后，不再缠着慕锦。她问二十：“二公子为什么又把我救回来了？”十五对外炫耀，获救是因为受宠。但她心知肚明，其中必有蹊跷。

二十摇摇头。

“你说，如果我再设计二公子，他是不是还会原谅我？”这些日子，十五想明白了，她母凭子贵的计划，得罪二公子了。可要长久留在慕家，十五别无他法。她在掩日楼，苏燕箐针对她；她去了花苑，苏燕箐更加不放过她。见到小九离开，十五犯愁，只得讨慕锦欢心。

二十连忙拉起十五的手，慎重地摇头，眼神里带着警告。她救了十五一回，几乎招来杀身之祸，她没有办法再救下第二回。二公子这人，喜怒无常，她能保命，凭的是运气了。

十五反握住二十的手：“二十，你为什么突然说不出话了？你得罪二公子了吗？”同样的问题，十五问过好几遍，二十皆不作答。

这次，二十摇摇头，示意别再问。她斟茶，笑着给十五顺顺背脊。

这么多女人，十四最刁悍，可她懂得欺软怕硬。十五恃宠而骄，不善察言观色，又憋不住心事。苏燕箐屡屡挑衅十五，不是没有道理的。

十五蹙起眉：“要不我去给二公子说情吧，让他找最好的大夫给你医治。”

二十指指崩山居和泽楼两个方向，摇了摇头。

十五眼珠子转了转：“你是让我别去招惹苏燕箐？别去找二公子求情？”

二十又指了指花苑，伸出双手，曲起一只拇指。

十五又问：“小九？”

二十点头。

十五猜测问：“小九输了，走了。我们也会输，也会走？”

二十笑着再点点头。

十五抱了下二十：“我知道了，忍一时风平浪静。”

慕锦成亲的前三天。

大霁国习俗，成亲前，男女双方斋戒三日。苏燕箐离开了。

花苑的众女人松了一口长气。

小十对着泽楼的方向吐舌头：“未来的二夫人好凶啊。”

小六一改几日的晦气：“终于可以清静了。”

清静不过数日。苏燕箐嫁入慕家，才是众女人苦难的开始。思及此，小六又哭丧着脸：“我好羡慕小九啊，拉了一车的金银珠宝走，再也不用受二夫人的气了。”

慕府里里外外，闻见了芬芳。牡丹红，胭脂红，朱槿红，生生踢开了一树绿木，一枝繁花，连掩日楼门前都挂上了两个大红灯笼，碍眼极了。

十四叉腰质问仆人："又不是我们掩日楼的人出嫁，灯笼挂这儿做什么？"

仆人回答："马总管吩咐了，只要是二公子的院子，都要一起沾沾喜气。这是咱家二公子第一回娶妻。"

十四气极反笑："马总管这口气，莫非以后二公子还有第二回、第三回啊？"

"十四！"十一呵斥一声，然后客客气气地跟仆人说，"麻烦你挂上去吧，喜事一桩。"

其余人无声站在院中。

夜空几盏疏星，灯笼亮出了琥珀光。

慕二公子大婚当天，风和日丽。

高亢悠扬的唢呐声传到了掩日楼。

十四先是捂住耳朵，后来躲进房中，狠狠地摔上了门。

也是巧，门才关上，唢呐声就停了。

二十和十一非常平静，坐在院中剥花生和莲子，旁边还有一篮子红枣和桂圆。

十一说："讨个吉利，祝新郎新娘早生贵子。"

二十笑着点头。

前面有多热闹，这里就有多冷清。

一日的吹打奏乐，如一根浸湿的长绷带，缠着二十的脑袋，又晕又闷。不到亥时，她就准备歇着了。

入睡没多久，猛然传来了拍门声。她惊醒过来，以为出了什么事，连忙披上衣服。

二十点上灯，听到屋外十四惊喜的一句："二公子。"

这声称呼缠得比奏乐更狠，二十的脑袋几乎要炸了。她抓紧衣衫，不知这门是开了好，还是不开更好。

慕锦给她做出了选择，他一脚踹开了门。

二十连忙上前，低头行礼。目光所及之处，只见新郎的大红喜服，像极了釉里红瓷。

十四惶惶站在二十的房门前，看着慕锦进去。

他一甩手，房门关上了。

窗上映出两道灰影。

十四僵直得一动不动，今晚是再难入眠了。

第二章

门一关，慕锦一边踮着步子，一边解开腰带：“听说你成哑巴了？”

这个时候，哑巴的好处就体现出来了。二十无须回话。

他把腰带扔在地上，衣袍半敞坐到床边。他望向二十，只见散落的黑发遮住了她的脸颊。他再问：“简单的声音也喊不出来？”

二十点头，不敢抬眼。凭他说话声判断，他此刻没有喝醉。

“可惜了。”他语气可不是那么回事，“你虽然长得丑，不过，声音勉强能听。现在没了。”

她沉默。

他说：“过来伺候。”

那事，至今仍是二十的阴影，她做过多少重活，没有痛成那样的。第一回她出了血，第二回没有血了，也还是疼，身子像是被劈了两半。做几回，劈几回。

听十四、十五说，这事男女都能舒服。

二十没有问过，是何种程度的舒服。慕锦从前只在半醉半醒的时候找她，他那凶狠的力道，她要休息一天才能恢复。今晚他身上有酒气，可话语是清晰的。

大婚之日，新郎官留宿侍女房中，这对新娘子来说是奇耻大辱。苏燕箐怕是要拆了这座掩日楼。

小六说，京城男四绝，女六秀。慕锦和苏燕箐都在其中，两人才貌双全，真真儿是一桩美姻缘。

二十想：男的狠，女的毒，可真是般配极了。

万千思绪翻转在心间，二十缓缓走向慕锦。她没有伺候过男人，不过待在三小姐身边，知道这些贵人穿衣脱衣的规矩。她轻轻解下慕锦的大红衣裳，衣上繁复的刺绣针法让她看多了几眼。

慕锦不是过来谈心的，直接说："上床来。"

她站着没有动。他一把拉住她的手腕，丢到床帐中，俯身压下。只一眼，他又坐起。见到桌上有一张绣巾，他拿起后再回来，盖上二十的脸，好心地解释说："你这长相，我下不去嘴。"

二十无声无息地藏在面纱中。

慕锦笑了："哑巴果然安静。"

二十透过纱巾，只见朦胧一片，又是一道黑影在她的身上起伏。她死死咬着牙。这时，庆幸有这一张面纱。

慕锦："你这反应，跟木头一样。"

慕锦这晚没有折腾太久。

二十在他离开之后，才缓过一口气。她疲惫不适，第二日又睡到了午时。

之后的成亲礼仪，全被慕锦无视了。回门成了踹门。

这几日，十四用一种复杂的眼神打量二十。她发现，细品之下，二十也有小家碧玉的风采。不过，再如何碧玉，二十也是掩日楼里最不起眼的一个。

十四纳闷地问："二公子的洞房花烛夜，为什么要到你房中过？"

二十摇头。不止十四，其余女人也百思不得其解，于是纷纷学起了二十的朴素装扮。

慕锦成亲的第十天，喜好八卦的小十打听到了缘由。

说是大婚当日，二公子去苏府催妆三次，苏燕箐仍然佯装不嫁。二公子当场笑意淡了，踢轿门差点翻了轿子，同时下令停了横穿大街的唢呐声。

拜堂时，二公子意兴阑珊。礼毕，一声洪亮的"送入洞房"，才让他缓和脸色。

想闹洞房的宾客们，都被拦下了。

只有女方喜娘看不清二公子的脸色，张着鲜红的嘴唇，说："新娘子坐花烛，烛尽方可上床。"

二公子不发一言，挥袖离去。

喜娘这才醒悟过来，抖如筛糠，跪地求饶。

苏燕箐正要掀起盖头。

喜娘又哆嗦："不可，不可。不吉利，不吉利。"

苏燕箐派了丫鬟去请二公子。

二公子不理，头也不回出了泽楼。行至木桥，二公子询问寸奔，这府里哪儿有安静的女人。

寸奔略有迟疑。

二公子看着寸奔，说："我想起了一个口不能言的女人。"于是去了掩日楼。

至此，小十喝完了半杯茶，说："二公子夜宿二十房中，是图个耳根清净。"

众人知晓这一状况，松了口气。

其实，仆人向小十转述此事，还说多了几句。这位仆人站在逝潭边，目睹了二公子和寸奔停在桥上。

寸奔的黑衣和树影相叠。

二公子鲜艳的喜服，绣有层层金线，月色下闪着清光。他眉眼弯弯，问："那个侍女……是二十，对吧？"

"是。"寸奔低头回答。

二公子笑了起来。

仆人感慨，二公子这般喜悦的笑脸，才是新郎官应有的样子。

拜堂那会儿，二公子捻着彩球绸带，散漫的姿态，比宾客还像宾客。若不是慕老爷在场，恐怕二公子连吉时都给耽误了。

说到兴处，仆人还告诉小十："那天是良辰吉日，京城男四绝，其中两位迎了亲。"

另一个是傅家。不过，傅公子的那门亲事是抢来的。

他抢的那位孔家小姐，民间传她一外号：疯傻千金。

独守洞房的第二日，苏燕箐不知是吃错东西，还是郁结难熬，喉咙发疼。

她身边的肖嬷嬷赶紧去请大夫。

大夫说是肝火攻心。

大夫一走，肖嬷嬷以袖拭脸："姑爷放你一个黄花大闺女在新房，自己跑得无影无踪。我要是把这事禀告老爷——"

"嬷嬷……"苏燕箐发出粗哑的声音。

肖嬷嬷心疼："小姐，你别说话了。大夫交代，你的嗓子需要休养。"

苏燕箐咳了咳："来日方长……"

"是是是。"肖嬷嬷赶紧扶住自家小姐。

日日煎药，苏燕箐的声音却是一天比一天沙哑。黄莺出谷成了破锣乌鸦。三日不言，方才好转。

她生病卧床，肖嬷嬷亲自去请慕锦。

慕锦关切地询问病情，前来探望。听得那沙子的声音，他笑着安慰几句，转身出了泽楼，说："刮锅驴鸣，不过如此了。"

寸奔听在耳中，应也不是，不应也不是。

苏家是出了名的丝绸大户，而且是京城最早走船运的商家之一，占了三个码头。慕老爷一个也没有。

大霁和邻国东周，商贸以水路为主，经由一条名为嵊江的东西向河流。慕、苏两家经商多年，联姻分的是利益。慕家以一座钱庄为聘礼，苏家用一个码头当嫁妆。

这门亲事本该由慕大公子完成的。大公子收到的风比二公子要早那么半个时辰，大公子连夜逃走了。慕老爷炙热的目光便落在了二公子身上。

慕锦不在乎妻子姓谁名谁，盘算的是码头盈利。而且，苏燕箐是美人，正合他意。然而，见过她几面，他就失去了花前月下的兴致。

成亲半个月有余，这对新人仍然没有圆房。

整座慕府知晓此事，无人敢说闲话。

又过了几天，苏燕箐嗓子好转，终于有心力收拾人了。

得知二公子大婚当日的侍女是二十，苏燕箐率人去了掩日楼。

她环视院落，无几株艳花，墙角野草成了稀罕东西。

太阳大了，二十不在外园刺绣，她从房间窗户见到声势浩荡的主仆们。

该来的终归要来。

这是二十第一次见苏燕箐。

其实，苏燕箐不如花苑和掩日楼的众人养眼。妖不过十五；纯不过小六；辣，比不得十四；柔，压不住十一。

苏燕箐身边的丫鬟向前一步，高昂起头："有人在吗？"

十四房门第一个打开："谁啊？"

丫鬟望向十四。

十四的丹凤眼掠向苏燕箐，然后转回那丫鬟。十四单手叉腰："问你话呢，你们谁啊？"

丫鬟答："这是二公子的夫人，还不行礼？"

十四呵笑一声，侧过身，柳腰斜向苏燕箐："我是二公子的人，行的是二公子的礼。"

丫鬟怒斥："放肆！"

"银杏。"苏燕箐唤道。

银杏立即退回到苏燕箐身边，前一瞬还仰面朝天的脸，在主子面前立刻低得额头都见不到了。

苏燕箐看了一眼十四的腰牌："我前些日子多有不适，幸得掩日楼妹妹伺候夫君，这趟前来见见那位妹妹。"

十四向来泼辣直爽，想吵就动口，想打也动手，她学不来阳奉阴违，不冷不热应了声："哦。"

"二十妹妹呢？"苏燕箐嫣然一笑。

二十收拾了绣线，拉开门闩，走出房间，恭恭敬敬地行礼。

苏燕箐的柳叶眉蹙了一下。

京城无人不知，慕二公子的侍女们娇美似花。眼前这位五官寡淡，貌不惊人，在侍女之中也是劣势。

大婚当日，慕二公子选了她，而且之后十几日，他没有再找过谁。

苏燕箐仔细打量二十：“你就是二十？”

二十低眉顺眼。

苏燕箐开口：“回话。”她早知，二公子成亲那天，上了一个哑巴的床。这句“回话”，无非刁难二十罢了。

二十稍稍抬头，指了指自己的嘴巴，再摆摆手。

“你是哑巴？”苏燕箐故作惊讶。

二十点了点头。

输给一个姿色平庸的哑巴，几番滋味萦绕在苏燕箐的心头。

慕、苏亲事虽是生意，可她对慕锦一见倾心了。

她早有听闻，慕二公子风华绝代。苏燕箐身为苏家大小姐，又是京城六秀之一，眼高于顶，自然是傲慢的。她认为慕锦不过徒有虚名。苏老爷有意联姻，她讥笑说：“慕二公子品行不端，京城人尽皆知，爹爹是想把女儿推进火坑吗？”

数月前，苏家邀请慕锦商谈，她偶然间撞到了他，险些跌落楼阁。惊险一刻，一只手掌揽上了她的腰。她回眸对上慕锦的笑眼，才知传闻不假，她瞬间芳心大乱。

爹爹说，攀上慕家的这门亲，生意场上可以说无往不利了。

亲是结了，但慕二公子的那些莺莺燕燕，着实碍眼，她自然要一一除去。

苏燕箐问：“你可懂手语？”

二十摇头。

“那与我家夫君是如何说话？”

二十还是摇头。

隔空喊了两句话，苏燕箐再度把二十从头看到脚，没发现其有何过人之处。兴许是慕锦另有癖好，才收了位哑巴。

哑巴是好，吹不动枕边风，搬弄不了是非。

不过，大婚之日的委屈仍记在苏燕箐的心上。她勾起了唇：“哑巴就该安生些，否则将来聋了、瞎了，就只剩一具暖床的身子了。”

二十面上惶恐，立即躬下腰。

苏燕箐笑了一声。比起十五，二十胆怯懦弱，无美貌，无性格，对付起来易如反掌。

苏燕箐长袖一甩，眼角含笑，转身离开。

一行人消失在转角。

十四斜着眼："黄鼠狼拜年。"说完静了一会儿，她捧腹大笑，"成亲守空房，她也好意思编造借口。"

院落清清静静，无人应声。自小九离开后，其他人都觉得，多一事不如少一事。

十四讨了个没趣，对二十说："这女的上花苑好几回了，拿小九爹娘性命要挟，才逼得小九离开。你别被抓到把柄。"

二十笑笑，表达谢意。如果苏燕箐可以助她离开，那是再好不过。

苏燕箐上掩日楼的事，传到慕锦的耳中，是三天后。

他前些天去了镇南城，这日刚回来。

踏进崩山居，见到木桥边的几株半枝莲，他想起自己娶了个妻子，向寸奔询问苏燕箐近日起居。

寸奔无言。他一直跟在慕锦身边，去的也是镇南城，哪里知道府内夫人的行踪。

寸奔招来了马总管，马总管如实叙述。

慕锦笑问："夫人去了掩日楼？"

"是的。"马总管见到自家主子的笑，不得不打起十二分精神。二公子这样笑，煞是好看。这样笑，也是危险。

慕锦再问："那排名二十的，可有缺手断腿？"

"回二公子，没有。"马总管吃不准，二公子是盼着二十缺手还是断腿，又或者两者都想。

"没有丢一只耳朵，少一颗眼珠吗？"

马总管迟疑了下，回答："二十姑娘安然无恙。"

"嗯，来来去去就是死不成。"

马总管听出来了，二公子这是惋惜。

“赶走了我的美貌侍婢，却给我留下个丑的。”慕锦轻轻拨动茶盖，“这妻子是娶错了。”

马总管大气不敢喘。那些女人的是是非非，他静观其变，这是二公子原来吩咐过的。眼下二公子的语气，听着是质疑苏燕箐，却又像在拷问他。额头有一滴汗，正沿着马总管的鬓角滑下。

慕锦喝了一口茶：“马总管，你先下去吧。”

“是。”汗珠滴落在地，马总管如释重负。

慕锦放下了茶杯，想了一阵：“寸奔，我成亲有几天了？”

“二十二天。”这也是二公子不近女色的时长。

“我上花苑。”慕锦放下盖碗茶，忽然问，“你呢？”

寸奔微微一滞：“我回房休息。”

“浮绒香新一年的花魁赛又到了。”慕锦起身走向门外，经过寸奔身边，他瞥过去轻飘飘的一眼，“你出去喝几杯花酒吧。”

寸奔没有应声。

“说起浮绒香，十五就是在那儿赎回来的。”慕锦走了出去，“今天就选她了。”

十五这时不在花苑。

听闻苏燕箐去过掩日楼，十五这两日都缠着二十。

十五道：“二十，你要多加小心。苏燕箐有家底，和二公子门当户对，心眼尤其多。我吃过好多苦头了，银杏丫鬟和肖嬷嬷，扇人巴掌不带手软的。”

二十点点头。门当户对嘛，就是一个狠，一个毒。

十五又道:“你嗓子坏了，要真的被她陷害，想申冤也说不出话。”

二十拉起十五的手，安抚地拍了拍。

看着静默无声的二十，十五眉目变得柔和：“好久没听你唱歌谣了。”

十五年纪小，有时情绪上来，忍不住发脾气。气冲冲地跑远了，没多久，又会回来撒娇。这性子，像极了二十家任性的老幺。

二十遥望西埠关的方向。她离家八年了。当年爹爹让她去大户人家做苦力，说能给家里换几顿好的吃。家里太穷了，她是长姐，应当扛起大任。初初的两三年，爹爹时常过来，她将积攒的工钱给了家里。后来，她被卖了好几家，辗转到京城，失去了和家里的联系。

忽然，有一道锦衣身影出现在她的视线。她眨眨眼，敛下了目光。

一声娇嗔响了起来："二公子。"是十四。

十五听见了，放开二十的手，走了出去："二公子。"她声音嗲嗲，笑靥如花，热情地迎向慕锦。

院子热闹了，连长伴青灯的十一都走了出来。

二十只好站在女人堆里，位于最不起眼的边上。

慕锦的眼睛，倏地转了过来。

十一拉了一下二十。

二十的思绪仍停留在家乡的回忆里，她疑惑地看着十一。

十一双手叠于腰间，食指轻轻向慕锦方向指了指。

二十意会过来，立即低下了眉。

慕锦没再看二十，搂上十五的腰。他眼观烈日："天气好，请个戏班子过来吧。"

他一句话，忙坏了下边一群人。

马总管匆匆安排了戏班子过来。

凉亭里，慕锦坐在正中。一群女的或站或坐。

大热天的，听什么戏。二十倚在柱边，和他的距离隔远远的。

出了府，她要回西埠关寻找爹娘，缺的是盘缠。夏日将至，绣巾卖得不错。可是刘大娘说，摊贩要提高抽成。这样的话，二十赚得更少了。

二十又被十一拉了下，她瞬间抬眼望向慕锦。

他不知何时盯住了她："叫你几声了，听不见？耳朵没用的话，割掉算了。"

有几人发出了惊惶的喘气声。

二十沉默地跪下。

"过来。"慕锦懒懒地躺在十五的怀里。

二十爬了起来，缓缓上前，站在离他一尺的位置，再跪下。

他看着她："十五说，你唱的西埠关小调比戏班子的还好听，哼两句来听听。"

十五说起二十的歌谣，是希望二公子请个大夫给二十治嗓子，哪料到二公子此时此刻就要听。她面露尴尬："二公子，二十嗓子伤了……"

"那就寻思着找什么东西发声。"慕锦说。

发声的东西多的是，好不好听的区别罢了。

戏班子停止了弹唱。艳阳满天，班主汗都不敢擦，双手绷直在大腿边。

众女人不语，清风和流水，也停了下来，四周寂静无声。

二十探手去拿石桌上的茶杯。即便轻放茶杯，也有叮叮两声。她放下、拿起，就这样嗑了几下。

慕锦问："这算什么？"

他投过来的眼神，如同几日前的火红辣椒，又烧又呛。

二十唱的西埠关小调是跟娘亲学的。她不懂弹，不懂敲，哪知什么东西能奏响那首曲子？二公子的恶趣味就是拿她取乐，见她无力反抗，他就欢喜了。

二十抬眼。

慕锦跋扈得无须掩饰他的歹意。

她又拿起杯子，左右掌心各握一只，以西埠关小调的旋律相互轻敲。一边敲，一边细看他的神色。

叮叮响是凉亭唯一的声音。

慕锦的笑容暗藏杀机。

十五揣不准他的心思。二公子灭绝人性时，笑得最是美好。她就怕他这般笑着笑着，将二十给赶了出去。

额帘掩盖了二十的情绪。在一个非常偶然的瞬间，她掌心一散，茶杯裂开了缝。手疼得只好松开，她眼睁睁看着杯子落地，发出清脆的余响，破裂的碎片飞到了慕锦的长袍边。

她立即跪趴下去。

“你又闯祸了。”慕锦逮住机会，一脚踩上她的肩膀，状似关心，“上回养伤养了多久？”

二十缩起肩膀。那天她垮了半边身子，又被他逼迫变哑，到他大婚时才痊愈。刚才，她感觉掌心被一股外力震了一下，杯子就碎了。她几乎怀疑这是他施了手脚。

十五拎起裙摆，起身陪跪在二十身边，她磕头恳求说：“求二公子开恩。”

十一和十四面面相觑，没有说话。

慕锦的脚轻轻晾在二十的肩上，只有承受力量的二十才知，他在看似轻盈的姿态中，动了杀机。她半侧身子歪了。她体会过这感觉，骨头错位，压迫身体，五脏六腑像是移了位。疼痛不知从哪儿发出，半身不适。

十五避开了碎片，再磕头说：“求二公子开恩。”

慕锦的眼睛晾在她的胸口，那色泽让他想起盐，想起糖，也接近碎裂的白瓷。

被他踩在脚下的女人太可恶了，他几次想杀她，可是又念及什么。

他沉脸到了亭外，树下的寸奔挺拔如松。二公子要听戏，贴身护卫自然没得休息。

慕锦：“寸奔。”

“二公子。”

“我不喜欢那个女人的眼睛，找个良辰吉日，把她的眼珠挖了。”慕锦的话音如同冰窟捞出的利刃。

寸奔答：“是。”

出了一口恶气，慕锦回去了崩山居。一个时辰之后，他倚在亭台，嗅嗅盘中的生肉。

腥味和血气招来两只灵巧的食人鱼，一口獠牙先浮出水面，牙上还有细碎肉丝。终究腐肉不及生鲜美味。凶猛的东西二财搅乱了水面，打碎慕锦的扁长倒影。

“寸奔。”慕锦懒洋洋的。

“在。”

“叫大夫给那哑巴治治肩膀。”他作势要抛肉，引得东西二财跃出了水面。

他又笑着收住：“把肩骨接上去。用最好的药，我今晚要上她那儿。”

寸奔迟疑半瞬。和苏燕箐圆房一事，二公子全然忘了。成亲以来，他只翻过二十的牌子。再多的疑问，寸奔也不能问：“是。”

吊足了东西二财的胃口，慕锦撒下几片生肉：“交代下去，把她养胖些。那女人很能忍痛，给东西二财生吃进补最适合了。”说完，他看寸奔一眼。

寸奔喉结滚了滚，答不出话。他领命而去。

比起上一次，慕锦今天杀气更胜。

二十的肩骨脱臼了，若不是十五和十一扶着她回来，她几乎倒在半途。

十一扶二十到床上，再挑开二十的衣裳，倒抽一口气。

由颈至肩，二十白皙的肌肤缀上了点点血紫。十一见过一个废人，手臂也如二十这样僵硬垂落。

十一忙说：“出去找大夫吧。若是不及时救治，我担心落下病根。”

“我去。”十五跑了出去。她再笨也感觉得到二公子对二十的敌意。可二十是这么多女人中最没存在感的，如何得罪了二公子，十五想不明白。

走出掩日楼，十五低头回忆今天的事，没有留意迎面而来的寸奔。

这些婀娜多姿的女人，寸奔只凭腰牌辨认。他叫住她：“十五姑娘。”

十五刹住脚步，抬头。寸奔是二公子最亲近的护卫，他的出现代表了二公子有所吩咐，她立即上前：“寸奔。”

二人距离太近，寸奔后退一步，才开口：“二十姑娘在里面？”

“在。她伤了筋骨，我正要去请大夫。”十五掩饰不住脸上的焦急。

寸奔说：“二公子请了大夫，劳烦十五姑娘领进去。”

十五这才见到那位长须的中年男人，她心中一喜，嘴上问寸奔：

“你不进去吗？”

“我在楼外等候。”掩日楼是主子侍女的居处，他一个护卫，上次进去已是不合规矩。

十五顾不上寸奔，转脸看向大夫：“大夫，你懂望闻问切吗？病人是二公子的姑娘，伤在肩上。”

寸奔跟着侧眼看大夫，大夫就算有十个胆子，也不敢窥视二公子侍女的香肩，他谨慎地回道：“可隔衣接骨。”

“好好。”十五放心了，“大夫，你随我来。”

寸奔反身，抱手靠着一株白榆树。

二公子对二十抱有何种心思，寸奔尚不得知。不过，今天亭中情景，他观察得仔细——二公子暂时不会要二十的命。

如果二公子想她死，脚没踩上她的肩，恐怕她已断气了。

大夫给二十接上骨，开了几帖药。

二十服完药，睡了过去。

不知睡了多久，醒来记不起自己有伤，翻身压到了左肩，她痛喘一声，赶紧又翻过来。迷蒙的双眼见到前方的身影，她立即清醒了。

已是黄昏，屋外烫成赤金色，将交椅上男子的衣袍勾上了余晖的色泽。

光是暖的，可二十不认为他有夕阳的和煦，她坐起身。

“醒了。”在她翻身之时，慕锦就见到了。或者说，他坐在这里盯了她好一会儿了。

她下了床，恭敬地行礼。中衣斜襟往伤处拉开，露出了肩上斑斓的痕迹。

慕锦又问：“疼吗？”这仅是一句凉薄的问话，不含歉意。

她若说不疼，二公子不高兴，又踩一脚；她若是喊疼，恐怕他也不高兴。

方才，大夫刚走，十五懊恼地道歉：“二十，要不是我说起西埠关小调，你也不会受伤。我对不住你。”

二十抚了抚十五的手。就算没有西埠关小调，慕锦也会寻其他理由欺辱她。她遭罪的原因，只有慕锦一人，与其他无关。因此，她说疼，或不疼，结局都是一样的。她索性不作任何回应。

“赌气了？”他斜眉一挑。

她心中一滞，还是给了反应——摇头。

慕锦吩咐十一张罗晚饭。

掩日楼和花苑没有奴仆，一日三餐由厨仆送饭。十一张罗的是碗筷，摆上饭菜，她退了出去。

慕锦先坐下了，向二十招手：“过来。”

二十拢紧衣襟，披了件外衣。

他的风凉话响起了：“动作很利索啊，看来伤得不严重。”

她僵了僵，随便在腰间打了一个结，走到桌边，坐下。

“你要养伤，多吃多补。”慕锦漫不经心地说，“养胖了，就丢你下去喂鱼。”

她沉默。

他命令道：“吃饭。”

他要的是听话的女人。她依言端起碗，白米饭嚼在牙尖，品不出香味。伺候慕锦，是她干过最苦最累的活。相比之下，以前当丫鬟的日子，反而成了美好的回忆。

慕锦没有动碗筷，把玩着折扇，深不见底的眼睛落在她的脸上。二十低头回避。

白玉长扇在空中翻了几转，倏地抵在了她的心口。他找到了新乐趣，用扇子戳弄她的左边柔软。

她就知道，寻常折扇到了他的手里，也是凶器。她被戳得胆战心惊，好怕他一个不痛快，将整把扇子刺进她的心窝。

她缓慢地吞咽嘴里的豆腐。

慕锦拿扇子挑起她的衣襟，看着她的伤口。

中午上了药酒，她的肩上留有浅黄的酒印，往下铺了一层紫黑的淤血，五颜六色错叠，失了美感。

他收回了扇子：“吃饱了？”

二十长睫颤颤，仍然觉得那把冰冷无情的扇子正虎视眈眈。

慕锦话不多说，直接一句："吃饱了就上床。"

她一怔，僵硬地往嘴里送饭。

"吃饱没？"慕锦用扇子拍拍她的下巴。

她指了指窗外，暗示他，太阳没下山，不宜白日风月。

无奈的是，二人毫无默契。他说："知道了，关窗再做。"

二十仔细地咀嚼，一粒米都像是山珍海味。

慕锦哪会看不出她打的什么主意，他不怒反笑："慢慢吃，你吃多久，我延时多久。"

二十食之无味。一来，这位难伺候的爷，阴狠的眼睛一直盯着她。二来，她有了担忧，这样下去何时才能离开慕府？她自问，她是一个最不起眼的女人，这二公子不知抽的哪门子风，三番两次折腾她。

日落远山，天空铺了一袭红纱。

十一进来点灯。她偷偷看看房里的男女，又赶紧退了出去。

无论如何再拖拉，饭还是有吃完的时刻。一条清鱼，一盘碎肉，一碟青瓜，二十全部吃光了。

白瓷盘子倒映着烛火的暖灯。

终于放下了碗。二十想通的同时，为自己失笑。她是仆，他是主，她和他较劲，累的只有自己，还不如认清事实，当一个乖顺的女人。兴许他心情舒畅，就不为难她了。

想归想，收拾盘子碟子时，二十还是慢吞吞的。

慕锦握住她的手腕："不用管了。"

她稳住身子，竭力从过去的阴影里喘口气。

他拉她到了床前，两手一伸，以眼神示意她。

她暗暗告诉自己，顺从，顺从。她替他解了腰带。

"你这脸……"慕锦似乎直到现在才看清她的模样，说，"竟无一可取之处。"

二十给慕锦解了衣裳，挂在一旁。

衣杆光放二公子的衣物，她的衣服成了垫地的。

慕锦推她到床上，她一个趔趄，俯趴在枕上。她把枕头抱在了怀里。也好，至少不用看他那张脸。

他两三下将她的衣衫变成碎布，丢在地上。见她如死鱼一般僵硬，他冷笑：“也好，至少不用看你这张脸。”

二十无言，也不知是谁嫌弃谁更多。

二十双手交叠，额头抵在手背。她得想些什么，把注意力转开。譬如爹爹娘亲，譬如弟弟妹妹。想想曾经团圆的一家人，她才能将日子熬下去。

二十脑海中莫名响起了西埠关小调。她暗道：再忍忍，等到苏燕箐受不住了，肯定会赶她离开的。到了那时，她就有了十岁以来都不曾拥有过的自由。

慕锦：“咬着。”

她听见这声，感觉有什么东西丢在她的头上，细看是一张绢帕。

慕锦半俯身子，侧头看她。她的长相够不上给他陪寝的资格，有些扫兴。更扫兴的是：“你失神在想什么？”

不用抬头，听他阴戾的语气，她知道又惹怒他了。这般痛苦的过程，她若不胡思乱想，就觉得自己脆如杉木，他就是那把斧头，一下下将她砍伐。

她怯生生地看他。

“我在床上，你还有空想别的？”这成了二公子的奇耻大辱。

二十不知又是哪里惹怒了这位爷，她伏趴着，一脸乖顺，眼里浮现的微光泄漏了她出走的心情。

慕锦扣住她的下巴，妄图舀起她眸中的涟漪。

她惊得闭了闭眼，再一睁眼，方才的清波已然消逝。

他轻啃她的耳畔，低声问：“说说，在想什么？”

说？如何说？她紧紧咬住丝绸绢帕。下一刻，她又失神想，这丝绸质地非常柔软，是哪家店铺的？

二公子大概也觉得，让她开口是一个笑话，他松开了她：“别分神。”轻描淡写的三个字，蕴藏了不可违抗的命令。

二十极不愿与他亲近。他生气和高兴，都是一个模样。再狠绝狰狞，天生的志得意满不曾褪去半分。温温的桃花笑，辛辣又佻薄。

她半敛眼睛。回神之后，只觉那把斧头劈得越发趾高气扬，再也无法刻意忽略。恍然间，坠入黑暗。

正如屋外，天色越发暗了。

二公子折腾一回，二十的身子就重组一回。

丝绸棉绣成了她口下的碎布。她总算明白了，二公子是预知了她的惨状，才给她咬这一块绢帕。

如若她有一天成亲，要日日夜夜伺候夫君，她不免有些畏怯。转念一想，她早失身于二公子，成亲一事也是渺茫了。

汗流浃背，身上黏腻，二十把半张脸埋进被子里。

慕锦看过去，被子外拱起一片莹白肌肤，像一只在静谧森林掉进陷阱的小白兔，被他玩弄于股掌之间。

他扬扬手，烛火熄灭了。

颠簸的二十脑海里忽然闪过和他的一幕。

前年的腊月二十。

为庆祝二公子的生辰，慕大公子办了一场宴席。慕三小姐准备了一段迷人的万蝶舞。

宴席前，慕冬宁说："阿蛮，今天也是你的生辰，你先休息吧。生辰快乐。"

"谢谢三小姐。"徐阿蛮又惊又喜。她说过一次自己的生辰，没想到三小姐记住了。这还是头一回，有主子祝福她的生辰。

慕冬宁笑道："这么晚了，你没吃饭，就去小厨房煮些东西吧。我今晚陪二哥吃了。"

给三小姐披上化蝶羽衣之后，徐阿蛮去了小厨房。

慕三小姐是血瘀体质，大夫交代了一堆这不许吃，那也不许吃。于是，慕老爷给女儿设了一间小厨房，除了家宴，三小姐平时不与他人共食。

徐阿蛮给自己煮了一碗长寿面，再加一个腌制的咸鸭蛋。然后，她捧起大碗的长寿面，在石凳坐下了。

低头闻了闻面香，比不上娘亲的手艺，不过也有西埠关的葱香味。

徐阿蛮拿起筷子，学着爹娘的语气说："生辰快乐，阿——"

那一个“蛮”字还没出口，她的手猛地被谁捉住了。她吓了一跳，定睛细看，吓了更大的一跳：“二公子！”

慕锦没有理她，直接抢走了她的筷子，然后跟她并排而坐，再把她的大碗抢过去。

她愕然，二公子不是在生辰宴吗？这时辰……恐怕三小姐正在宴上独舞吧。

心中惊疑，徐阿蛮面上不敢表露，恭敬地候着。她错愕地看着，他将长长的面条，一根不断地吃完了，只余下一个咸鸭蛋。

吃完之后，他拉过她的衣袖拭嘴，再甩开沾满油渍的袖子。

因为生辰，所以她穿了新衣。徐阿蛮正惋惜自己的新衣裳，忽然察觉，二公子的眼睛钉在了她的脸上。她忐忑不安，把头越垂越低，

接着，她的纤腰被他的大掌扣住……

那一天，二十的人生改变了。

后来真正的无法掌控，是因为她暴露那晚的秘密，招惹了二公子。

十五是掩日楼陪伴她最久的人，她不能眼睁睁看着十五遇险。

晕沉沉地半睡，再晕沉沉地半醒。二十睁开眼睛，松了口气。原来二公子已经结束了那事。

慕锦下床，重新点亮烛灯，回头看她愣怔的表情，他盯紧她：“你又在想什么？”

二十轻轻摇头。

他泄了身，不见餍足，甚至比上床前更冷峻，语带讥讽地说：“改天带你上花楼，学几招伺候男人的本事，我图你这儿安静，可你这死样，跟躺进棺材了一样。”

听他这话，以后是要经常上她这儿了？哑巴在床上有何吸引力，竟让色相至上的二公子甘愿忍受她的平庸。希望众女人早日知晓二公子这一古怪癖好，好让大家一起沉默。她一个人受不住他了。

二十闷闷不乐，躲进了被子。

慕锦把被子一掀，命令道：“起来。”

瞄到他寒峭的眼神，她强忍不适，坐起了。

慕锦披了件中衣，没有系腰带，敞着大半的胸膛，几滴汗停在皮肤上。

京城四绝之一的身段，该是惑人的。可二十没有兴致欣赏，正犯困着，她一边打盹，一边给他穿衣。

慕锦脸色不愉，不过没再说什么，掉头就走。

门才关上，二十倒头就睡。

翌日一早，慕冬宁过来了。

二十乍到掩日楼，刚挂上雕刻银牌，慕冬宁来过一回。

慕冬宁执起银牌，翻看一会，说："阿蛮，好歹你不是丫鬟了。二哥遣散的侍女，后半生均可衣食无忧，如若……"她顿了片刻，继续说，"你以后也就过上好日子了。"

三小姐是一片好心，想着二十到了掩日楼，哪怕被遣散出府，也能享受二公子施舍的锦衣玉食。

然而，二十始终认为，还是在三小姐身边当丫鬟自在。二公子这人太危险了。

事已至此，多想无益。

"二十。"十一在外敲了敲门，说道，"三小姐来了。"

二十连忙起床。踩上地面，惊喘一声。

昨晚，二公子因为她的失神而气恼，动作越发狠戾，她的腰身以下像是不属于自己了，走路不听使唤。她呼出一口气，揉揉大腿，稳住了步子，拉门走出去。

掩日楼位于慕家的西北方。有中院、有外园，却无美景。只爬了几株野花，比起慕家子女那几座春花烂漫的亭台楼阁，这里如同一座荒郊。

慕冬宁站在院中，水红衣裳比日光还漂亮。她婉约的眉目，攒的是和美的情意。不像二公子，把肆意和轻狂，明明白白晾在眼尾。

慕老爷说，慕大公子和三小姐的长相随了他。而二公子，则更像已逝的慕夫人。

二十上前给慕冬宁行礼。

“免礼了，阿蛮……”慕冬宁很久没见二十，不禁上下打量。

二十低着头，没有言语。

慕冬宁问：“你不能说话了？”

二十点头。

慕冬宁又问：“这究竟怎么回事？二哥有没有去查？”

前些年，花苑排名第三的女人突然销声匿迹。

慕冬宁路过崩山居，听到花苑其他女人正议论纷纷。慕冬宁生怕府里出了人命，连忙去问慕锦。

慕锦风轻云淡地说：“小三回乡去了。”

他侍女众多，慕冬宁自然想到了争宠恶斗。再看二十，性格良善，如今又口不能言，哪斗得过狐媚子。

二十进掩日楼一年半，下巴尖了，脸颊凹了。慕冬宁不禁自问，当初央求慕锦收了二十，是不是一件错事？

二十领慕冬宁进了房间。

从外进来，闻到一阵不合时宜的味道，二十有些面红，连忙走去开窗。

慕冬宁仍是少女，对这味道毫不知情。她只觉，这房间简陋得和二十的丫鬟小房一样。

床被叠得整齐，只有一个枕头，没有双人的痕迹。

慕冬宁回头问：“二哥最近都上你这里吗？”

二十迟疑了下，还是点头。她不想打听慕锦的近况，可是，常有人在她耳边提醒，二公子成了亲，却独独宠她。

“那……”慕冬宁不知是喜还是忧，“二哥至今没有上二嫂的房间……于理不合。”

二十没法回应。是于理不合，但又能如何？二公子就不是一个讲理的人。

“就怕二嫂误会了你。”慕冬宁顿了一下，“不过，二哥疼你也好……他脾气怪些，但非鼠雀之辈。”

不怪三小姐对二公子如此信任。别的不说，二公子对三小姐是真的好。以前，二十陪在慕冬宁身边，见多了温和的慕锦，误以为他是无瑕的白玉。

慕冬宁笑："我和你说过吧。二哥是不足月的早产儿，体弱多病，到五岁了，路还走不了几步，唯有天天待在屋里。"

二十安静。

慕冬宁说："二哥就像是爹娘凭空杜撰出来的，我知道他的名字，却见不着人。有一回，我偷偷跑到他的门外，里面传来很激烈的咳嗽声。我又惊又喜，原来爹娘说的二哥不是假的。他发现我躲在窗下，厉声赶我离开。我小时候不明所以，长大了才知道，二哥担心把病传染给我，才不和我亲近。"

陷进回忆里的慕冬宁眉目温婉，笑意盈盈："二哥八岁那年，受了风寒，病骨支离。许多大夫连连摇头。爹四处求医，危急之际，上鼎城出现了一位神医。爹将二哥送去养病。过了一年，二哥健健康康地回来了。爹说，神医将二哥的底子调过来了。"

这一段故事常听三小姐说起，二十已经能背了。接下来的话一定是那一句："正因为二哥儿时的遭遇，爹格外疼爱他，事事迁就，才造就他不羁的性子。"

"阿蛮，你如果受了委屈，别闷在心里。"慕锦的侍婢不曾闹出致人残疾的大事，但二十的嗓子，让慕冬宁起了忧心，"我可以去和二哥求情，让他给你找最好的大夫。"

二十拉拉慕冬宁的衣袖，摇了摇头。

"难道你不愿医治嗓子吗？"慕冬宁猜测，二十的嗓子应该是遭人陷害，"你不想讨回公道吗？"

向二公子讨公道，那是自寻死路。二十坚定拒绝了慕冬宁的好意。

二十虽然不再是丫鬟，但是没名分，也就比奴仆高一级而已。三小姐愿意过来一趟，二十已是感激。

由于二十的沉默，慕冬宁的聊天成了自说自话。

临走时慕冬宁叮嘱说："阿蛮，受宠的时候要多为将来做打算。"

此言既出，可见遣散妾室的话不是空穴来风。

送走慕冬宁，二十眺望窗外，一门心思飞去了遥远的家乡。

西埠关位于大霁的西北边疆，紧靠邻国百随。三十多年前，大霁和百随两国相争，战乱连连。大霁国有一罗刹将军，在边城险遭沦陷之时，得高人相助，利用西埠关独有的地形，建一攒沙阵，凭三万兵力，破了百随的十万军兵。大获全胜。自此，两国休战。

西埠关小调是当年鼓舞士气的战乐。前奏悠远，思念的是亲人。后劲高亢，因为保的是国土。

她的家乡响过战鼓，漫过沙丘，远不及京城的繁华。

可是，在二十眼里，那里的明月才最清亮。

慕冬宁前脚刚走，二十躺回床上补眠。思乡情浓，正要在梦中与家人团聚。突然，门板“砰”的一下被踹开，再“砰”的一下被弹回。美梦变成了噩梦。

心儿急促地跳动，二十睁开了眼睛。

不用想，阎王又来了。

二公子从来不会好好敲门。他从镇南城回来，无所事事，想方设法欺负她。是生是死不过一句话，他却不，尤其喜爱吓得她心惊胆战。

她装作半梦半醒，不知来人是谁，拉高被子盖住了脸。

“起床。”慕锦逆着光，靠在门边。

二十想翻身以背抗议，忍了忍，几乎忍无可忍，再忍，终于忍住了。昨晚二公子“劈柴”到半夜，早上三小姐过来聊天，二十这晚一共睡了两个多时辰，此刻恨不得赖死在床上。

可阎王下了令，她拭拭无神的双眼，坐了起来。

慕锦的脸藏在光影里，悠然自得地说：“正是好春光。出来。”

春光再好，二十也没有一双顾盼生辉的眼睛去欣赏。目之所及，无非死物。她端坐的姿态，凭的是一具挺直腰杆。

院落无花，不知二公子欣赏的是什么。与他独处，二十无须搭话，乖巧恭顺。不听话的眼皮先是半敛，不一会儿合上了，再也不舍得睁开。

早上没进食，二十又饥又乏，似梦似醒间，梦见了纁黄的杏花糕，酥白的豆沙卷。

“三小姐找你说什么？”

一道温润嗓音从天外飞过来，冒着糖糕的甜气，勾得她牙软，她张了张嘴，想一口咬住这一块甜糕。倏地，小鸡啄米般的脑袋坠到一半，下巴尖儿被一把玉扇托起。死亡气息攫住肌肤，她瞬间惊醒，颤颤抬眼向慕锦。

二公子挑着惯常的浅笑，锦光浮艳。

她低了头。

他温声问：“我在这儿，你又走什么神？”

尖利的扇骨滑向二十的喉咙，只一寸，就能夺她性命。她置身生死边缘，不敢妄动。口水含在嘴里，没有胆子咽下去。

慕锦倾身，清清凉凉：“不仅走神，连瞌睡也打上了。比起昨晚，更得寸进尺了。”

仓皇间，她一手扶腰，做出揉捏的动作，又再用另一只手贴在脸颊，闭上眼，一副安眠的样子。

看着她揉腰的动作，慕锦忽然探手掐住。细腰无骨，他仅二指就能折断。

扇尖退了一寸，利光映在她苍白的肌肤。她终于咽了咽口水。

他挑着眼：“昨晚累着了？”

她连连点头。

他继续问着：“闲坐久了，身子弱？”

她继续点头。

他给她揉腰：“三小姐找你说什么？”

果然刚才是入梦的幻觉，二公子这把嗓音，几时有过温润？粘牙的杀气与扇尖儿上的如出一辙。二十再摆了一个睡眠的手势。

“她是来问昨晚的事？”

二十点头。这是与二公子最为默契的一刻了。

“你整日比手画脚，难懂。”慕锦掐在二十腰上的手改为捻起她的肌肤，说，“改日给你找个手语师，好好练。”

疼痛从局部蔓延至腰段，二十勉强一笑。

“可怜，下半辈子一直是个哑巴了。”他薄情地笑，毫无怜悯。

她却得行礼表达谢意。

他看向日光：“身子骨弱啊……那就多走走，到花园放风筝吧。”

二十腿软了。

慕锦突然起了善心，走往花园的路上，伸手扶住二十的腰。

他的动作过于明显，引来几个女人的目光。

二十想，慕二公子何止是不羁，简直是恶劣。不过，他的搀扶缓和了她的酸痛。

经过泽楼，遇上了迎面而来的肖嬷嬷。

肖嬷嬷瘦长的脸浮现出了笑意，唤：“姑爷。”

“嗯。”慕锦轻飘飘应了一声，索性揽起二十的腰入怀。

肖嬷嬷低下头，笑纹停留在嘴角。

走在最后的小六瞥了一眼，正好对上肖嬷嬷黑沉的眼睛。小六追上小十，说：“二夫人的那位奴妇，比戏班子的变脸还厉害。只一下，就这样。”小六拉长个脸，扁起嘴。

小十悄声说：“二夫人才是最大的敌人，我们可不能再斗了。”

小六说：“你别来抢我新衣裳的布匹就成。”

小十解释说：“那布的颜色不适合你。”

小六哼一声。

衣裙飘飘，旖旎风光，这是慕二公子的花园。

骄阳下，二十挥汗如雨，腿间跟着了火一样，烫得生疼。她踮着歪扭的小步子，跟在十五身边，假装帮忙控制风筝。

凉亭边，慕锦看着二十煞有介事地左手绕线，右手拉线，笑了笑。

“二十。”十五回头，低问，“二公子为什么昨晚……”

得知二公子又上了二十的房间，小十早上在花苑来回踱步了十几圈，再如何推敲，也不明白原因。

十五藏不住话，又和二十关系熟，当面问了出来。

二十摇头，苦笑。别人纠缠的是喜欢的女人，二公子反其道而行之，就爱戏弄生厌玩物，享受征服的喜悦。

十五把风筝拉回来，说："我们这些没名分的，独宠反而不是好事。你要当心些。"十五吃了上次的教训，认知比从前清楚多了，也是长了记性。

二十点头。别说花苑的侍婢了，今天十四投过来的目光，都让二十如坐针毡。

二公子"劈柴"的那股劲儿，有什么值得争宠的？二十眼皮直打架，巴不得有谁赶紧把慕锦给勾走。她十岁干杂役，十二岁当丫鬟，吃过多少苦，都没敢说尝过"哑巴吃黄连"的滋味，直到遇上了二公子——她真成了哑巴，真吃上了黄连。

想到这里，她看向慕锦。

明明两人都是半夜没睡，那位大爷，张扬的神色，却像是睡足了三天三夜。

十五见二十迈不开腿，心中了然："你休息去吧。"

二十离开了人群，她没去凉亭，靠在一旁的榆树下。

前方的那一群女人，似乎和刚才有些变化。可究竟哪里不同，她一时半会想不起来。

二十累垮了，在阴凉的树下闭目养神。

闭一会儿就好，就一会儿。

慕锦从小六的怀里坐起来："散了吧。"

一句话，众女人扑腾扑腾过来。再一句话，她们又离开了。花园冷清下来，只剩慕锦和一个睡在树下的女人。

二十睡得很熟，他到了她的跟前，她也毫无反应。一开始，她是靠着树干的，睡着了，自然卧倒在草地上。

慕锦居高临下地看着她。

河蟹壳色的衣裙沾上春天的草屑，乌黑长发遮住了她半个脸蛋。一个普通姿色的女人，掩住了半张脸，终于不那么碍眼。

他轻轻折下一根树枝，拧断了枝上绿叶，再用这光秃秃的树干，挑起她的头发。

她露出脸蛋时，慕锦“啧”了一声。当初将她收进掩日楼，恐怕是因为他没想起她的长相。

他扔掉树枝，伸手探向她的颈肩。

二十皱起了眉，在梦中感觉到了这份真实的危机。

他的五指轻轻拢住她的脖子，只要一成力，或许连一成力都不需要，就能送她见阎王。慕锦静止许久，抽回了手。他笑了一声：“胆儿真肥。”

二十猛地惊醒过来，刚才似乎梦见了阴森悚人的阎王殿……

花园里除了她，空无一人。

她拍拍额头，站起来。睡了这么一阵，终于活了回来。

才刚走出花园，听到一声呼喊：“二十。”

十一走来：“半天找不着你，上哪儿去了？风筝放着放着，你就突然飞走了似的。”

二十笑了笑，十一给二十拍了拍身上的草屑：“你真是，二公子在场，竟然还敢偷偷躲起来。幸好二公子没有发现你不见了。”

二十也庆幸，左拥右抱的二公子顾不上她。否则又免不了受罚。

两人并肩往掩日楼走。

忽然，二十明白刚才哪里不对劲了。

二公子提议放风筝，花苑和掩日楼的侍女听话地一一跟上，独独少了十一。

十一不知何时出现的，一来到就扬起风筝线，笑着和十五赛跑。

女人众多，十一的出现虽然突然，却不突兀。

不过，二十留意到，那时十一的素色裙摆沾有几滴灰渍。现在十一换上了水绿襦裙。

“二十。”十一说，“我在庙里求了一张平安符。”

二十想，也许十一今天回来晚了，怕被二公子责罚，于是混在了人群中。

二十没将此事放在心上。

第三章

闲着也是闲着，慕锦和尚书之子相约游玩。

二公子这样的人还能交到朋友，实属难得。尚书之子是兵部尚书的独生子，名叫丁咏志，就是小六口中，遇上山匪顾不上十五的那位。尚书之子在京城的风评尚可，然而众女人觉得，能与二公子为伍的，必不是善茬。

埋汰尚书之子的话，只敢躲在花苑讲。

慕锦这回挑了小十和十一陪伴。

仆人到掩日楼传消息。

十一怔了一下。

十四讶然："竟然不是二十？"

二十立即退了一步。若二公子能把她抛之脑后，那就谢天谢地了。

十一抿抿唇，柔柔一笑："好。"

前些日子，十一过着寡淡的生活。十四笑问，是不是下半辈子要出家当尼姑了。十一当时不予理睬。

近日来，她的双眸越发明亮，素裙换成了水色鲜衣之后，活脱脱一株含苞牡丹。

这可羡煞了众女人。

小六偷偷地问十五："十一用了哪家的胭脂水粉？竟然回到刚

进府时的年轻模样了。”

二十注意到了十一的变化，想不起从何时开始。等发现时，十一的眉角挂满了小女人的娇俏。

联想到十一那天在寺庙里说的话，二十有了些猜测。她将答案藏在心底。

慕锦和丁咏志去了郊外。

小十很久没有服侍过二公子，出发前，趾高气扬地炫耀：“二公子说，和我一起欣赏美景。”

回来了，小十左手握拳，捶打小腿肚，右手拍打左肩。哪还有早上的气势，还能喘口气就不错了。她打了一个哈欠：“没什么风景，就是灵鹿山那座没几丈高的瀑布。丁咏志的妻妾在水边生了个炉子，他坐那钓鱼呢。二公子独自回马车休息去了。”

任何不寻常的举动，由慕二公子去做，就见怪不怪了。

小十继续说：“我和十一没办法呀，唯有跟着一起烤鱼。丁咏志的火候没控制好，差点把我衣裳烫了个窟窿。好，烤完鱼得回来了吧，丁咏志不！逼着我们和他的妻妾一起爬山，见我真的喘不过气了，才让我下山。丁咏志比二公子可恶多了！”

末了，小十低下声：“听说……山匪的老窝就在灵鹿山。幸好……这回没碰上他们。”

十五被劫的遭遇，众人心有余悸。

这趟出游还有一收获，那就是小十和十一抬回来一个木桶。桶里装了七八条鲜鱼。肥美的鲜鱼堆在一起，甩甩尾巴，给绊住了，相互丢白眼。

小六好奇地问：“为什么你们要抬这东西回来？”

“公子非要我们抬回来。”十一满脸无奈，“说平日我们跑动太少。放风筝那天，二公子不太满意……”

众女人面面相觑。

“这么多，送到厨房去，我们今晚就吃鱼吧。”小六说，“哎，尚书家的公子武功不高，钓鱼还是挺能的啊。”

“不是他的功劳。湖中有一个洞口，这些鱼是从那儿冲上来的。”

小十沉吟片刻，又说，“我爹爹跟我讲过，三十几年前，大霁的皇城是江州。当年修建的帝皇陵墓，听说藏在灵鹿山深处。翻过灵鹿山不就是江州了嘛。早些年，盗墓猖獗，陵墓的宝贝都没了。水底有一条通往江州的暗道，里面的夜明珠也被扒走了。今天见到的瀑布洞口，我猜……是不是就是这暗道？”

“要去江州……”十一笑了，“官道就有两三条，哪还用潜水底走。”

小十伸了伸懒腰：“是呀，只有鱼儿走了。”

过了几日，二公子又有了花样。他召花苑和掩日楼的女人分成两队，组一场蹴鞠赛。

这可苦了众女人。她们在慕府衣食无忧，就是有从前干过苦力的，现在都懒散了，除了女人间吵闹，她们没有别的消遣，更甭提跑来跑去踢蹴鞠了。

话虽如此，面对温柔浅笑的二公子，谁也没有胆子诉苦。

唯一敢违抗二公子命令的二十，已经成哑巴了。

二公子体恤众女人的雪白肌肤，直到太阳落山时，才开场比赛。

女人们毫无章法，踢不到球，反而绊了自己。除了懂点拳脚功夫的十四，其他不爱走动的女人，踢的哪是蹴鞠，无非志在参与，逗乐二公子罢了。

正巧，慕三小姐经过花园，听到了惊慌的喧闹声。

“啊！小六，这边，给我！”

“啊啊啊！踢不到！”

“天，它自己跑了，跑走了。”

“快追啊！”

花园许久没有这么热闹过，慕冬宁停下了脚步。

眼前飞扬着五颜六色的襦裙，声声尖叫极为相似，一时间分不清谁在跑，谁在踢。

见到纳凉的慕锦，慕冬宁明白怎么回事了。她叹气，移步到凉亭：“二哥。”她每回求情时，就像这样拉长尾音，又委屈又娇气。

从她进来花园的那一刻，慕锦就弯起了笑意："冬宁，过来欣赏美景。这才叫养眼。"余光不小心扫到二十。

二十无法出声，在场外当候选。夕阳斜斜烤下来，霞光映在她的背上，素裙亮如金穗。

他撇嘴，低不可闻地说："唯独这个，搅乱了一锅粥。"

慕冬宁也看到了拭汗的二十，开口劝道："二哥，她们都是你的侍女，你想这一出折腾她们干什么呀？"

他说："多活动，动作机灵点。"

慕冬宁羞了脸。

慕锦刚才是随口一说，见她面红，他收敛起轻浮的姿态，倒了杯茶，递给她："最近常来我这儿？"

慕家三位晚辈，二公子在西，大公子向东。三小姐的明昼阁居中，只有她的院落小径可以通往东西两个方向。

慕锦说的不止今日，还有那天慕冬宁去掩日楼的事："二哥，阿蛮她……"慕冬宁顿了顿。

徐阿蛮这个名字，在二十进了掩日楼以后，就没人叫过了。慕锦不知道阿蛮是谁。因此，慕冬宁改了口："二十的嗓子怎么了？"

慕锦扫了二十一眼："声音被猫叼走了吧。"

慕冬宁央求道："给她请个大夫吧。"

慕锦说："不碍事，死不了。"

"二十以前是我的丫鬟，我很喜欢她，希望二哥也善待她。"

"原来她真是丫鬟。"难怪了，这长相也就丫鬟命。

慕冬宁禁不住蹴鞠场的尖声喊叫，坐了一会儿就离开。

凉亭没有清静多久，苏燕箐闻声而来。

也是古怪，她见自家丈夫的次数，还不如二十次数多。

赶走小九以后，苏燕箐受了一场风寒，接着又咳嗽了半个月。

那个名叫银杏的丫鬟抱怨说："泽楼风水有问题吧。"

肖嬷嬷呵斥一声："别胡说。"

银杏红了眼睛："小姐大病小病，接连不断。老爷至今都没有质问慕家，恐怕惦记着慕家的钱庄吧。"

“小不忍则乱大谋。”肖嬷嬷说，“现在应该先让小姐养好身子。再说了，小姐受了风寒，老爷质问起来，倒霉的是照顾小姐的你和我。”

银杏噎了一下，又说：“这么久了，姑爷就来看了小姐两回，除此之外，整日沉迷那群狐狸精。”

肖嬷嬷冷笑：“狐狸精年纪大了、老了，迟早要走的。”

今日，大病初愈的苏燕箐被喧闹声吵醒。热闹的蹴鞠场，无疑在她的心火上添了一把柴。

苏家小姐排场大，一群仆人跟着，才踏进园子就引人注目。

慕锦正眼都不甩。

她脚尖踏入凉亭：“相公好雅兴。”

他啜一口清茶：“夫人的身子恢复得如何了？”

“已无大碍。”苏燕箐先是看一眼妖娆多姿的众侍女，移眸见到场外的二十，她无声勾起冷笑。

苏燕箐制得住当面的闲言碎语，可“口”这一字，乍看围得严严实实，四面八方透的全是风。苏燕箐蔑视掩日楼失宠的女人，可如今，哪个不是背后讥嘲她。

归宁那天，没有告知父母，她被慕二公子遗弃在新房的事。苏燕箐一来顾及面子，二来保护慕锦，她盼着有朝一日，二人琴瑟和鸣。

此时那位郎君，笑里冷峭，问着：“夫人要不要下场比一比？”他不在乎妻子的想法，也没有留下任何承诺。

火烧胸腹，苏燕箐险些崩了表情。

奔跑的小六左脚绊右脚，摔了一跤：“呀……”她跌成了四脚朝天的糗态。

苏燕箐转向慕锦：“不了，我玩不来这种粗鄙的追逐打闹。”

慕锦搁下茶杯，慢条斯理地说：“比赛是我组的，夫人说的粗鄙，莫不是将我也算进去了？”

她在他身边坐下，拂开他肩上的黑发：“相公是大户商家，开些下人们的玩笑，并不过分。”

“她们可比下人矜贵。”慕锦闪开她的手，抬眉一笑，“红颜难求。”

苏燕箐看向二十：“这位红颜……”停顿片刻，没听他接话，苏燕箐又道，“相公别有兴致。”

慕锦直直看着苏燕箐：“没想到，夫人才嫁过来没几天，就要骑到我头上了。”

苏燕箐脸色骤变。

银杏急了，插话道：“姑爷，小姐她……”

慕锦飞了杯盖过去：“我这里没有你说话的份。”

“奴婢知错。”银杏连忙退至亭外。

肖嬷嬷瞪了银杏一眼。银杏低头，噤若寒蝉。

慕锦说：“自己去领罚吧。”

苏燕箐辩驳：“相公，银杏是一时——”

“你有空……”慕锦终于正眼看她了，“就回泽楼好好管教丫鬟，这儿风大，别让丫鬟闪了舌头。哦，夫人也不乐意观看比赛，好走不送了。”

苏燕箐没料到，慕锦连台阶都不给她。但是，她坐定了，纹丝不动。说到底，她才是慕锦的第一夫人，慕家万万不会和苏家交恶。

二十汗津津的，手指挑了挑黏在脸上的发丝。无意间，她向亭中望去一眼。那双夫妻的对峙，凭苏燕箐的表情，二十猜到了些许。

正是这时，慕锦向她招了招手。

二十顿感不妙。见她不动，慕锦挑了眉。于是，二十听话地过去了。

慕锦一把拉住她，抱到腿上，亲昵地在她耳畔吐气。

这下，不仅苏燕箐目光阴狠，连其他侍女看二十的眼神，也有了异样。

二十僵直身子，听着他的话。

他说：“我讨厌聪明的女人，尤其是像你这样。该聪明的时候，装傻充愣；该糊涂的时候，又精明得跟鬼一样。”

他的呼吸吐在她的颈间，她觉得更热了。

“你啊……”他在她的小尾指处捏了捏，勾着一抹坏笑，“偷听我的秘密，我恨你恨得牙痒痒的。成了我受宠的侍女，我夫人也将你视为眼中钉。我等着看，看你的下场有多惨。”

慕锦气定神闲，扣紧二十的细腰。

二十木然，眼睛盯紧前方的亭柱。这对夫妻的恩怨，她能躲就躲。

苏燕箐眯了眯眼睛，在银杏和肖嬷嬷忍不住脾气的时候，苏燕箐忽地换上了温柔的姿态，凝眸看着慕锦：“相公，我先退下了。”至于心中是如何咬牙切齿，就只有她自己知道了。

美人的喜怒哀乐，比风景更胜。慕锦这才露出了欣赏的微笑：“夫人请。”

苏燕箐记住了二十。临走时，她留下一个高深莫测的眼神。

十五见状，起了忧心。比赛完了，她紧紧跟着二十。

回来掩日楼，十五进了二十的房间，关上门才说：“二夫人今天来者不善，你一定要当心。当初姓苏的污蔑我盗她首饰，命令中年嬷嬷搜我身子。这丑妇力气大得很，握住我的手臂，我就挣不开。她手指暗藏几枚细针，把我的腰刺了好多下，我如何求饶都不肯放过我。这些主仆不是个东西。”

二十心惊。当初只听十五咒骂，却不知苏燕箐要了这等阴险手段。

对比二夫人，花苑和掩日楼的女人的争宠，只是逞口舌之快罢了。就连爱打架的十四，也从来没有使用过伤人的暗器。

二十莫名产生了一种战前紧迫感。

过了两天。

二十的肩伤痊愈了。接骨之后，疼痛减轻许多，不过这几日抬手不太方便。今日终于无碍。

十一去花园摘了杏花回来。她哼着歌谣，将银白花瓣晾在台上。在她眼里，掩日楼的院落，很久没有这般明艳过。

二十推门出来，见到十一的侧影。在这个瞬间，她忽然明白，为何掩日楼没有花植。住在这里的女人，比花美、比花艳。

二公子挑人的眼光，当是出色。

“二十。”十一转过脸来，笑颜如画，“待杏花晒干了，可以制成香缨。你啊，别只绣绢帕。香缨、荷包，这些也是姑娘家喜欢的东西。”

二十点头。

十一拿出了自制的香缨，递给二十。“喏，这个送你。”顿了顿，她掩嘴一笑，“我的手艺不如你，别见怪。”

十一的变化是显而易见的，声音常有上扬的语调，焕发新的生机。

二十没见过十一这样鲜眉亮眼的模样。她进掩日楼的那年，十一已经失宠了。

二十欣喜地接过香缨，然后上前陪十一摊晒。

寸奔已在楼外站了片刻。他无声无息，看着里面的女人。

二十挽起了袖子，露出一截比杏花白净的手腕。

寸奔抬眼看日天，唤道：“二十姑娘。”

指尖捻着杏花，二十抬起了头。

寸奔一身玄色劲装，神清骨秀。他常年跟在慕锦身边，却未沾染半分轻浮。这般干净的少年模样，府里多少丫鬟芳心暗许。

他的目光几乎没有重量，停在她的脸上，说：“二公子有请。”

十一怔了下，二十受宠的程度，出乎所有人的意料。十一放下自己的花篮，接过二十的那个，说：“去吧，剩下的我来就好。”

二十转向寸奔，拉拉衣裳，做了一个穿衣的动作。她正想，如果寸奔不理解她的话，她该再做什么手势。

寸奔意会过来，说：“二公子今天要出门，你换一件吧。”

她笑着回房换衣。

她虽然现在是个哑巴，和别人的交流依然顺利。从前的二十是一个倾听者。少了话语，也不妨碍别人跟她诉苦。所以，女人们没有因为二十的失声而孤立她。

二十跟着寸奔走，和他保持三尺距离。

去的不是崩山居的方向。

寸奔没有解释。他习武多年，放慢步子也比常人走得快。

二十小跑才能勉强追上。

他察觉到了，索性停住脚步。

二十忘了收脚，险些撞上他的背。她连连后退两步。

寸奔回身：“抱歉。”

她摇摇头。

寸奔寡言，二十无声。两人静默地出了府。

见到门前的马车，二十有了不祥之兆。应该说，只要见到慕锦，就有灾祸降临。他与她，大约八字犯冲。

“二十姑娘。”寸奔说，“二公子在里面等你。”

她回了神。

慕锦爱笑，寸奔冷峻。这对主仆都是一个表情阅遍山水。她看不出所以然。

她踩上马凳，掀开帘子。

迎面劈过来的，是慕锦的一句话：“掩日楼过来几步路，你走了一刻钟。”

二十疾步跟着寸奔过来，其实只花了半刻钟。

慕锦奚落着：“让你放风筝，你躲到树下偷懒，让你踢蹴鞠，你也在一边凉快。床上就更别说了，跟木头一样。杀了你，是不是更痛快些？”

二公子嘴上把二十杀了不下一百遍，光说不练。

二十低头听着。反正她是哑巴，二公子说得再多，她也无须回答。这样一想，这哑巴当得就舒服自在了。

马车走了一阵，马车里静默了一阵。

慕锦这才道出今日之行的目的。他穿了件茶白宽袖长袍，金线绣有几朵云纹。噙一抹笑意，撞几分风流：“带你上浮绒香，学几招伺候人的本事。不指望你生龙活虎，至少也该楚楚动人。”

他说什么就是什么，她又没有质疑的余地。她恭敬地坐在边上。

他懒洋洋地说：“过来捶背。”

二十弯腰上前，跪坐到他的侧边，闻到了淡淡的薰香。

以前他多用清凉平静的檀香。薰香更适合目空一切的二公子。

“大力。”慕锦不满意她的动作，“你是哄睡，还是捶背？”

二十发力，狠狠地捶打他的背脊。

他舒服地叹了一声：“你到府里多久了？”

“……”

“哦，忘了你是哑巴。”

片刻过后，慕锦没头没尾地说：“早知当初就不给你毒药了。”光他一人说话，无聊。

浮绒香是京城第一花楼。

民间传，当今太子萧展，成年礼的那一晚就留宿在了浮绒香。

多少人仿佛站在太子床边围观过，将这晚成人礼一五一十道出，没有放过任何细枝末节之处。

为何太子放着宫里众多美女不要，而选这民间青楼完成成人礼，老百姓不做深究。皇家的风月，可作的文章太多太多，真伪难辨。老百姓图个嘴皮乐呵，安慰自己，皇城不过如此。

十五是慕锦从青楼赎回的女人。她不愿再回去，抱住慕家这块浮木不放。也正因为十五从小就在青楼长大，若二十要学风月技巧，何必出府？

说到底，又是这位爷折腾人的招数罢了。

马车停下。

寸奔低沉的声音传来：“二公子，到了。”

“嗯。”慕锦睁开眼，和二十说，“捶背捶得我能睡着的，只有你了。你这也是一项保命的技能。想到你还有这用处，我自然留你一命。”

二十恨不得直接拿把铁锤，捶死他算了。

浮绒香小楼建在万碧湖边，岸边柳绿割破了纯白的晴天。湖边停有几艘画舫，甲板上竖着鲜艳的花旗。

二十不曾见过这等阵仗。

慕锦潇洒地展开折扇，说：“这个月有花魁赛。”

二十拖着步子，走得慢，故意和慕锦拉远了距离。她此时离寸奔更近。因此，慕锦的解释她没有入耳。

二十转眼看见，寸奔一路驾马车而来，额上余几滴汗水，几缕碎发粘在他的脸上。

慕锦利落地合上扇子，浅浅一笑，问：“寸奔，你上回相中了哪位姑娘？”

二十收回了目光，开始东张西望。

寸奔低首："回二公子，没有。"

浮绒香楼前，一位大花紫裙的鸨娘，眼里亮如黄金白银，她挥着一条桃红绣帕，热络道："慕公子！"

那一条绣帕，二十有些眼熟。

"慕公子，欢迎欢迎。"珍娘是浮绒香的鸨娘，年过三十，风韵犹存。脸上涂有养颜粉，阳光下闪着细碎的珠光，"你可终于来了。"

慕锦直接问："盈盈呢？"

"得知你要过来，她已经准备好了。"绣帕在珍娘的指间翻飞。

二十目不转睛，认出了这是她的绣品。

"嗯。"慕锦看向牡丹花旗的那艘画舫，"盈盈在船上？"

珍娘应声："是，是。"

慕锦转身走去。

二十跟上。

"哎……"珍娘上前拦住二十，刻薄的眼睛将二十从上到下打量了一番，"慕公子，这位是……"

鱼龙混杂的青楼，无奇不有。珍娘见过有男人带女人来逛浮绒香，但这事，发生在慕锦身上，就格外出奇。

"她是我府上的……"慕锦想了想，说，"丫鬟。"

"哎？"珍娘还以为，二公子这是给她送女儿来了，"她要跟着进去吗？"

"嗯。"慕锦上了画舫。

寸奔止步在湖边，抱剑坐在树上。

扈盈盈屈膝行礼，抬头见二十，她问话语气和鸨娘一样："慕公子，这位是……"

慕锦回答也一样："丫鬟。"

"这可是头一回见二公子的丫鬟啊。"扈盈盈更惊讶了。她只见过慕二公子的护卫，是一个十分俊秀的男人。二公子带丫鬟出门，本就稀奇，何况还是上青楼。扈盈盈几乎以为，二公子是过来砸场子的。

慕锦解释说："丫鬟要嫁人了，没有男女经验，领她过来长长见识。"说得理直气壮，说得理所当然。

其实就是无理取闹。二十面无表情。

扈盈盈手捻绣帕，捂脸一笑："能让二公子亲自领来，想必是一场盛大的亲事。"话说到这里，本可以结束了。哪知，扈盈盈多嘴加了一句："是嫁给寸奔公子吗？"

二十愣了愣。

慕锦手执白扇。展开、合上，展开、合上。安静的画舫里，只有那把白玉长扇不断开合的声音。

听着白玉长扇的一开一合，扈盈盈冷汗直冒。

慕锦笑容可掬，轻巧地把玩玉扇。

扈盈盈自知失言，掩了掩嘴。

过了好一会儿，慕锦说："寸奔暂时没有娶妻的想法。"合扇的动作干净利落。

"是是是。"扈盈盈赶紧换上迎客的热情笑脸，"二公子，这儿坐。"她转向二十，"这位姑娘，你也坐。"

扈盈盈再也不敢把二十当丫鬟了，可二十深知自己的身份就是丫鬟。她看向慕锦。

他笑意浮在嘴角，利刃藏在眼底："坐吧。"

二十福身答谢，落座。

慕锦问："花魁赛的赛绩如何？"

这话题安全，扈盈盈稍稍安心："也就那样。"

窗外其余画舫传来一阵悠扬的歌乐。慕锦不喜。扈盈盈放下了窗户的密帘。

慕锦说："我今日来，就是保你夺冠。"

"二公子破费了。其实，这些都是招揽生意的名头。这个月花魁赛，到了端午，还有龙舟美人。接着，又到了京城双艳，一年四季能赛上多回。名次嘛，姐妹们轮流转。"扈盈盈也是实诚。

“我既然来了，要是风水转不到你这儿，我可不爽利。”

扈盈盈温婉一笑：“这……那我先谢谢二公子了。”

慕锦和二十的椅子靠得很近，他和扈盈盈反而离了五尺远。

不知这对男女什么时候才开始风月之事，毕竟这才是二公子此行的目的。在马车上，二十做足了心理准备，哪怕见到二公子糜烂不堪，她也要保持镇定。

二公子和扈盈盈聊天没完了，客套许久。二十难免走神儿。

忽然听得扈盈盈问一句：“这位姑娘，好酒吗？”

二十这才见到，扈盈盈不知何时抱了一个酒坛子。

二十既然是慕锦的丫鬟，能否和主子一起喝酒，也要听他一句话。

慕锦代她回答：“不了。”

“二公子。”扈盈盈又说，“这一坛浮绒香，是我让珍娘给你留的。”

“也就你们这里的浮绒香，才算是真正的美酒佳人。”慕锦话中有话。

扈盈盈脸色微红：“二公子见笑了。”

既然提到了美酒佳人，接着想必要步入正题了。二十把腰板挺得更直。

然而，那双男女又聊起了酒。

扈盈盈说：“百随的酒太辣。”

慕锦说：“东周的酒太甜。”

瞧这架势，似要高谈阔论一番。

无聊至极的二十，唯有将眼睛放在扈盈盈的绣帕上。

这也是二十的绣品。原以为见不到买家，谁知今天这么巧，一遇就是两个。

更巧的是，顾着闲聊的慕锦居然捕捉到了二十失神的瞬间。他眼眸一转，问扈盈盈：“你这丝绢，绣工挺精致的，是在哪儿买的？”

二十眼睛亮了起来。虽然二公子品行不端，但是自幼玉食锦衣，他觉得精致，肯定是非常精致了。

扈盈盈扬了扬绣帕：“二公子对女儿家的东西也有兴趣吗？”

慕锦摇着扇子：“刚才见珍娘也有一条相似的。”

“嗯，这是自东周而来的布品和绣艺。”扈盈盈将绣帕拉开给慕锦看，“才摆出来就被抢购一空了。珍娘靠着关系才买到的，分给了花魁赛前几名的姐妹。”

东周？二十有些疑惑。

慕锦故意说：“想必价格可观。”

扈盈盈附和道：“是啊。”

布匹确实极好，但不是来自东周。每月，马总管给二公子的侍女添置新布。二十不做新衣，而是将布匹绣成绢帕出售。二十的绣品被冠以东周的名号，哄抬高价。然而，她分得的银两，不过是普通刺绣的价钱。

慕锦了然，低下声：“没想到你还留了这一手。”

二十暗叫不妙。他就是某天拿起看了几眼，谁料竟能认得出她的手艺。

“一个小侍女，月月吃慕家的，穿慕家的，用慕家的，还偷偷攒钱，居心叵测。”慕锦声音更低，靠得更近，吐气在二十的耳畔。

二十强作镇定，看他一眼，满脸无辜。

扈盈盈指尖缠着绣帕，揣摩着二公子的真正来意，以及那位丫鬟模样的姑娘，是何身份。

刚才也是扈盈盈糊涂，慕二公子嘴上说这是丫鬟，但二十的衣裳布料皆是上等丝绸。哪家的丫鬟能有这般优待？

慕二公子挑选侍女，像是用尺子丈量过的一样，眉目均匀，动静皆宜。眼前这位，说好听些是小家碧玉，可不是上人之姿，如何入得了二公子的眼？见他俩亲密的姿态，扈盈盈觉得有些不寻常。

诡异的寂静过后，一声惊叫从外面传来：“着火了！船着火了！”

扈盈盈一惊。

这时，外面的丫鬟跑了进来，惊惶地喊着：“扈姑娘，兰姑娘的船冒烟了！”

扈盈盈掀帘。

花旗为玉兰的那艘画舫浓烟冲天，火苗暂时没见着。船舫之间相邻极近，如若真的火势蔓延，必是连成一片。

“二公子，我们快走吧。”扈盈盈连忙带慕锦和二十出去。

逃生的人群如果不想跳湖，只能往相邻的画舫跑。一个肥重的男子跳上了扈盈盈的这艘船。巨大的冲力，使得船只颠簸了下。

扈盈盈一个趔趄，眼见就要滑倒。

慕锦及时搂住了她的腰。

她焦急地说：“真的着火了。”

玉兰画舫这时起了大火，尖叫声此起彼伏，一个狼狈的男子来不及穿上外衣，跳进了湖中。

火焰遇风，直往扈盈盈的画舫吹，将慕锦和扈盈盈逃生的路给挡住了。

四周陆续有跳湖的人，扈盈盈拽了拽慕锦的袖子。

他拖着她，继续向甲板走。

她拉住了他：“二公子，来不及了，跳湖吧。”

听到扈盈盈的话，二十看向慕锦。

他的注意力应该在扈盈盈那边，却忽然侧头看向二十。

二十立即移开目光。

看着二十，他的脸上闪过戾气，转向扈盈盈时又笑了：“我护你上去。”

话音刚落，肥重男子没站稳，撞到了慕锦。

船只摇摇晃晃，晃得慕锦连同扈盈盈，一起落了水。

二十跟在后面，眼睁睁看着二人掉了下去。

寸奔就在岸边，应该会及时赶来吧……

二十握了握拳，掉头就跑。身后传来扈盈盈的呼救，混在惊闹的人群里，十分尖利。

二十停下脚步的同时，被一个大汉撞到，摔在了船板上，手指险些被一个匆忙而过的男人踩中。

她转头看湖中，扈盈盈嘴里灌了几口湖水，话音模糊不清：“救我！二公子……”

而慕锦，沉得比扈盈盈更快。

二十：“……”

就在二十以为慕锦要一落不起的时候，他顽强地上来了，而且拉住了扈盈盈的手。接着，湖面扑腾的扈盈盈被他拉得沉了下去。

这一刻，二十想了很多。她的未来，她的家乡，以及慕家。

花苑和掩日楼的女人，可以说是依附慕锦而生存。虽说女人们衣食无忧，吃穿用度有慕家。可是她们没有月银。有什么生活需要，报给马总管，马总管会一一购置。

小九走的时候，二公子赠了一车金银珠宝。一旦二公子不在了，大公子可没那么仁慈，给二公子的侍女发放遣散费。无一技之长的女人，失去了慕家，连生活都无法维持。这是其一。

其二。主子落水，二十不能见死不救。如若她不识水性还好，可是当年进慕家，陈副管家问她有何特长，她诚实地坦白自己精通水性。

万一，慕二公子溺死在万碧湖底，她肯定脱不了干系。慕大公子不会放过她，慕老爷不会放过她，恐怕还会追杀她到天涯海角。二公子和她两人踏上画舫的那一刻，他的生死就和她的安危绑在了一起。

二十沉沉地看着湖水。

再等下去，就算寸奔来到，二公子也无力回天。

二十深吸一口气，跳下湖，向慕锦游去。到了他的身边，她捉住他的手臂，把他向上拽。

他像是失去了意识，只知道拉住扈盈盈不放。

可怜的扈盈盈，本来自己能够浮起来，却因为慕锦而动弹不得。

慕锦和扈盈盈二人的重量，凭二十如何又拽又推，也没办法将他们拖到水面。

关键时刻，扑腾的水花中，出现了第四个人——寸奔在水下托住了慕锦的腰，他看向二十。

二十意会，放了手，改去拉扈盈盈。

寸奔将慕锦托出了湖面，唤道："二公子！"

慕锦双目紧闭，面色苍白。

寸奔飞身一跃，将慕锦带上了岸。

二十扶着扈盈盈，慢慢地游过来。

扈盈盈憋气憋得满脸通红，大口大口地喘着气，惊恐万状。在水中，她紧抱二十，到岸边，她放开了，自己使劲爬了上去，无力地躺倒在地。

二十拧拧裙子的水，再抹一把脸。

寸奔一声不吭，半跪在慕锦面前。

慕锦刚才吐了几口脏水，已经清醒了。他左腿屈起，左手搭上膝盖。如果忽略湿漉漉的衣袍，这潇洒的身姿，就又是自由自在的二公子了。

“寸奔。”

“在。”

二十觉得，寸奔说话的声音，也像在湖中浸泡过，重量沉了不少。

慕锦说：“送盈盈回浮绒楼。”

“是。”寸奔起身，转向扈盈盈，“扈姑娘，能走吗？”

扈盈盈缓过了呼吸，坐起：“可以……”她拢了拢单薄的衣衫。

寸奔的眼睛只停留在她的颈部以上，礼貌地说：“请。”

“二公子……我先走了。”临走时，扈盈盈行礼道谢，“谢谢二公子救命之恩。”

二十想，真要等二公子救，扈盈盈恐怕已成水中冤魂了。

寸奔和扈盈盈远去。

溺水时，扈盈盈仓皇失措，只剩濒临死亡的惊恐，她无从分辨慕锦拉她下水的原因。

慕二公子水性不佳，不是大事，其原因才是关键。而这扈盈盈永远猜不到，因此，她构不成威胁。

着火那边叫声不断，岸边的慕锦和二十，陷入死一般的寂静。

二十裙上的海棠花浸了水，萎缩成团。她预感到了危机。

果然，慕锦欣赏湖水的眼里，映不出任何美景。向来笑里藏刀的脸上，浮起冷冰冰的细屑：“没想到，你连我不善泅水的事都知道。”

二十讶然。

“说！”他动作极快，她还没看清，他已到了跟前，“你还知道什么？”

二十摇头，畏怯地缩起身子。

慕锦掐紧她的下巴：“说不说？”

她想再摇头，无奈脑袋转不动，只能可怜兮兮地看着他。

他稍稍放松了力道。

情急之下，二十挣开他的手，跳进湖中。她装作扑腾的样子，在水中浮上浮下，张嘴像是要喊出救命，然后白眼一翻，潜了下去。

不一会儿，二十上岸。看着刚才扑腾的水面，她眼睛瞪大，双唇微张，再用双手捂住嘴巴，做出了十分惊慌的样子。紧接着，扑通一下，又跳下了湖，像是在拉什么东西上来。

最后，回到了岸上。

慕锦琢磨着她连续的肢体动作。

在此之前，慕锦逗弄二十，无非闲着没事寻个乐子。

二十说的那些所谓的秘密，他自然是不信的。他再糊涂，再醉酒，也不会将底细全盘托出。他假装成相信的样子，恐吓她、威胁她，见她惊慌得跟小白兔一样，他就畅快不已。偶尔觉得，这女人挺能逗他乐的，留着她也无妨。

有趣的兴致，建立在二十不知他秘密的条件下。

画舫着火，他和扈盈盈往外跑的时候，二十的眼睛一直追随他。他以为她想求助，他没管她，她鬼点子多，死不了。

扈盈盈说跳湖，二十瞬间眼神有些古怪。后来她跳江，不是为了逃命，而是过来拉他。当时是扈盈盈在呼救，而非他。二十却直奔他而来。

她或许知道他怕水，而且知道其中原因……

慕锦缓缓问：“你的意思是，见到我溺水了才过来救的？”

二十立即点头。她再爬起，踉踉跄跄，东倒西歪的，然后一个抽搐，躺地上睡起觉来了。

他靠在树上：“让我猜猜？你刚才的意思是，我那天醉了，醉得不省人事，没有跟你说什么不该说的话？”

二十连连点头。

“但你这出戏假得很。”慕锦又挂上了微笑，说，“谎话连篇，骗鬼去吧。”

只有少数人知道，慕锦的鼻子只要灌水，就会闷疼肿胀，久了无法呼吸。大夫说这是先天鼽嚏。慕锦的娘亲亦是如此。

慕锦的酒量极好，唯独喝不了“翌日方歇”。然而，京城的生辰宴，备酒都是这个。

数十年前，大霁京城建在素有“酒泉宴客”之称的江州。

那年，当今皇上才十四岁，刚被册封为太子。

一位官员糊涂献错了礼，将一壶民间窨酒呈给了生辰宴上的太子。等他发现，为时已晚。

大霁果酒香气重，醉意轻。而这壶窨酒，酿酒人学了东周的蒸馏术，口感清甜，后劲浓烈。太子抿了一小口，被甜果般的香味吸引，不知不觉喝了大半壶，之后睡足了一天一夜。

于是此酒得名：“翌日方歇”。

也并非所有人都会休息两天，因个人体质而异。譬如二公子，醉一晚上也足够了。

生辰宴那天，慕大公子说：“一年到头也就一个晚上，醉了也就醉了。”

慕锦当时也这般想，无非就是找寸奔唠叨几句罢了。

二公子醉了会讲胡话，这是寸奔说的。

二十还没到慕家的那年，慕锦醉倒在寸奔旁边，嘀嘀咕咕一晚上。那时的慕锦，讲的都是些无伤大雅的小毛病，其他事情守口如瓶。

前年的生辰宴，寸奔没有陪在二公子身边，二十就遭了殃。

无论醉酒说过什么，第二日醒来，慕锦全然不知。正如他记不得腊月二十那晚说的话，见的人。

眼前的女人是一个大骗子。假如她知道他不善泅水，那么醉酒那晚，他也许泄密更多。

“你还知道什么？”慕锦轻声询问，极有礼貌。

二十摇头。

"你除了摇头还会做什么？"他站定在她的面前。

他的黑影又宽又长，宛如杀人利器。先前，二十存了一丝侥幸。若是她对二公子有救命之恩，或许能逃过一劫，她终究天真了。她不敢仰头直视他，紧紧抓住湿漉的衣裙。鲜艳的海棠花，在她掌心皱成一团。

慕锦低腰，捏起她的下颚："你和谁说过我的事？"

她连连摇头，给十个胆子她也不敢。她做了一个跪拜的手势，哀求开恩。他会杀了她，至少这一刻，她相信他绝对会。

慕锦看她好半晌，凉凉一笑："你还有什么用处？"

二十抖了抖手。

他说："你除了是个哑巴，一无是处了。"

她明白，所以才必须当一个哑巴，一句不许吭声。她在无声地发誓，他和她说过的话，她至死也不会泄露。这已经是她最后的示弱。她在掩日楼寡言少语，从不与人道是非。

慕锦手指滑到她的脖子，柔声说："你早该死了。"

二十惊慌。

他越收越紧："不杀你，难消我心头之恨。"

她的呼吸仿佛被横斩成片，脸涨成了猪红色，艰难张嘴。空气越来越稀薄，她使劲向前抓住了他湿透的衣袖。

他问："有什么遗言要说吗？"

窒息的时刻，她还想着摇头。

他看着她："没话要说吗？"

她拼着最后一丝力气，指指自己喉咙。

慕锦冷下脸，这种临死都还在算计的女人怎么能留？

二十离鬼门关只剩一步，只需片刻，她就能见阎王了。她后悔莫及，一滴水珠滑出了她的眼角。

这是慕锦第一次见她落泪。他以前无论如何戏弄她，她只会楚楚可怜地求饶，从不流泪。明明是倔脾气的女人，偏爱装出听话的样子，他越看越来气，气得他放开了她。

新鲜的气息冲进二十的喉间，她跪着剧烈地喘气，舌头发麻。

慕锦居高临下，看她喘得背脊直抖，他说："我很好奇，那天晚上，和你说了多少？"

或许，他对她掏心掏肺了一晚。醒来后，她握着他的心肝儿，让他无从防备。

她这个人，是肯定要杀的。留着她，他后患无穷。

然而，每每起了杀心，每每又再放下。

二十顺过一阵气，又卑微地跪在他的脚边。

见她那毫无血色的苍白脸颊，他哼笑了下。

她真的聪明，时时表明，她绝不会对外透露半句。

也是，她连死都记得自己是个哑巴，又怎会到处闲话他人是非。

寸奔送走扈盈盈，往回返。

从前，二公子再生气，对二十也没有太强烈的杀心。

今天不一样。二公子放她，是因为她甘愿在慕家当一个哑巴。一旦她成为不可控，二公子不会留她活口。

远远看见慕锦和二十的身影，寸奔敛起所有情绪，跃至慕锦身边："二公子，扈姑娘安全回去了。"

慕锦说："嗯，回程。"

湖水阻挡了画舫的混乱，岸上草丛静悄悄的。

回到崩山居，慕锦先是沐浴，换衣，然后和寸奔说起万碧湖的大火。

慕锦问："那艘画舫是如何起火的？"当时的火势不太寻常。肥重男子跳过来时，慕锦敛起功力，伪装成一个普通人，顺势跌倒。

寸奔答："二公子，此事确是有人故意纵火。"

这个答案在慕锦的意料之中："知道是谁吗？"

"浓烟乍起的时候，我见到一个黑衣人从兰姑娘的画舫飞出来，我追过去，到了对岸。与此同时，和我一起追人的，还有光顾兰姑娘画舫的张公子。"

寸奔迟来，不是护主不力，他那时正在追黑衣人。

这事，巧合就巧合在，慕锦落水是故意的，等待寸奔的救援即可。可先救人的是二十，她的举动令慕锦生疑，怀疑她知道他骯嚔的疾病。

“张公子？”慕锦也不知这张公子是哪家姓张的，随口一问，“他凑什么热闹？”

“二公子，此事是因张公子而起。”

“嗯？”

“黑衣人和张公子有过节，纵火烧的是张公子所在的画舫。我追过去，黑衣人很是惊讶，以为我也是张公子的仆人。”寸奔说，“我询问张公子。张公子承认，这黑衣人是跟他争抢兰姑娘的。他把黑衣人带走了。”

“我原以为我慕二又挡谁的道了。”慕锦摇了摇扇，“不是冲我而来，极好。太平日子过得舒服，我无心恋战了。”

“听扈姑娘说，兰姑娘在十天前，曾允诺给一武林人士弹琴两个时辰，定的日子就是今天。可是，张公子砸了三倍的银两，赢得了兰姑娘。”

“嗯。”慕锦懒得理会别人的恩怨情仇，“纵火虽然是误会，我却有另外的收获。”

寸奔明白慕锦在说谁。

慕锦倚在长椅：“寸奔。”

“在。”

“让马总管过来讲清楚，这个女人到慕家是做什么的？”

“是。”寸奔转身离去。

马总管负责府里大大小小的事务，二十的来历，他知道大概，却不详细。怕被二公子刁难，马总管拉上了陈副管家，一起来到崩山居。

“二公子，二十姑娘的事，由陈副管家给你详细叙说。”马总管和陈副管家不知二十犯了什么事，这事会不会波及他俩，心中忐忑，战战兢兢地站在慕锦面前。

“嗯。”慕锦此时已经从溺水的阴影中走出来，品着上好的毛尖，吹着徐徐的凉风，懒洋洋倚在躺椅上，“说吧。”

陈副管家说：“二十姑娘本是刘府的丫鬟。刘家欠了慕家三个月的粮票。他们一家迁离京城，准备遣散一些奴仆。慕老爷加建了东南书房，又正缺奴仆。我和刘府管家说好，送几个干活利索、手脚干净的过来抵消粮票。刘府管家挑了三个长工、两个丫鬟，二十姑娘正是其中之一。”

听到“干活利索、手脚干净”这几个字，慕锦抬了眼。

陈副管家看不穿二公子的眼神，擦了擦汗，继续说：“这五名新进的奴仆，我一一询问过。进刘府之前，二十姑娘在李府里当丫鬟。本来要跟着李府小姐陪嫁。但是……”陈副管家顿了顿，不知该不该说。

慕锦又瞟来一眼：“说。”

“李府小姐嫁的那位官人，指名要二十姑娘陪嫁。后来不知怎么的，陪嫁丫鬟换了个人，李府把二十姑娘转卖给刘府了。”接着，陈副管家的话顺畅了些，“我们招了二十姑娘，安放在裁缝房。她干了有三个多月，帮着裁缝府里护卫的衣服。”

因话中的某些字眼，慕锦挑了挑眉。

“二十姑娘手艺巧，三小姐特别喜欢她的刺绣。三小姐的丫鬟寻了好人家，出嫁以后，三小姐就收了二十姑娘当贴身丫鬟。然后，就这么……就这么……”陈副管家又开始语塞。从徐阿蛮到二十的过程，就不便多说了。

“嗯。”慕锦的心思，好像没在陈副管家的话上。他转头向窗外，看着逝潭中上蹿下跳的东西二财。

不知是不是二公子也有食人鱼的气场，东西二财嗅着他的味道，格外活跃。

他挥了挥手：“下去吧。”

“是。”马总管和陈副管家如释重负，连忙退下了。

半刻钟过后，慕锦端着一盘血红的腥肉，走到逝潭边。

闻到生鲜的血腥味，东西二财的利齿咧了半脸，一跃飞出潭水。

慕锦丢了一片肉下去。

东西二财以尖牙相迎，相互撕扯、咬合。

慕锦看着飞溅的血肉，说：“寸奔，我问你一件事。”

寸奔不明所以。不过，二公子莫名其妙是常态，寸奔也习以为常。

慕锦看了一眼寸奔的玄色劲装："那女人当丫鬟的时候，你见过吗？"

慕家护卫的衣服都是量身定做的。有些人懒，报尺寸给裁缝房，有些则亲自过去，让裁缝丈量。

"在三小姐身边见过几回。"寸奔回答。

慕锦再丢一片肉："你俩有无交情？"

"没有。"寸奔目光炯炯，不曾逃避追问。

慕锦和善地笑了笑："你对她印象如何？"

寸奔看着慕锦："属下不明白二公子的意思。"

"她是怎样的一个女人。"慕锦的眼睛停在蓝空、青山、绿潭。

"属下听三小姐说，二十姑娘心灵手巧。"

慕锦把盘中的生肉丢完了，东西二财也潜下水中剔牙。他给足了时间，寸奔却只答了这么一句。

慕锦问："没了？"

"三小姐说的其他词句，属下不记得了。"

"心灵手巧？"慕锦看着逝潭如镜的绿水，"冬宁对哪个丫鬟不是赞不绝口？府里就不存在她没夸过的丫鬟。什么心灵手巧？明明就是城府深，心机重。别看那女人柔肤弱体，一阵风就能吹倒的样子，其实，山压下来，她都扛得住。"末了的声调像是卷起了寒风。

"二公子是在怀疑二十姑娘？"

"她知道得太多了，我心难安。"慕锦说，"不过，既然她已经成了哑巴，就暂且饶她一命。日后斩草除根之时，切记不可妇人之仁。"

"是。"寸奔的回答一如往常。

夜不能寐。

二十房间的门窗关得紧紧的，生怕二公子的幽魂从哪里蹿出来。黄铜烛台的火光照在她的侧脸。摇摇曳曳，正如她东飘西荡的心情。

援救二公子，虽说称不上完全的善意，但终归她还是把人给救了。

怎料，这生性多疑的二公子，非但没有感激她的救命之恩，反而起了杀意。

二十无比后悔，救这人干什么？就该让他自生自灭。她一时冲动，把自己置身于危机中了。

越想越沮丧。她拿出自己的小荷包，数了数。

才这么点钱，更加沮丧了。

得知哄抬高价的真相，二十不太想再经由刘大娘出售绣帕。

眼下，一筹莫展。

一，愁的是盘缠。

二，愁的是喜怒无常的二公子。他笑的时候，不一定心旷神怡；他不笑的时候，一定是雪虐风饕。

二公子时而阴，时而晴。今天放过她了，也许睡一觉，明天一早想到了什么，又上她这儿当阎王爷来了。

二十翻来覆去，直到清晨才睡着。

在水中泡了一段时间，上岸后又没有及时保暖，而且失眠疲乏，第二日，二十生病了。一坐起，头晕目眩，她感觉到吓人的温度，用手按住额头，掌心和额上一同发烫。她无力地垂手，躺了回去。

再度醒来，晕沉沉的，耳边是十一在说话："应该是着凉了。昨晚二十湿漉漉地回来，姜汤也忘记喝了。"

十四平日的大嗓门这时压得极低："请大夫吧，烧得脸都红了。"

"我去吧。"十一说，"你在这照顾一下，记得给她换凉毛巾。"

十四说："知道了。"

接着，二十感觉，额上的毛巾被取下，换上了另一条凉冰冰的。

二十平日里觉得，这群女人就算争宠打闹，也说不上多坏。

譬如十四，虽说喜爱打架，可从来不抓脸。女人们的脸一旦毁掉，自然就失宠了。十四不耍这种小手段。

又譬如，上回小十和十一抬了一桶鱼回来。这么多鱼，光是花苑或掩日楼的人都吃不完，于是一起煮了火锅。桌上也有吵闹，闹完也就过去了。

二公子自己顽劣成性，挑选女人的眼光，却十分独到。大公子侍女们闹的阵仗，可比二公子这边大多了。

有失必有得。二十想，惹恼了二公子以后，她得到的，可能就是这群女人的照顾吧。

二十喝了药，躺下休息。

“二公子。”门外十四说，“二十生病了，刚刚睡下。”

“嗯。”

二十听得这样的一声，接着房门就被推开了。

如果二公子会体恤她，那他就不叫二公子了。

庆幸的是，他今天终于没有用脚踹门。更庆幸的是，她生了病，有名正言顺的理由不搭理他。

二十闭上眼睛装睡。

慕锦进来以后，没有说话。

她本想，他看一会儿应该走了，谁知过了许久，也没有响起再开门的声音。

她心里发毛，这二公子不会又要找碴儿了吧。

她拉拉被子，翻过身子背向他。

他笑了一下。

只有骨子里流淌坏水的二公子，才能以一声轻笑，吓出她的一身冷汗。

他说：“你是东西二财的食粮，病死了会影响口感。记得养病。”

二十感觉二公子才是有病的那个。

遇上这么一个莫名其妙的主子，她除了装傻，别无他法，只能继续睡了。

本就晕乎，也就真的睡着了。

小十说，二公子那天谈成了一桩大生意。

十一送大夫出去，途中正好遇见了心花儿怒放的二公子。

二公子询问为何请大夫。

十一如实回答。

听到二十病了，二公子更是喜上眉梢，说：“我去看看她死了没。”

十一费解。

不过想想，那个缠绵病榻的妻子，二公子懒得过问。愿意亲自探望二十，权当是别样的关怀了。

同时也说明，二公子那天谈成的生意不是普通的大，而是天塌一般的大。

第四章

二十在掩日楼养病，足不出户。

慕锦态度模糊，走在杀或不杀的边缘。

几天过后，二十觉得这样躲藏也不是办法，二公子想要杀她的话，深夜给她一刀，就一了百了。

关于绣帕的事，二十没有其他的售卖途径，决定再找刘大娘谈谈。二十出了掩日楼。

寸奔这天回来。

慕府正厅向西，是二公子的居处。走上一段小路，到了路口。北望，由近至远，只见一座花苑，一座掩日楼。向南，是苏燕箐所在的泽楼。崩山居在深潭之后，屹立慕府最南。

寸奔此时正是到了岔口。

缃色衣裙的女子走出了花苑，向他粲然一笑。

寸奔看了眼她的腰牌："六姑娘。"

她屈膝行礼："寸奔公子。"

二公子的侍女、近身侍婢，寸奔记得的不足五人，小六正是其一。

一至五都已经不在了，小六成了排号最早的女人，涉世不深，天真烂漫，样貌远比年纪小。二公子说，她是花苑里最没有心计的女人。

而最有心计的，现在二十高居首位。

小六往掩日楼的方向走。

花苑又出来一个葱青衣裙的女子，追上了小六：“我也去呀。”

“刚才问你，你又不答应。”

从花苑到掩日楼的路，没有相连，只驳接在岔路口。

初衷大约是为了不让两边的女人争斗。然而，往返两边的路，是这些女人最常走动的路段，连路边的草都比其他路更秃。

“二十！”小六笑声起。

寸奔脚步顿了顿，回首一眼。

二十穿着紫棠素裙，阳光下沁了些汗。她向小六微笑，目光不经意地撞上了他。她正要福身。寸奔没有表情，转身离开。

二十站直身子，收回了视线。

小六亲切地拉起二十的手：“走走，上你们掩日楼。”

二十有些疑惑。

小十解释说：“小九来信了。”

小六得意地笑：“她在信中问候了你们呀。”

三人进了掩日楼。

小六拉开嗓子，喊道：“我！小六！”

听到她的名号，十四第一个冲了出来：“找碴儿的？”

小六扬了扬手心的杏色信纸：“小九的信。”

十四不屑地撇嘴：“关我们什么事？”

小六说：“难道你不想知道小九离开二公子之后，日子好过不好过？银子够花不够花？”

“是呀。”小十看看背后，压低声音说，“二公子的妻子虽然体弱多病，可毕竟是正妻。我们谁都不比谁好到哪儿去。难保我们说错了话，就被赶走了。”

十一走了出来：“有话，进房说吧。”

花苑的小六识字，掩日楼的十一认字，其余都不识字。

有二人识字，十四相信了这封的信封内容。十四说：“说来听听，反正那位夫人找我们麻烦是迟早的事，趁早合计合计，没了二公子，该如何谋生。”

小六展开信封，丢出一句话："小九要成亲了。"

"啊！"众女人大惊失色。

天下分四大国。东周临海，大霁西陆，南蛮焱国，北顺百随。其他小国在夹缝中，求全求生。

大霁红颜名扬天下。

百随男丁多，近年来兴起一股到大霁讨新娘的生意。有些清苦的百随人家，出不起讨妻的银两，直接过境到大霁。

小九正是遇上了百随人士。

小六念信："百随男子生得亦是高峻。初次见面，他称赞我是难得一见的江南美人，我心儿如小鹿……"

十四插话："谁乐意听这些风花雪月。"

小六道："你耐心些。"

十四红袖一挥。

小十戳着二十问："你小时候见过不少百随人士吧？"

二十点点头。

大霁和百随休战的第五年，签了商贸文书。大霁国界在西埠关的鄄乡，那里是百随商人往来的必经之路。

当年，邻居还跟徐爹说："你把你家阿蛮卖给百随人，那不比干苦力舒服嘛。"

西埠关虽然临靠百随，也是随了大霁的水土，儿郎少，闺女多。徐爹自有国宗祖先，大霁人就是大霁人，哪怕是为奴为婢，也不能远嫁邻国。

小六说："小九成亲后，开了一间酒馆，当老板娘的日子可舒坦了。"

十一忽地笑了："这么看来，我们就算离开这里，也不至于孤独一生。"

"小九走了，下一个不知是谁。"小六托腮说，"我觉得我们趁好光景，吃饱喝足，日后讲起这儿的生活，也有个好回忆。"

小九离开，是因为得罪了苏燕箐。

小九有一段时间没伺候慕锦了。那天，她经过泽楼，不小心踩到了一只猫尾巴。

据说那只猫是苏燕箐的爱宠。猫叫得凄凉，凉到了苏燕箐的眼底。

苏燕箐先是厉声呵斥了几句。

小九胆儿不大，没有向慕锦告状。

苏燕箐这才打听了小九的家乡，邀了小九过去。说的是宽待小九家人，然而言辞之间都是威胁。

小九怕了。

苏燕箐和慕锦提起，小九想家了。

慕锦了然，让马总管安排了遣散金，给小九践行。

二十巴不得自己被苏燕箐逼得卷铺盖走人。她那时有往泽楼走动，运气也是背，没有一回见到猫，自然也踩不到猫尾巴。

某日，苏燕箐坐到窗边，眯起眼，问："那个哑巴这几天天天来这儿？"

肖嬷嬷说："是的。"

苏燕箐冷笑："不安好心。"

花苑的小十，酷爱小话本。书生小姐的故事，大官贫女的风月，她乐此不疲。

那些所谓的争宠花招，二十听得一二。

如若，苏燕箐不小心掉落玉镯耳环什么的，再诬陷二十也是一个妙计。又或者，二十无意中撞倒苏燕箐，累她负伤，也是一罪。

可惜，苏燕箐身体抱恙。

小六继续在读信："我与高峻男儿情投意合，有一天，我给他送了一壶'翌日方歇'……"

二十心不在焉地听着。

二公子会杀她，早与晚的区别罢了。这几日，她一直有出逃的念头。方才讲到百随……

大霁的卖身契，须到官府盖章契尾，方可生效。也有大户人家使出浑身解数，假借其他名目躲避官府盘查。

慕家不屑这些手段，一切按规矩办事。不过，二十当了侍女以后，马总管没有撤销契尾，仍然把二十视为府里丫鬟，月月上缴税银。

无论二十走到哪儿，大雾国的官册上，她依然是慕家的奴仆。

但是，假如离开大雾国土，她就不再受此约束了。大雾的国境线就在她的家乡，越境不是难事。况且，百随尤其欢迎女人入境。

“二十，喝不喝茶？”十一的声音打断了二十的沉思。

二十回过神，点了点头。同时为自己逃往百随的大胆想法而惊讶。

惊讶过后，平静喝茶。

寸奔到了崩山居。

有一人正从楼阁出来，那是慕锦常用的线人。

寸奔回头看着线人上桥离去。二公子对二十起了疑心。这线人查的，恐怕和二十有关。

楼上二层有一亭廊，慕锦在摆弄棋盘。

寸奔走路无声，唤道：“二公子。”

“嗯。”慕锦左右手各执黑白棋，自己与自己斗得欢快。

寸奔见到了搁在棋盘旁的信，左下角落款是大大一个红镖印章，正是线人的情报。

慕锦不讲，寸奔也不问，安安静静地站着。

过了半刻钟，慕锦以和局结束了棋局。他抬起了头，二指挑起那封信。

瞬间，柔软的纸张像是负重的利箭，射向寸奔。

寸奔同样用二指夹住，一目十行地看完。

信上有二十的生平过往。可谓是乏善可陈，家住西埠关，有三姐弟，她为长女。为了添补家用，小小年纪出来干活。

慕锦一手扶上窗台的雕花：“不将那个女人的底细翻个底朝天，我不安心。”以前不查，是因为他有足够的自信，自己万万不会醉酒泄密。

然而，浮绒香那天，他起疑了。

慕锦支手托额：“虽说近几年，我的仇家死的死，伤的伤，剩下的暂时相安无事。不过，我慕家生意越做越大，得罪过的人没有一屋也有一车。谁给我身边安插一个奸细，不是没有可能。”

寸奔答：“是。”二公子一向多疑。

“这个女人有些机灵过头了。”机灵的女人是个麻烦，慕锦喜欢傻傻的美姑娘。

寸奔开口：“信上写，二十姑娘家境贫寒，生活简朴。或许不是奸细。”

“哦，希望如此。”

“二公子。”寸奔沉稳地开口，“恕属下直言。”

“说。”

“如果二十姑娘真要将二公子的事情公之于众，她以前有的是机会。”

“她该庆幸她守口如瓶，不然早就人头落地了。”慕锦笑了笑：“对她知根知底，利用起来方便些。”

寸奔折上了信。

“只要她乖乖地在幕府当哑巴，我就做一回好人。我三番五次饶她不死，可见我心存善念。日行一善，何乐不为。”说到这里，二公子自己都信了。

寸奔没有接话。

楼阁陷入了沉默。

初夏，天清，无云。

慕锦出外游玩，捎上了二十。

破天荒的，今天寸奔不在，赶车的是一个中年车夫。

二十上了马车，端坐在门边。谁知二公子会不会半途失心疯，又要取她性命。离门近些，逃生机会更大。如若失去逃生机会，那么惨死之时，也让车外的众人瞧瞧，慕二公子是何等心狠手辣。

慕锦倚靠在坐垫上，瞟她一眼。

她低首，不知在想什么。

她脑子里转的，肯定不是好东西。他命令道：“过来捶背。”

二十坐过去，正要握拳往他背上去。

他拧起她的下巴，笑得跟街上流氓一样："你是不是瘦了？"

二十的拳头落在他的肩上。她目不斜视，继续捶，使劲捶，当一个听令行事的丫鬟。

"怕死怕得寝食难安？"慕锦抬起她的脸。

她立即点头。寝食难安，茶饭不思。她懊恼，以前去寺庙上香，多是为家人祈福，却忘了给自己求一张平安符。

慕锦放开她的下巴，改捏住脸："你诡计多端，我相信你可以保命的。就是太瘦了，看看这脸颊。"他捏了好几下，"没几两肉。"

二十半边脸都疼，不得不靠向他。

他松开手，琢磨地说："我发现，捏几下你还顺眼了。"他近看，"漂亮了。"

她揉揉泛疼的脸颊。二公子这阴晴不定的毛病，是如何养成的？同是慕家主子，也没见大公子和三小姐有这般诡谲的性情。

马车前行。

走过热闹的街道，二十仔细聆听。这市井生活如今成了她的寄托。

前些日子，二十躲在屋里，依着童年的记忆，描画酆乡的地图。这么些年过去了，酆乡官道或许有变，国境线旁边那座山肯定还在那里。由山上越境，那是最好不过。

只要寻着机会，一丝都不能放过。她要自己回家，而非慕家将她的尸首送回家。

二十从思绪中回神，发现外面越来越静。渐渐地，只剩下了鸟雀的声音。她有些戒备。

从进灵鹿山开始，车夫就开始担心。二公子也是的，有官道不走，偏要抄近路。一个半月前才遇山匪，被劫了一姑娘，今天还是没吃教训。眼见越走越深，车夫稍稍拉了下缰绳，回头问："二公子，前方再走二里路，就是瀑布了。听说……山匪很猖狂啊。"

慕锦倚着棉垫，没有睁眼，懒洋洋地开口："月初官兵不是剿匪了嘛，继续走吧。"

"是。"

马车又继续向前一阵。

然后有一阵急促的马蹄声从四面八方响起。

车夫的担忧果然发生了，大喊：“啊，又是山匪！二公子，山匪！”

二十脸上没什么反应，柔顺可依，其实心中大骇。上回有丁咏志在场，二公子都能丢人。今天寸奔不在，更加没有尚书之子，二公子岂不是更加自顾不暇了。

慕锦坐起，回车夫的话：“掉头回去。”

“是。”车夫赶紧掉转马车。

马匹发出狂啸，继而狂奔。

狂奔的，还有另外一群马匹。男人们粗放的吆喝也越来越近。

“没想到啊，还有不怕死的敢走这条道，这不是白白给我们弟兄送米粮嘛。”爽朗的声音夹杂在狂躁的马蹄声中。

“弟兄们，吃肉了。”另一道粗粝声音响起。

车夫急了，拉住了缰绳：“二公子，他们拦路了。”

“官兵剿匪，剿的都是什么。”慕锦掀开了帘子，看清前方的壮汉，他眯起眼，“又是你们。”

“呸！这话我说才对，又是你！”领头的蓝裤大汉认出了慕锦，结实的大臂挥动起一把大砍刀，“上次没把你斩成两半。今日——”他往掌心吐了一口唾沫，刀指慕锦，“要你的命！”

“粗鄙之辈。”慕锦眉头没有皱一下，“凭你们鲁莽山夫，敢拦本公子去路。”

二十赶紧拉拉他的衣袖。什么时候了，还摆贵公子架子。如今护卫不在，对方又是凶煞恶徒。这二公子倒好，什么不中听，他就讲什么。最后连累的还不是她。

一个灰衣壮汉拉了拉蓝裤山匪，压低声音：“鲁农，二当家说……别招惹慕二公子了，我们是不是……”

蓝裤山匪，名叫鲁农，他再吐一口唾沫星子：“呸，我们怕他？”那把大刀的利光，将投射到马车的光都给斩断了。

灰衣壮汉白他一眼。

这边，慕锦回头看二十：“拉什么？”

她缩回了手。不管对象是山匪还是慕锦，她都是保命要紧。

灰衣壮汉望一眼马车，再看车夫，铜色脸上咧开大笑：“我们不为杀人。第一劫财，第二劫色，绑个姑娘家给我们山上弟兄解解馋。”

后面一群男人哈哈大笑。

另一山匪大喊：“久闻公子哥妻妾成群，分我们一个，算积德了啊。”

又一人喊：“对对对，以后我们逢人便夸，慕二公子乐善好施。”

比起一众山匪，二十宁愿给二公子一人糟蹋了。她侧身，躲在慕锦的背后。

慕锦扬了下衣袍，将她的身子罩起，鄙夷道：“你们也配？”

二十戳戳慕锦的背。

慕锦回头。

她指指他别在腰间的钱袋子，做出一个丢掷的动作。

慕锦终于动了眉头：“什么意思？”

她拽紧衣领，再用双手挡住胸口，一副凄惨受辱的表情，使劲地摇头。

慕锦琢磨道：“你的意思是，你不愿意被劫色，于是用钱财代替？”

二十连忙点头。

慕锦居然跟着点头：“也有道理。”

二十解下了自己的小荷包，准备要扔给山匪。虽然心疼银两，但是如果她不先自我牺牲，二公子又会疑她使诈。

慕锦伸手一挡：“这是你的？”

她点头。晃晃钱袋子，再指指外面的山匪。她和他，再加一车夫，哪敌得过十几二十个山匪。识时务者为俊杰。

慕锦讥诮地说：“灭我威风。”

二十无言。面对外面凶神恶煞的山匪，她还能如何？

鲁农没空再等这对男女一来一去的聊天，他横刀指向马车：“听明白了吗？”

车夫僵直着脑袋，动都不敢动：“二……公子……”

慕锦一脚横在帘子前：“他们没胆子上。”他回头和二十说，“等寸奔。”

鲁农和灰衣壮汉互看一眼，异口同声地说：“劫车！”

二十紧张地看着他的背影，拽紧了小荷包。慕锦忽然拽下腰间的钱袋子，扔给了她。她双手捧起，不明白他的用意。

慕锦说：“给你自保，去财消灾。”

这时，灰衣壮汉从马上向前一跃，跳到了马车的车顶。马车颠了一下，车顶险些倒塌。

二十面色泛白，握住钱袋子的手背青筋突起。

慕锦看了她一眼，正要说话，有一把尖刀横进来，架在了他的脖子上。

拎刀的大块头狞笑道：“慕公子对吧？没了护卫，看你还如何嚣张。”

慕锦不屑：“我说了你没胆子，你就是没胆子。”

大块头气结：“你——”

鲁农还坐在马上，喊道：“少啰唆。我们劫富济贫，不伤人命。”说完，他的眼睛转到了二十，“姑娘也抓！”

形势紧迫，二十拿出绢帕，往自己嘴里塞了一口。

车顶塌了。车顶的灰衣壮汉反吊而下，伸手抓住了她的手臂。

幸好咬住了绢帕，否则这般情景，她的嘴巴哪还憋得住。慌乱间，她回首看着慕锦。

慕锦踢开大块头。玉扇在他手里转了一个圈，他眼底有重重叠叠的戾色：“我的女人，敢抢试试？”说话间，玉扇飞向灰衣壮汉的手指。

灰衣壮汉即时松手，松开了二十。

大块头再度袭向慕锦。

慕锦躲闪，展开的扇尖淬了毒一样，直追灰衣壮汉。

不知谁喊了一句：“别怕！他只懂拳脚功夫。”仗着人多，车外的山匪们冲向慕锦。

二十缩在马车角落，盯着车外的混战。

二公子的招式，比普通的拳脚功夫还是要高那么一些的。不知寸奔何时才来。她不懂武，无法预估慕锦一人和二十几个山匪的战况。

她低头见到钱袋子，脑海中闪过什么念头。她忍不住偷偷瞄一眼。

是黄金。比她的小荷包不知重多少。

这时，突然飞过来一把刀，马匹受了惊吓，长嘶扬蹄。车夫不知躲哪儿去了。马车不受控制，狂奔向前。

在此惊乱之中，二十强迫自己镇定下来。

这里是灵鹿山，方才车夫说，离瀑布不到二里路了，而那个瀑布……

二十猛地撞到了木杆，抽痛得轻喘一声。

那个瀑布……那个瀑布有什么？二十紧咬牙关拼命回忆。

对了，有暗道。

此时不逃，更待何时？

林路尽头就是瀑布潭。

正如小十说的，这瀑布不过几丈高。

马匹不管不顾地奔跑，到了湖边一个急转，刹不住的马车划了一个半圆。

二十紧紧拉住车杆，抵不过马匹的力量，被摔在窗上。危急之际，她掀开帘子，趁着马车撞向大树时，她跳了出去，飞过树枝，坠落在水里。

乍看之下，就像是马车将她甩了出去。

二十跌入潭中，趁机潜到离岸边更远的旁边。

二公子还在和山匪纠缠，暂时脱不了身。况且他不会泅水。今天的一切忽然成了天时地利人和。

二十在水中找了一会儿，不见有洞口。她有些着急，又怕慕锦追来，于是寻了一处隐蔽的水下先躲了起来。

一根倒挂的茂盛枝干陷进水里，围出了繁密的阴影。岸上的人无法窥探这片葱绿。

二十探出了头。

离得太远，打斗声消失了，耳边只有瀑布坠落的“哗啦”响。

她扒开一层树叶，观察潭边。阳光洒在潭水上。她静静待了好一会儿，不见有人追来。

难道二公子以为她就此丧命了？那真是大吉大利了。

二十不担心山匪杀死慕锦。当时那灰衣山匪说了一句：“二当家不让招惹慕二公子。”这群山匪应该对慕家有所忌惮。图财罢了，最坏的就是，他们将二公子绑走，以此勒索慕家。

但这也轮不到她来操心。

二十上了岸，将她的小荷包和慕锦的钱袋子绑到一起，藏在怀里。然后深吸一口气，再度潜进水中寻找。

瀑布不高，潭子不大，却也费了她不少力气，才终于见到往外冒水的洞口。

洞口约二尺宽，水流将一群鱼儿推出来。

二十换了换气，游进了洞里。

慕锦无心恋战，往后跃出几米远，他合上扇子：“你们这一群不长眼的东西。”

鲁农虽然是莽夫，却也察觉此时的慕锦与方才不同。

慕锦穿苍白衣袍。

白是白，为何是苍白呢？因为二当家说过，无论何种颜色，只要加一个“苍”字在前，就莫名有了秋末凉意。

慕锦笑容更加亲切，眼眸黑漆漆的。他的扇子一展，扇骨处多了几根尖利的细长暗器。

鲁农正要看个仔细，忽然慕锦不见了。

在众人还没发现慕锦去了哪里的时候，慕锦又出现了，他站在灰衣壮汉的跟前：“刚才是用右手抓了我的女人吧？”

没有人回答他。

慕锦轻笑，倏地以扇尖挑了灰衣壮汉右手的手筋。

灰衣壮汉的哀号响起，握刀的那只手瞬间软下去，大刀落地，发出“哐哐”声响。

鲁农大骇，举臂砍向慕锦。慕锦又消失了。

鲁农东张西望，见不着人，他朝空中恶狠狠地喊：“用暗器算什么好汉？”

“谁要当好汉？”慕锦站在一棵树的绿叶尖上，身体似乎比叶子片儿更轻。

眼见灰衣壮汉手上鲜血淋漓，鲁农这才意识到自己轻敌了，他大喊一声：“上马，撤！”

慕锦没有追，合上玉扇，他迅捷地往马车狂奔的方向而去。

林路上有两道深浅不一的车痕。顺着车痕，慕锦找到了马匹。两匹马安静了下来，正在树下乘凉。马车被撞坏了窗棂，空了大片。

慕锦进去找了找。什么都没有丢，除了他的钱袋子。

原路返回，见到了尽端的瀑布，他不由得想起，那女人给十五求情时，就是游过逝潭的。她水性佳，逃生大约走水路。

慕锦始终无法消除对二十的怀疑。对于机敏的人，无论男女，他都抱有极重的戒备心。今日当是二十的最后一关。只要她过关了，他也就安心些。

近日来，那群山匪徘徊此处。慕锦故意选了这一条路。混战中，二十如若有逃跑的念头，必然不会放过这样的机会。

果然，这个狡诈的女人胆敢在他的眼皮底下，揣着他的银两跑了。

她今日一逃，辜负了寸奔对她的信任。

慕锦早和寸奔说过，她胆儿肥，可怜模样都是装的、假的。给她一尺，她能顺杆儿爬一丈。

到了瀑布边，看着潭水中的鱼儿，慕锦有些惋惜。他讨厌聪明的女人，但聪明的女人也难得。惜才爱才嘛，他该是惋惜的。

“二公子。”片刻过后，寸奔赶来了。林路有血迹，他知道山匪来了，于是追寻车痕而来。

慕锦回头。

“属下来迟了。”

“无妨。你要早来了，那女人还跑不掉。”慕锦用扇子轻拍掌心，“跑得好，极好。不见棺材不落泪。”

“二十姑娘跑了？”

“跑了。”慕锦顿了顿，又说，“马车跑了，她在车上。”

寸奔转向瀑布，问：“是停在这儿？”这儿可不是好地方。

慕锦指指树下的一小片碎布。正是二十坠湖时被枝丫刮掉的。他左手执扇，右手食指抵住扇尖，慢条斯理地说：“我得仔细琢磨，她是自己跳下去了，还是马儿将她丢下去了。”

话虽这么说，然而寸奔明白，二公子已心中有数。

“寸奔，你下去找找。哪怕她在这儿淹死了，也要把尸体捞上来，鞭尸。”最末两个字咀嚼在慕锦的齿间，生生嚼出了血腥味。

“是。”寸奔听令，跃入潭中。

慕锦好整以暇地坐在巨石上。二十的去向，他早有揣测。

过了一会儿，寸奔浮起了水面：“二公子，没有。”

慕锦很平静：“知道了。”越平静越诡异。

寸奔问：“二十姑娘可能进了皇陵。”

“那天小十到灵鹿山，对皇陵很感兴趣。她爱好民间传说，回去肯定会讲起此事。”慕锦笑了下，“那个女人应该是躲到皇陵了。她平日一肚子鬼点子，没想到，情急之下也失了分寸。”

寸奔额上滑落的，不知是水滴还是汗滴。皇陵机关重重，之前，倒斗的死了多少，就连精通易经八卦的，也有不少命丧其中。二十再聪明，不过是普通女子，她去了只有死路一条。

“帝皇陵墓可不是那么容易走的。如果她能在皇陵里安然无恙，我也饶她一命。”慕锦转向寸奔，“以防万一。调派人手，全面搜山。”

“是。”

二十进了洞口，算着自己的闭气时间。如果在一半时间里，她找不到另一头的出口，那么她必须即刻返回。

非常幸运，她见到的是另一个山洞。

上了岸。有左右两条暗道，边上分别刻有四个大字。

她不识字。

左边暗道黑不见五指，右边似有亮光。她选了右边走。才没走几步，见到了前方的出口。她惊喜地跑了出去，只见一座山丘。从周围的林木分辨，这是灵鹿山的深处了。

游水耗费了太多体力。天色尚早，二十先是小憩片刻，坐在洞口边，揉捏自己的肩膀。

短短一时半刻，她就走上了逃亡之路。

听得二公子的秘密是不争的事实。就算一时保住了性命，难保日后他不会再动杀机。

休息了一会，二十生怕慕锦顺着水流追过来，不敢久留。她拨开及膝的野草，向前走去。沿途用树枝给自己标下了不易察觉的记号。

远远见到一条泥巴小路。

有路就有人。她只要能出去，自然能缓一阵的。况且，她还有二公子的银两当盘缠。

哪知，转过一棵树，听见有一个男人粗鲁叫喊："忍不住了，就在这儿解决一下。"

这声音像是山匪的其中一人。

二十缩起身子，正要反身，却被拽着裤头的鲁农撞了个正着。

她对上他的熊眼。这个男人给她的感觉就跟熊一样，膀圆臂粗的。

鲁农绑紧裤头，哈哈大笑："天意啊，兄弟们，捎个姑娘回去！"

二十一动不敢动。

鲁农几步过去，拎小鸡一样地拎起她。

她想，今日的运气，恐怕在离开二公子的时候就花光了。

匪窝在非常隐秘的山腰上。名字倒是喜气，叫福寨。

二十的眼睛被蒙上了黑布，她隐约听见，匪窝入口处有水声。

接着，远近听到的，全是男人破嗓的叫嚣。

在大户人家，连长工都没有如此粗狂的野气，她暗地里把自己骂了好几遍。真是自不量力，竟然以为自己能凭一己之力走出这座深山。

鲁农的手在她腰上掐了几把，力道像是要把她的腰给拧断。他纳闷："女人腰这么细的啊？"

另一山匪接话："别太用力，小心给折了。这些兄弟好久没见过女人了。"

自从山匪频繁出没，只有慕二公子这种不怕死的才敢来了。

鲁农赶紧松开了手，问二十："疼吗？"

她惊得连连点头。

他看看自己黝黑的大掌，嘿嘿地笑："干粗活惯了，以后我轻点啊。"

才说完要轻点，他拎起她的衣领，一把把她丢到柴房。

二十缩在柴堆里，第一次盼着慕锦出现。二公子人是凶了点，起码没有把她扔给一群男人。

门外吆喝声不停，空气中有一阵男人汗水的味道。

十五那次被救回，没有多说山窝的事，只强调山匪没有伤害她。十五给的理由很天真："可能他们害怕二公子。"

二十当时没什么感觉，现在却不那样觉得。如果真的怕二公子，今天山匪也不会突袭马车了。

二十轻叹一口气。如果山匪真的侵犯她，她也没有反抗的余地。一切都是咎由自取。在画舫，她就不该救慕锦。她亮出了自己的底牌，慕锦没有理由再留她性命。

午后，鲁农送了饭过来。

"你胜在胆子大啊，自始至终都没哼一声。"他咧嘴一笑，"到现在也不说话。"

鲁农蹲下，平视她，说："你别怕，我们粗莽了点，但以后你成为我们山里的女人了，疼你是肯定的。"

可二十不想当山里的女人，这山里比慕家还难逃。

"你也太瘦了，没几两肉。我们山里最瘦的压你身上，你都可能断气了。"鲁农把碗推到她的面前，"来，半斤米饭，全部吃光。"

二十稍稍抬头，现在才真正看清了他的模样。

鲁农横着一道眉，眉上有一道疤，凶神恶煞的样子，他使劲地摆出和善的笑容，显得嘴皮子抽筋了一样。

见她一声不吭，鲁农绷起脸皮："吃！"

她颤颤伸手。

他盯着她的手背："你的手指好细啊。"

她又把手缩回去了。

鲁农问："你叫什么名字？"

她指指自己的嘴巴，摇摇头。

他大吃一惊："你是个哑巴？"

二十点点头。

"我们劫色，是要给二当家讨一个媳妇儿。这山里的女人，没一个合适的。二当家年纪有了，我们一众兄弟盼着他成亲。他的亲事解决了，才能轮得到我们嘛。"鲁农说，"不过，二当家有些才气，你是哑巴……不合适送给他。"

鲁农盯着她看了好一会儿："你第一眼，普普通通的，越看就琢磨出味儿来了。行吧，你配不上二当家，就跟我好了。"

鲁农自顾自做了决定。吓得二十更加不敢动了。

"我叫鲁农，记住啊。"他美滋滋的，"等我们二当家回来，我跟他说，让你到我的房里。我就喜欢胆大的女人，以后我护着你，别怕了。"

鲁农端起碗，塞到她的手上："吃吧！"

她只好低头扒饭。

"上回捉了个女的，跟二当家很般配，可是那慕二公子把人给要回去了。以防夜长梦多，咱们这事得赶紧来。"

米饭哽在二十的喉咙，她眼睁睁看着鲁农大步向外走。

他兴冲冲道："我让弟兄们挂几个红灯笼，再给你找件红衣裳，咱俩今晚拜堂成亲。"

鲁农将自己的亲事告诉弟兄们，吓傻了一众壮汉。

山寨大多是大老粗，没有感情一说，娶谁不重要，只要疼媳妇儿就对了。

一山匪说："要不等大当家和二当家回来再说。"

又一山匪接话道："是啊，这也太急了。赶着十个月以后就抱儿子啊？"

"你拜堂还要拜天地，拜高堂。大当家、二当家不在，你拜谁啊？"

灰衣山匪右手的伤口已经处理过了，医治及时，这只手没有彻底残废。

鲁农壮臂一挥："我们出刀，快、狠、准，成亲也是一样。先简单成一次亲，喝上交杯酒，再入洞房。拜天拜地，以后再补吧。"

大当家和二当家不在，鲁农就是代主管。众人不拘小节，于是张罗起喜事来了。

鲁农没有大红衣裳，让负责杂役的妇人下山，买两套新郎新娘的东西。

既然提了亲，鲁农觉得，不好再将二十关在柴房了。还有，她那身湿漉漉的衣服也要换掉。要是着凉，耽误洞房花烛夜就不好了。

自从浮绒香落水，二十跟着慕锦出门，会披上一件粗布外衣。

这种特殊的布料，质地粗糙，遇水则变得板硬，湿透了也不贴身。本是慕府渔工们穿的。以前，二十在裁缝房瞧着新鲜，给自己留了一件，如今派上了用场。

好在二公子只看重女人的脸，不介意粗布还是丝绸。

鲁农盯着二十的裙子，说："我让李婶给你换件干净的。"

他仍然跟拎小鸡一样，拎起二十就走。

李婶是五十多岁的伙食工，育有三个儿子，没有女儿，她只能把自己的衣服给二十。

李婶生得高大，二十穿上那衣服，松松垮垮。腰上系紧了腰带，坠地的裙摆却没有办法。

李婶让出了自己的床铺。

鲁农说："你就安静在这坐。"

二十当然要安静，她时刻记得自己要当一个哑巴。

和李婶一起管伙食的，还有几位妇人。她们聚在一起免不了聊些有的没的。

二十虽然没有什么表情，其实认真地在偷听。这里不是她熟悉的地方，大户人家的生存方法在这里不适用。二十唯有借由妇人们的聊天，去了解这座山寨的规矩。

李婶认为，二十要嫁给鲁农了，现在算半个福寨人，于是给二十讲了这里的来由。

福寨是上一辈人建立的，因为劫富济贫，被官兵紧追不舍。逃亡中，几人无意闯进了这里，从此安家。弟兄们好打抱不平，结识了许多见义勇为之士，因而越来越大。

大当家是上一代大当家的孩子，二当家是大当家在路上捡来的。

李婶说：“鲁农虽一介莽夫，脾气不坏。他年纪比二当家更大，着急娶亲也是人之常情。你跟他过日子，慢慢就知道他的好了。”

那群妇人在炒菜时，又说起了皇陵。

二十竖起了耳朵。

原来，这座皇陵有两个入口。潭水下的是当年皇陵的一部分。陆上的，则是倒斗的用火药炸塌了小山丘之后形成的洞窟。

二十其实是从一个入口到了另一个入口。黑不见五指的那边，才是通往江州的路。

二十那时盘算的是，这路黑漆漆的，走也走不远。而且小十说了，夜明珠都被倒斗的盗走了，不如先出去，在山里躲一阵子。等二公子走了，她再下山找户人家借火折子。

泥巴小路是福寨的必经之路，二十也就和鲁农撞上了。

李婶想起一件事，问：“二当家是不是又去皇陵探险了？”

“是吧。”一妇人双手抬起大锅，“后山那条去皇陵的新路，就是二当家生生走出来的。可比那水陆两出口，更接近皇陵。”

另一妇人接话：“我们二当家窝在这山里，真是可惜了。”

几个妇人附和道：“是啊，是啊。”

二十皱了下眉。

二十先前觉得，大约是运气用光了。其实，那条通往江州的暗道，才是惊涛骇浪。至今，进去的盗墓者，七成再也出不来。她只是选择了一条看着不太走运，却不会丧命的路。

不过，这些她不知道。她以为，暗道是一条路，她不入皇陵就行。她脑袋里逃跑的念头始终不减。听了李婶的讲述，二十生了新的想法。

这时，鲁农在外面喊：“成亲除了大红灯笼跟大红衣裳，还要干啥子？”

一个沙哑声音的山匪应道：“我知道洞房，别的不知道。”

一个声音稍稍尖细的人笑了："我也只知道洞房。咱不信天，不信地，拜天地都不虔诚啊。"

鲁农又喊："去去去，别在这吼嗓子，吓坏我家新娘子。"

这倒是。二公子清瘦的身段，"劈柴"都压得她喘不过气。这虎背熊腰的鲁农……

二十吓得一个激灵。

寸奔领一群护卫在灵鹿山搜寻。

已是申时，远日渐沉。如若落山，搜寻更加艰难。无论二十在山上，或是皇陵，同样都是危机重重。

斜阳拍在寸奔清秀的脸颊，没有给他添上半分温煦。霞光越红，他眉梢的犀利越甚。

寸奔跃上大树的枝干，俯瞰山林。再往前走，就是山禽出没的密林了。

有一探子来报，半山腰上，葱绿林间忽然升起了两个大红灯笼，摇曳在林木之中，煞是招眼。

寸奔问："只挂了两个？"

探子回答："匪窝入口在闩溪边，空旷可见。寨里林木茂密，属下在远处……没有见到。"

"去查查，究竟什么事。"那座大老粗山寨，有什么事能挂大红灯笼。

"是。"探子离去。

寸奔有一猜疑，以二十的脚力，走不出十里山路。可如今，搜遍这方圆十里，都不见她的踪影。水下搜寻的护卫走了数百米暗道，触发了机关，退了回来。

护卫们的回答一致："不见二十姑娘。"

或许二十既不在山路，也不在水路。寸奔远眺匪窝，福寨这两个大红灯笼，古怪得很。

半个时辰之后，探子再来报。这回说得仔细了："匪窝要办一桩喜事。"

喜事二字，和大红灯笼一起……寸奔脸色越发冷峻，问：“是何喜事？”

探子回答：“福寨有两位妇人匆匆下山，在集市买了两件大红衣裳，说是一男一女成对儿穿。”

话到这里，这喜事，恐怕不喜了。

福寨的女人，除了一两个正值二八年华，其他多是中年妇人。如若妙龄女子出嫁，如此匆忙置办嫁衣，不合情理。

寸奔想，成对儿的女人，应该是遍寻不着的二十。

探子继续说：“属下拦路询问，两位妇人说今晚有喜，头领成亲。”

“你继续盯着福寨。”

“是。”探子说完就消失了。

寸奔翻身一跃，向慕府飞去。

二十虽无名分，但她仍是二公子的人。二公子这人，对侍女的态度，有时候慷慨得令人称赞，有时候又小气得让人莫名。

一句话，凭的是二公子的心情。

至于对二十的占有欲，寸奔猜测，二公子大约不欢喜任何人沾染与他斗智的女人。

因为，二十的对手只能是二公子。

“你说什么？”

搜山交给了寸奔，慕二公子回慕府歇息。

悠然自得之际，他正想，那个女人若能从皇陵中逃生，依着她这般运气，他就留她一命，收为己用。

不丢她去喂鱼，可以把喂鱼的活计交给她。一样的，满足东西二财的食口。

寸奔赶回来，将探子的话如实说明。

二公子的闲适瞬间没了，半阖的眼睛睁开，晶亮如星：“她还没死？”

寸奔低首：“是。”

慕锦自言自语了一句：“上天为何不赶一道雷来劈死她。”他坐了起来，“搜山搜得如何了？”

寸奔说：“我们搜寻了方圆十里，没有见到二十姑娘。”

慕锦再问：“水下呢？”

“找了，没有。”寸奔说，“属下怀疑，二十姑娘走错路，到另一个入口了。”

慕锦没有说话，向外看去。

他最是喜欢落日前的逝潭。万道霞光将青绿深潭映得一片血红，东西二财飞扑时的利牙，戾光像是染血的刀剑。这一刻的逝潭，如同一座横尸的血池。

还是得将那女人丢去喂鱼，慕锦才觉得稍稍痛快些。

他敛眉：“该机灵的时候，怎么就这么笨呢？”平时该傻气的时候，眼珠子转得跟猫一样。敢情她的聪明劲，只用在对付他的时候。

慕锦再问：“确定她在山匪那地儿？”

“是。”寸奔说，“探子问过下山的妇人。妇人说，福寨头领掳到一个娇小玲珑的姑娘，一见……”寸奔顿住了。

妇人说得绘声绘色，什么一见倾心，天作之合，百年之好。

探子复述时木然。寸奔听得更木然。

慕锦及时接话：“一见他个鬼。”

寸奔捡重点说：“掳到的姑娘穿一件米白粗衣。”

米白粗衣，正是二十。今日慕锦见到她这衣衫，就觉得与泗水有关。二十是无意，慕锦有心，因此判断她走的是水路。

“短短不过半日，给我找了一个奸夫。”慕锦轻轻绽开笑颜，“她不是胆儿大，她是嫌命长。”

寸奔不吭声。

慕锦静了好一会儿，夹起玉扇，在指间把玩：“听说那日，傅昀抢亲十分风光。见过吗？”

寸奔说：“属下不知。”

“成亲？想得倒挺美。”扇尖刀光浮动，“吩咐下去，给我备马。”

“是。”

“寸奔，把我的红披风拿来。”慕锦除了大婚当日穿过大红长袍，日常没有这般鲜艳的衣服，他想到的是披风，“别人都成对儿的红衣裳，我也得应应景。”

系上披风，慕锦向外走。

迎面遇上了慕冬宁。她看着笑意盈盈的慕锦，跟着他一起微笑：“二哥，要上哪儿去？”

“出去一趟。”

慕冬宁说：“那可正好，回程给我带一份东街的小笼包子。”

“让厨房给你做就是了。”

慕冬宁不依：“我吃过那家，用的是秘制酱汁，慕家厨房还做不出来呢。”

“知道了。”慕锦说，“好好休息，我先走了。”

慕冬宁正要回房，又听马总管说：“二公子，马已经备好了。”

她转身问：“二哥，你是出远门吗？”

“上山，剿匪。”慕锦简洁明了。

慕冬宁诧异，劝说：“剿匪是官府的事啊。二哥你别冲动，太危险了。”

然而慕锦已出了大门。

慕冬宁的话音吹散在风中。她叹了口气，无奈地和丫鬟说：“二哥自成亲以来，越来越古怪了。”

慕锦上马，扬鞭。

寸奔紧随其后。

列队跟着一群肃杀的黑衣护卫。

落日西沉，慕锦的披风如烈火燔燃，飞扬跋扈。

二十身形纤薄，一个手无缚鸡之力的弱女子，又是哑巴，跑不到哪儿去。

于是，李婶忙自己的事去了。

鲁农沉浸在成亲的喜悦之中，觉得不能将二十视为犯人，不再派人看守她。

听着房外男人们粗鲁的叫喊，伴随几句荤段子，二十很是畏惧。

李婶嘴上保证，鲁农是一个疼媳妇儿的汉子。然而，这座山寨男多女少，鲁农又是重兄弟义气之人。二十怕的是，到了壮汉们焦躁难耐的时候，鲁农牺牲妻子作陪。

再者，这匪窝把守严密，上山、下山不如慕府方便。回家和亲人团圆，更加遥不可及。

无论是慕府，还是匪窝，都不是她的归宿。

自从知道自己可以逃去百随，摆脱奴役身份，二十不试一回，不会甘心。这份意念至今未减，尤其福寨的二当家劈出了一条捷径，二十更加按捺不住。她在考虑，是等鲁农和她成亲之后，寻时机逃跑，还是今天就走。

二十打开了门，悄悄观察外面的情景。

大伙感染了鲁农的心情，欢声笑语不止。吊灯笼的，扛酒坛的。就连厨房的妇人，哼着不知什么曲子，放多了三倍的米。

如今正是山寨不设防的时候。

二十下了决定。

李婶的房间不远处就是厨房。二十走过去，指指肚子，做了一个吃饭的动作，再捂住肚子，撇撇嘴，一脸委屈。

李婶从忙碌中抬头："饿了吗？"

二十点点头。

李婶向后一指："饭菜没有，只有干粮。先吃几口，成亲日子可是好一阵子吃不上饭的。"说到最后，李婶暧昧地笑了起来。

二十拿了干粮，回到了李婶的房间。

房间不大，只有一个柜子。

二十在心底给李婶说了道歉，然后在柜子中翻找。

她用剪刀剪掉过长的裙摆，再用针线，把小荷包和钱袋子缝在了衣兜。

她有两种打算。一是从暗道到江州。二是先在山林躲一阵，她小时候跟着爹爹翻山越岭，学过求生技能。等风平浪静了，她可以乔装成男子，直接走官道。

最后，二十拿走了李婶的蜡烛。她假装上茅房，从后山溜走了。

这一条“二当家之路”可真是好走。

李婶说，二当家的乐趣就是钻研皇陵的奥妙，日日来回，他踩过的草路，小草枯成了苍黄，正好给二十指引了道路。

正是黄昏，树林稀稀疏疏，像是上了一层胭脂红。

二十折了树枝，用来探路。抬头时，见到前方草丛有一团东西。她立即停下了脚步，半蹲身子。

她正想，会不会是野兽？

那里响起男子的声音：“姑娘。”说完，他咳了两下。

是人，二十放心了些。

这条路，只有山寨的二当家走吧？

李婶说，二当家每日会在酉时回寨。如果酉时不归，自有人沿路去寻。

二十躲在那，走也不是，不走也不是。不知这二当家是不是和鲁农一样，以娶亲为乐。

男子明白她的担忧，说：“姑娘，你别怕，我只是脚受伤了，摔倒在此。”咳嗽后的声音清润如徐徐晚风。

二十直起身子，继续用树枝探路，走到了他的旁边。

男子俯趴在树下，转头向她。他左脚卡在两根粗枝间，动弹不得。他费力地用双手撑起半身，面色非常苍白，说话带喘：“姑娘……能不能帮我抬一抬树枝。”喘完又咳。

她迟疑。

他说：“我不是坏人，不会伤你。”

碎光落在男子的脸上，二十觉得他的眉目有些熟悉，一时半会想不起是谁，但十分温和亲善。

再看他被树枝绊住的左脚，细碎的枝丫刺穿了他的皮肉，渗出斑斑血迹。

男子又咳了咳，越咳越重。

二十于心不忍，使劲地抬那根粗大树干。

他咬牙，左脚往旁边拖去。

她再度放下树枝，手指不小心被树皮刮伤了。她晃了晃手，又吹吹伤处。

男子剧烈地喘了口气，趴在那里："对不起，你的手伤得重吗？"

二十摇头。也就是皮外伤。

男子回眼："谢谢姑娘了。"

她摇头。

他问："姑娘打山寨而来，是要往哪儿去？"

她指了指自己的嘴巴，摆了摆手。

他愣住："姑娘出不得声？"

二十点了点头。

他眼睛在她的脸上停顿片刻，然后他深深一咬牙，翻身半坐半靠。光一个动作就像要了他半条命似的，他喘得厉害，好不容易缓过来，笑了下："你不会是山寨派来找我的人吧？"

二十摇头。怕鲁农追来，她不想久留，绕过男子就要走。

他连忙唤住："姑娘，前方无路。"

她明明瞧见有路。

男子解释说："那是一座帝皇陵墓，阵法奥妙。我在此钻研多时，只破了一二。"

见他面目和善，话音真诚，她停下了脚步。

男子这时又坐了起来，靠在树边，他曲起右腿，右手搭在膝盖上："姑娘，你因何进山寨的？"

二十做出了一个双手被捆绑的动作。

"难道是被劫到山寨的？"

她点头。

"真是一群莽夫……"男子低声斥责一句后，扬起笑意，"姑娘受惊了。我是山寨的二当家，待我这痛楚缓和一下，我跟你回寨，放你下山。"

二十之前不知暗道的危险，这时倒是听了他的话。

他的眼睛又往她脸上走，若有所思，才说："姑娘天仓饱满，地阁朝归，田宅宫丰而广，是贵人之相。"

二十自然不信。南喜庙前有一算命先生，也说她有贵气有福相。

明摆着是嘴上忽悠的。她要是贵相，就不会倒霉到遇上二公子了。

见她不信，他笑起来，接着又急促咳几下，才道：“我自幼学习八卦阵法，略懂相学。”

她看他一眼。

他知她仍不信。他看向前方的小路：“这座皇陵由国师封棺，设下重重陷阱，里面不知有多少寻访者的残骸。”

他很是文雅，将“倒斗的”讲成“寻访者”。

如此一来，通往江州的暗道，她这般小人物是走不过去了。这是远离二公子的一条捷径，得知此路不通，她不免有些沮丧。

男子观察她的表情，问：“姑娘为何要去皇陵？”

二十低下头。

男子道：“算了，不说就不说吧。”

他疼痛稍缓，从衣袖里拿出一樽小瓷瓶。他将药粉倒在左脚上，那一瞬间，他咬紧牙关，忍住了即将出口的痛呼。

二十坐在旁边的草地，只盼这位二当家能放她下山，可千万别将她推给那些跟黑熊一样高大的男人。

她又在想，不能走捷径到江州，那么下山之后只得走官道。如果不幸被二公子追上，她唯有编一堆理由蒙混他了。

依过去的情形，二公子挺受她忽悠的。她骗他一回，他放她一回。不过，这般过活，整日提心吊胆的，就怕哪天骗不过二公子了。

男子也在沉思，倏地低问：“你可知，大霁为何要迁都？”

二十不懂这些皇城恩怨。她至今听过的，都是出自小十的口。

男子像是自言自语：“当年，凡是未成年被册封的太子，均夭折而逝。神官道出其因，是此墓陪葬妃子立下血咒。神官知其因，却未寻得破解之法。后来经高人指点，唯有迁都。”

男子声音更低了：“浩浩荡荡迁都之后，也仍然逃不过命运。”

男子叹气，抬头望向被密林遮盖的高空。他这么一抬头，二十猛然想起，他像谁。

男子骨瘦，二十刚才认不出来。现在发现，他的眉目，和慕老爷十分神似。

第五章

福寨藏于灵鹿山深处。

二十那日听得淌水的声音，的确没错。入口处有一条名叫闩溪的河流。

溪水没有不寻常之处，妙就妙在山涧地形。山峰像倒扣在溪上的碗，底下通行的是一道狭长山口。

官兵剿匪，剿了这么多年，福寨立于不败之地，地势尤其关键。大自然的鬼斧神工造就了山寨的独特地形。溪口一丈宽，六尺高，再多的人马，也只能一一列队入寨。

慕锦一行人到了半山腰，停在溪边的空旷焦地。

慕锦这是第一次到福寨，看一眼山口，他说:“倒是一座好山头。”山风习习，怡然舒心，他又说：“官府仁慈。本可将火药放于此处，炸成天崩地裂，地动山摇。不怕他们不出来。”

可是来得匆忙，也没有火药。

“先礼后兵。”慕锦转头，“寸奔，跟他们说，我是来要人的。谁敢喝那杯喜酒，就是提前跟阎罗王打了个照面。”

上回寸奔过来，也是要人的。那时，十五正在二当家的房中。二当家不感兴趣，听得慕家人来了，赶紧送走了。

寸奔下马，和寨口的守卫说明情况。

守卫横起一道眉，迟疑地问：“你是说慕二公子？”

寸奔冷冽地答：“是。”

守卫赶紧回报。他不知，这劫回来的竟然是慕二公子的女人。

二当家早有交代，别去招惹慕二公子。大伙儿不明白二当家这话是什么意思。难不成慕二公子还有三头六臂？

大当家跟着说：“一切听二当家的。”于是大伙儿也认了。

守卫回山寨禀报。

当家们不在，鲁农身为头领，便是说话人。然而，山寨正乱成一锅粥。

新娘子不见了，鲁农热烫的一颗心被浇成了透心凉，到处搜寻。

李婶的声音夹杂在男人们的粗嗓中：“我不知道她会跑啊！她还偷了我的衣服。”

听得二公子来要人。原本一把火烧起的鲁农，心中添上了几捆干柴。他绷紧了嘴：“又是那个慕二公子！”

他迅速地扛起大刀。

二十是他掳来的。不过，在马车上，他对慕二公子的女人没有深刻的印象。再见二十，她湿漉漉的样子，他也想不起来，她竟然是马车上那个畏缩的女人。

说起这，鲁农嘴上骂骂咧咧，咒骂灰衣山匪。

灰衣山匪那只手抓过二十，算是亲密接触了。可手筋断了之后，脑子的筋也跟抽了似的，浑然忘记那个女人是谁。

鲁农不是怕事的。对方找上了门，他也坦然迎战。走之前，他交代说：“继续找人，那是我的新娘子。我的！”

鲁农走路重，踏出了两道深沉的脚印。他没有走出峡口，站在边上粗喊：“居然敢寻上门来。”

“区区匪窝，口出狂言。”慕锦发出一声轻蔑的哼笑。

鲁农双目圆瞪：“狂不狂，问问我的刀！”他披了那件新衣裳，没有任何绣线，极其简单。他一粗人，颜色对了就行。

但这红艳，就足够让慕二公子碍眼了。慕锦左手往后，扬了扬自己的披风。绣金云纹，金贵华美，可把鲁农的新郎红衣比下去了。

山风像是感受到了慕锦的意念，将披风吹得张牙舞爪。

慕锦没有下马，轻飘飘地说："她是我的女人。"

"呸。"鲁农朝地上吐了一口痰，"我们这里的规矩，进了寨子，人就是我的。"

白马，黑发，红篷。在一群肃杀的护卫之中，二公子宛若没有重量，只剩眉宇的凛冽："自寻死路。"

慕锦和寸奔不同。

寸奔从小习武，内功深厚。

慕锦起步晚，追求速成，走的是至阴至邪的路数，为的是夺命。比起寸奔，慕锦更像一个杀手。

所以，寸奔曾说，二公子其实饶过二十很多次了。

霞光将山壁砍成了一半火焰，一半黑岩。

二当家在自问自答。

可苦了二十。

这二当家，跟二公子一样，嘴上没个把门的，该说的，不该说的，一股脑儿往外倒，也不问问她想不想听。

二公子那时是喝醉了，脑袋拦不住嘴巴，稀里糊涂讲一堆，然后逼着她成了哑巴。

二当家神志清醒，却像醉了似的，咕噜咕噜往外吐字，还挑皇上、太子什么的讲，听得她心惊肉跳。她真怕他学起二公子，待会儿要将她的耳朵给毒了。

有些事，知道了是要掉脑袋的。

大霁的皇家野史，她一点儿也不想知道。耳朵关不上，她索性闭起眼睛，心里默念：回家团圆，团团圆圆，花好月圆，圆圆圆圆。

二当家见着她这模样，猜出大半。他说："你这般抗拒，自然不会将我的话到处说。"

二十的确不会说，她怕被二当家灭口。不过，二当家的面相，比二公子温和许多。大约是虚弱，他的脸颊嘴唇泛着白，夕阳映在眼里也遮不住病态。

如若不是捕捉到他抬头的瞬间，二十万万不会将这瘦骨嶙峋的男子和心宽体胖的慕老爷想到一起。

她宁愿自己想不到。

“何况。”男子又说，“我说的这些，如若有心打听，也能知晓。不算是大秘密。”

秘密二字让二十无奈。她看着二当家的脸，觉得自己又知道了一个不得了的秘密。

“我叫林季同。”二当家说。

二十点头。

他捡起一根树枝，在草地上一笔一划，划出“林季同”三个字。写完了，才问：“你识字吗？”

二十摇头。

他的表情变得古怪：“姑娘不识字，怎么敢独闯皇陵？”

因为她根本没有想过闯皇陵。她一直以为，暗道只是一条道。如果早知这路也有机关，她是肯定不会进去的。

林季同似乎明白了什么，失笑：“我佩服姑娘的胆量。”

二十也醒悟过来，她连门都没进去，就出来了。她现在放弃走捷径了，只盼着下了山，能躲过二公子的追赶。

过了一会儿，林季同伤处的疼痛缓解许多，他擦擦额上的汗珠，扶着树干起来：“天色不早了，我们先回去。这里没有火烛，太阳落山之后更容易受伤。”

二十怀里揣着李婶家偷来的蜡烛。本想，去不了江州，就在这片树林歇息一晚。她今日在林子转了几圈，都是在白天。眼见四周暗了下来，绿叶黑枝重重叠叠，十分森然。她很庆幸遇上了林季同，否则在林子独自待一晚上，她肯定不敢睡着。

二十探路的树枝给了林季同当拐杖，他一瘸一拐，走几步路，停下，咳嗽两声。他掩住嘴，说：“抱歉，我身子骨比较弱。”

二十微笑，表示自己不介意他的咳嗽。

即将回到山寨，传来了一阵急促的脚步声，以及男人的喊声：“搜这里。”

二十想，要么山匪过来抓人，要么二公子过来抓人。总之他们要抓的人就是她。她连忙躲在林季同的身后。

林季同停下了脚步，扶着拐杖，咳得佝偻。

“二当家。”为首的棕衣山匪喊道，见到林季同身后露出一截女人的衣服，他转头往后喊，“女的也找到了！”说完，他朝二十横刀，“女的，出来！”

林季同伸出右手，似是隔空打掉那把刀。

棕衣山匪连忙收起了刀，说：“二当家，那女的是鲁农未过门的妻子。”

林季同笑了起来：“我早上走的时候，鲁农是孤家寡人，这一天时间，就寻到一门亲事了？”

棕衣山匪摸摸鼻子，模模糊糊地说：“山里迷路的姑娘嘛，撞上了也是缘分。”

林季同低了低头，抬起时凝起神色，虽瘦，却有威严：“姑娘走到这里，表明她不乐意这门亲事。我已讲好，明日天亮就送她下山。”

棕衣山匪挠挠头。二当家比鲁头领地位高，听二当家的没错了。

这边一群人走到路口。

那边一个壮汉冲上来，焦急说道：“二当家，慕二公子要杀进来了。”

这群山匪不知道慕二公子的名字，整日跟着“二公子”这一叫法。

林季同皱眉，略有迟疑：“慕……二公子？”

壮汉指指二十：“这个女的是慕二公子的人。”

林季同打量二十，问：“你是慕二公子的人？”

二十点头，缩起了肩。最坏的情况发生了。

壮汉说：“慕二公子扬言要我们福寨陪葬，鲁农出去迎战了。”

“太莽撞了！”林季同的脸上更加苍白了，“赶快去救鲁农。”

林季同转向棕衣山匪，咳嗽几声，说：“我头晕乏力，不便出战。我教你一法，或许……”他看了二十一眼，“或许可以让慕二公子舒心些。”

慕锦才说完“自寻死路”四个字。

鲁农双脚分开，使劲踩实地面，挺了挺刀。

慕锦敛眉。

千钧一发之际，山寨里拉起一个大嗓门：“头领，那逃跑的姑娘回来了！那逃跑的姑娘回来了！”

“逃跑？”慕锦嘴皮动了动，忽然轻轻摇扇，扇起风了。

棕衣山匪不知是不是在这山上喊惯了，嗓门如洪钟，不仅说给鲁农听，同时说给慕锦听，喊道：“那姑娘委屈落泪，不愿意咋办啊？”

寸奔注意到，方才杀气腾腾的二公子，此时狂戾散了大半，正幸灾乐祸地看着鲁农。

鲁农吐出一口浊气，一手拽起红衣领口，彰显新郎官身份：“成了亲，她自然就乐意了。”

“莽夫。”慕锦轻哼，“强取豪夺，嘴皮上也好意思说自己是劫富济贫的忠义之士。”

鲁农忍无可忍了，他能当得头领，也有两把刷子，大刀一震，结实的右手粗臂将红衣绷得紧迫。

棕衣山匪连忙冲下来，拉住鲁农。他收起大嗓门，声音压得极低，在鲁农耳边说：“二当家回来了，他说，别招惹慕二公子。”

鲁农吹胡子瞪眼，但山寨也是讲规矩的，当家的有令，鲁农不得不从。他看一眼逍遥自在的慕锦，气不打一处来，恨不得撕烂慕锦那张脸。

棕衣山匪死死拉住鲁农，又说：“二当家吩咐，放那位姑娘下山。”

鲁农犹豫。

棕衣山匪又说：“姑娘不肯嫁人，你强取豪夺，坏了山寨规矩。二当家让你自动领罚。”

这倒将鲁农说得理亏了。他一大老爷们，有点儿委屈。他又不嫌弃她是哑巴。讲好了，成亲以后，他一定疼爱她。她怎就不乐意？

鲁农气愤难平，蓄力待发的右手猛地砍向山石。

山石碎裂，反震到他的胸膛，心口闷气才算纾解。他见到，娇小的二十颤悠悠自寨口走来，跟小兔子一样。

女人以后再抢，二当家只有一个。当然听二当家的。鲁农收了刀：“别怕，我不伤你。”

二十见他没有因为自己逃离而生气，松了口气。她感激地向他笑了笑。

鲁农往回走。

看着二十身上的灰土外衣，慕锦捻了捻自己的红披风，朝她说：“过来。”

二十正在过去，只是脚下如龟速。她思索，这回又该如何应付二公子。

慕锦说：“你还能再慢一点吗？”

当然可以，于是她更慢了，向前两步，后退三步。

慕锦没了耐心，从马上飞身跃起，直奔二十。

此时没有绢帕，仓皇之间，她用双手捂住了嘴巴。等他到跟前，她才惊觉自己干了蠢事，立即放下手。

慕锦仁慈，没有计较她这一古怪举动。他抱起她，反身回去。

二十紧咬牙关，紧闭双眼，身子像是冲破了空气。接着，坐在马上。

“没事了。”慕锦把她藏在披风里，拍拍她的背。

三个字轻飘飘的，语气是二公子惯有的倨傲，二十不觉得是安慰。

鼻尖闻到了檀香，她偷偷睁开一只眼，发现自己完全被他围在怀里。一件比晚霞更艳的披风包住了她。

这么热乎的天，给她盖这东西做什么？

慕锦看一眼闩溪溪口，说：“放火烧寨。”

寸奔面无表情，只要慕锦下令，他多是一个字的回答：“是。”

二十吓了一跳，掀起红披风，连忙摇头。福寨虽是粗鲁汉子，但到底没有真正伤害她，山寨二当家更是人美心善。

她着急，左手竖起一个手指。

一。

停顿之后，她右手点左手的五根手指，左手点右手的拇指和食指。

一二三四五六七。

慕锦问：“什么意思？”

她又比了一次。

慕锦看着她。

寸奔说："二十姑娘的意思，是不是救人一命，胜造七级浮屠？"

二十连连点头。

"哦。"慕锦不冷不热地回了一个字。过了好半晌，笑了起来："也是，对付你，比对付他们重要多了。"

他扶在她腰上的手，二十觉得比寒冰更凉。她胆怯地看他。

慕锦把披风盖回去，盖得严严实实。他一手抱住她的腰，拴着缰绳的手调转马头，下令道："回府。"

马蹄声急奔远去。

过了半晌，寨门两个喜庆的大红灯笼，"咚、咚"两声落地。

鲁农早已脱了红衣，飞刀割断了灯笼绳。

棕衣山匪劝道："咋整坏了呢？以后我给你抢一个心甘情愿的姑娘回来！"

溪口渐渐恢复了平静。

回到慕府。

一个护卫去了东街买小笼包子。

慕锦掐起二十的腰，将她放下马，居高临下地说："给我好好洗刷干净，闻着一阵山里的泥土味。"

二十听话地点点头。

她回了掩日楼。

两个仆人抬了一大桶热水，还有一丫鬟给洒上幽香花瓣。

二十觉得，今晚恐怕不好过了。

热水放松了紧张的身子。这一天的经历，比她过去一年都要惊心动魄。

洗了干净，换了衣裳。

她把渔工的那件外衣放在了福寨。和二公子出门，莫名其妙就要落水，还是得上裁缝房再讨一件才行。

二十捶捶肩背，回想这日的情景，想到一半，赶紧掐断。她什么秘密都不想知道，她就当一个普普通通的丫鬟。二公子和二当家该担心的，不应是她，而是他俩那没有把门的嘴巴。

慕锦吩咐的是洗刷干净，没讲别的事。

于是，二十洗完，靠在床上歇息。

不一会儿，十一过来敲门，说："二十，寸奔在楼外。二公子吩咐，让你换一件红衣裳。"

二十：红？是胭脂红？石榴红，还是桃花红？

她的红衣不多，挑了一件和二公子斗篷颜色差不多的，推门出去。

今日山上绿木葱郁，两相比较，这座外园是朴素得过分了。

寸奔倚在楼外的榆树下，见到她的身影，他直起身："二十姑娘，请。"

二十跟着他，向崩山居走。

寸奔低声说："二公子想杀你时，是真心想杀你。"

因为她胆敢要挟二公子，更因为她知道了不该知道的事。

寸奔又说："二公子放过你，也是真心放过你。"

这个原因不得而知，也许如二公子所言，日行一善罢了。

寸奔不再说话，点到为止。

二十感激地点点头。她已经想好今晚如何应对二公子的质问了。

二十才要敲门，门刚好也开了。

陈副管家的两撇胡须抖了两抖，想说话，又不知说什么。他拱手行礼，沉默地离开。

寸奔不见踪影了。

门里那一人，换了一件青白丝袍。

有一回慕府家宴，二十给三小姐披了衣服，随即退下。不过短短一眼，都觉慕锦比起席上另三人，尤其灵气。慕大公子也是俊的，可得意逊于二公子。丫鬟们聊天，讲起二公子，大多描述他的样貌。但他咄咄逼人的是气质，样貌俊与不俊，反倒其次了。

像此时，尖刻尽敛，他才是一个简单的俊美少年。

二十乖顺地上前。

灯下的慕锦抬起警告的一眼。

她跪在他的面前。

他合上民间风月话本，眉梢一动，简单的少年又不见了，余下的是二公子独有的惬意："罚你这么多回，你已经很懂看脸色了。还没让你跪，就先请罪了。"

二十半伏身子，十指齐耳，额面点地。

正如寸奔所言，二公子杀或不杀，就在一念之间。只要她度过那一瞬，便可安然无恙。

慕锦没有说话，眼睛顺着她的背脊走。他近来常有折骨的冲动，手指不禁跳了跳。

二十挑了一件和他的红斗篷相近的颜色，不过这是旧衣，褪色成了枣红。

慕锦一手支额。

她这件衣裳，红得像将灭的火芯，红得像已枯的落花。总之，红得不够纯粹。就像她这个人，笨得不纯粹，慧得也不纯粹。

昨晚，就在这里。他和寸奔说，只要她今天不跑，他便可放心。如今这般境况，这心放得下才怪。

她今日，也做对了一件事情。如果不是她自匪窝逃走，让慕锦得以欣赏鲁农灰败的表情，慕锦或许真的下了狠手。

慕锦多年没有沾过鲜血了。他练的武功心法煞气极重，师傅恐他走火入魔，劝他放下屠刀。

慕锦不想成佛。他有寸奔，血也溅不到他这里。他近年有收敛了。如果不是有这女人出现，他还能祥和很久。

二十半天没等到慕锦的回答，不敢抬头。她合上眼。说真的，这么折腾一天困得慌。她又立即睁开，以免不小心打盹，惹他生气。

假若生死一瞬，变成两瞬、三瞬，她就不太有把握蒙混过去了。这么跪着，眼前昏暗，她忍不住闭目养神。

她一动不动的。

慕锦横眉，这女人不会又睡了吧？敢在他面前打盹的，她是第一个，而且瞌睡了不止一次。只要他轻轻一脚，她以后可以不用打盹，就此长眠了。

这一脚终究没有出去，他开口说：“起来吧。”

二十立即改为恭敬地跪坐。

她低眉垂眼。慕锦忽然发现，她竟然有密而长的眼睫毛，如一道灰帘遮盖她的眼波。不过，他没在她的眼中见过多少情绪，不外乎，镇定、惊慌，镇定、惊慌，如此反复。

“你今天的账。”他端起茶，轻啜一口，“该如何算？”他问出这句话，就知道她眼中那些熟悉的情绪，又要走一个轮回了。

二十眼珠子一转。

慕锦拿起一张泛黄的纸张，折痕处已经残破。

她愣在当场。

他勾起笑：“你有没有想过就算逃到天涯海角，这卖身契还在我手上。”

这一张契约，除了威胁她，还能威胁谁？二十的脑子乱哄哄的，倏地有了不祥的预感，赶紧向他磕头。

“来来去去就会这招。”他托起她的下巴，“你怕死？”

二十点头。

“我看你一点儿都不怕。哪儿死得快，你就往哪跑。”

她想磕头，下巴被他拧得死紧，动弹不得。

“忘了。”他说，“你不识字。”

二十汗津津的。

“你这份辗转了几家，有些旧了。不过，上面的手印很清晰。”他把纸摊在她的面前，“今天见着冬宁的丫鬟，我想起来，你不就是丫鬟。慕家下人都有这个。这上边，还有你家人的指印。只要我将卖身契上交官府，你跑多远，一样能抓回来。抓不回来呢，我只好向你家讨人了。你家人叫……嗯，徐大正。住西埠关对吧？”

二十无助。也是她疏忽，没想到卖身契上还有爹爹的名字。当年她自己按了印，不知道爹爹的手印是什么时候加上去的。

“求饶啊。”慕锦笑得残忍，“听腻了。”

她抱住他的腿，差点磕到他的膝盖。

“当我治不了你。”他轻轻收起卖身契。

二十哀求地看他。

他爱看的，仍是急慌慌的，黑漆漆的眼珠子：“跑的时候怎么没想到今天呢？”

她指指自己的嘴，手上比画起来。

慕锦问：“你要解释？”

她点了点头。

他轻笑：“好，先听你如何解释。”

二十自地上爬起，坐到另一张椅子上，身子左摇右晃，又比了一个抓缰绳的动作。

这倒好猜。“哦？马儿跑了，马车东倒西歪。”

接着，她晃得更厉害，身子从左到右划出一个大圆。

慕锦端起茶：“马车转弯了。”

她在椅子上颠上颠下，然后正要躺倒在地。

“停。”他抬起下巴，朝床帘的方向，“躺床上去，脏了一会儿又要洗。”

二十想想也是。

他的床比她的大，比她的软，床被都是他的味道。正如她被披风包裹之时，初时闻着像是香囊，贴得近了，才发现不仅仅是香囊的味道。二公子这人，性情古怪，气味也古怪。

二十先是坐着，接着一下子倒在床上。

慕锦一一解读她的动作：“撞得太厉害，你摔倒在马车里。”

她在床上滚了滚，左滚滚，右滚滚，接着双手一摊，翻起白眼，头歪向一边，闭上了眼睛。

“你晕过去了。”

二十睁开眼，先是一脸茫然，之后见到了什么可怕的东西，双唇微微抖动，紧抓衣裳，瞪着前方。

慕锦索性在另一边的躺椅躺下，懒洋洋地说：“你一醒来，遇上山匪了。”听戏还得花钱，这有免费的，岂不乐哉。

她手腕叠在一起，做出被捆的样子，跌回了床上。然后恐惧地缩起双腿，连连摇头。眼里好像还有颤颤悠悠的泪珠。

他的神色凝住了，细问："他们碰了你？"

二十摇头，指指自己的这件红衣服。见到床幔，她拉起一边，把床幔包成一个圆球。

他看着被她拉到褶皱的床幔。

她站起来，把圆球握在胸前，向他鞠躬。

慕锦想起鲁农那件粗布衣裳，轻蔑道："成亲？"

她点头。

"你这样的，也就莽夫看得上你。"是二公子惯有的不冷不热的语气。

二十下床，在房间里跑起来，跑着跑着拭拭汗，时不时回望，盼着慕锦的回答。

他一双星月般的眼睛漾起笑："继续。"

她居然分辨不出他那笑意是危险，还是亲切，唯有继续跑。

他迟迟不说话。

二十想，不会这样就猜不出来了吧？

慕锦放下茶杯，关怀地问："跑得累吗？"

当然。可是，她摇了头。

他这才说："你的意思是，他们抓了你，你不乐意，跑了。"

二十本想再跑跑，以示她真的很努力逃离匪窝，但她累了，便省略。她回头，做出害怕的表情，又再双手被捆。

慕锦慢条斯理地说："嗯，跑不了多远，你被他们抓回去了。"

她指指他，比了一个砍人的动作。

"嗯？"

她走到了他的面前。他等着她唱大戏。哪料，她忽然抓起他的手。他那只手僵了下。她扁起嘴，可怜兮兮地看着他。

没有人敢不经他的允许就过来碰他，这女人吃了熊心豹子胆了。慕锦甩开她的手："你什么意思？"

二十也怔了下。她只是想演得逼真些，表达她对他的依赖。他平时掐她的腰，捏她的脸，十分顺手。她豁出去握他一把，难不成还占他便宜了？

慕锦挥手："离我远点。"

她赶紧退了回去，离他三尺远。

他问："你刚才什么意思？"

她皱皱眉，跑了几步，停下来，指指他，又比了一个砍人的动作。

慕锦猜："想念我，等我去救你？"

二十大呼一口气，点点头。

"听你的意思，你心里惦记的始终是我，遇难也不忘为我守身如玉。所以，你是心甘情愿留在这里的。"

她大大地点头。

"原来如此。"慕锦上前，捏起她的下巴，"小骗子，谎话张嘴就来。为了卖身契上的那个徐大正，所以才编这么一出戏吧。"

真的不是，这出戏是早就编好的。她真诚地摇头。

"极好，极好。"慕锦审视她的眼睛，"如果没有可以牵制你的东西，我无法安心。你很幸运，被我发现了弱点，一切就好办了。"

他放开了她："以后想逃，过过脑子。"

二十低头，非常听话。

"闲话说完了，我们来谈谈正事。"

还有什么是正事……她又谨慎起来。

慕锦凑到她的脸颊，嗅了嗅："比起平时，多了点儿女人香。今日你离开，虽不是你本意，却也惹我不痛快了。"他在她耳畔，低了嗓子，"今晚好好伺候，我欢愉了，放你一马。"

二十只能沉默。

"上回去浮绒香出了意外。"慕锦拿起刚才的小话本，"给你，书上没几个字，都是画，赶紧学几招。"

她木着脸。两人上一回还是在十几日前。想想她现在的处境，算了，活命要紧。

二公子跟大老爷们似的，闲适地倚在床上。

二十无从下手，站在原地，翻阅话本。看了几页，她想，还是她躺着，二公子使劲儿的时候，她最省力。

二公子候了许久，说："你的悟性很差。"

她承认，在此方面没有悟性。况且，这上边的女人表情极其痛苦。她终归还是有些胆怯。

"慢慢看，我等得起。"

这句话之后，再候了许久，二公子又开口了："我和你说一句。"

二十抬眼。

"你何止是悟性差，你是完全没有。"

她继续看。

又一会儿，二公子放弃了，向前拿走话本："改日再学了。"

二十盼着用这话本拖延时间。二公子折腾一日了，想必也会犯困，最好他没有心力再做这些事。她在这安安静静睡一宿，再好不过。

然而，二十想错了。搜山不是二公子去的，他歇息久了，旺盛得很。

慕锦卷起一张帕子，塞到她的口中。又拿了一条红色绢帕，盖上她的脸。

二十紧紧咬住帕子。瘫在床上，任由他摆布。

没一会儿，二公子从那无法用言语描述的曼妙之地抽身："哑巴是清净。可总是闷声不吭的，没有乐子。"

她装死尸，一动不动的。没有乐子就早点结束了。

哪知，二公子说："起来，把嗓子的解药给喝了。"

二十："……"

他给她掀起绢帕，拉她起来。

两人坐下。

二公子煞有介事地说："当初应该割舌头，而不是毒嗓子。舌头没了好歹可以'嗯啊'几句，不至于一丁点声音都没有。"

说话间，他顺手把玩扇子。

二十抿嘴，抿得唇瓣往里缩。最怕一个不小心，扇子就卷走她的舌头。

慕锦将一包细药粉倒进杯中，推到她的跟前："不必言谢。"

二十：要能说话，她这条小命更危险了。

二公子递过来的这杯水，红里泛黄，黄里泛白，白里……

颜色不重要。

这是一杯看着不像解药，但是二十必须将其当成解药的一杯水。

寸奔下药的那天，二十正因自己险些被割舌头而慌张，来不及留意药粉的颜色。回到掩日楼，她衣袖上沾的都是青绿水渍。

毒药全部喂给了衣袖，这杯解药又如何是好？

二公子的话不能光听，还得仔细琢磨其中的意思。他讲的话，关键不在割舌头这事，而在于，二公子说，想听“嗯啊”的声音。

二十忽然明白了什么。

静默中，她隐约听见扇子越转越快，在慕锦手上生起了风似的。

方才，两人衣裳半褪。

下床时，慕锦敞了一件丝袍。

二十拢了拢衣服。她看一眼水杯，无意间将眼光向旁侧偏了偏，对上了他的衣襟。

她正在失神，焦距定在那里，其实无景入眼。

然而慕锦不这么想，见她直盯着他发呆，他三指扣住转动的扇子，用扇子挑开她的衣襟：“这样才公平。”

他的话打断了她的思路。

二十低头，执起水杯。

“赶紧的，刚才的事没办完，后面很耗时间。”慕锦催促说。

二十抬眼，指指自己的嘴巴，再将舌头往外伸了一下，又在嘴上比了一个铰剪的手势。

慕锦渐渐和她建立了默契，问：“怕我割你舌头？”

二十点头，把水杯放下。

慕锦用扇子在杯沿点了两下：“我刚才如何说的？你伺候我，我心花儿开了，自然善待你。你这样一声不吭，我以前不觉得有什么，但我现在不痛快了，就得听你嘴里呼出一点什么来。放心，我舒服了，自然就放过你。”他别有深意地笑了笑，“毕竟，话本第十二页，你这嘴巴和舌头，日后大有用处。”

话本第十二页是什么，二十早已不记得。她只得硬着头皮又端起了水杯。

慕锦的折扇从她的下巴勾到耳朵，再回到下巴。

二十觉得自己像是坐在铡刀边。她再执杯，双唇抿着杯缘。

杯中水色越来越深，跟胭脂一样。

说是解药，她不相信。

二十以袖遮脸，跟喝毒药那日一样。

接着，她手忽然抖了抖，杯子掉落，摔在地上，裂成了三片。她坐不稳，左晃、左晃、还是左晃，就要向左跌倒。

慕锦迅速起脚，踢开了离她最近的一块碎片。

二十从椅子滑到地上，两手交叠按住喉咙，眉心一皱，闭紧了双眼。她大口大口地呼吸，想说话，却一个字都吐不出来。她极其痛苦地伏趴在地，身子抖个不停，表情越来越难受。

慕锦敛起所有表情，就这么看着她。

过了好一会儿，她手上松了松，脸上缓和过来。张了张嘴，仍旧没有声音。

慕锦轻声问："刚才喝下去了吗？"

二十点点头。

"还是不能说话？"他问得更轻。

她抬头看他，慢慢地呼气，试图用喉咙发力。

他眼睛亮了。

她见到他眼里期待的光芒，终于发出了喑哑的一声"啊"。

慕锦眉尖飞扬："能说话了？"

二十努力发声，出来的仍是哑嗓的"啊"，接着她又换了一个"嗯"。

他笑了下："其他的话说不出来？"

"嗯……"像是嗓子有损，调子闷闷的，不清晰。

慕锦将右手的折扇往左掌一拍："极好，极好。我本想，你要是平日里开口说话，我免不了担心你会跟别人嚼舌根。如果你只在床上发声，那就两全其美了。如此这般，正合我意。"

二十知道自己赌对了。二公子不是想让她说话，他允许她出口的只有"嗯啊"而已。

慕锦将她抱到床上："再喊几声，让我听听更悦耳的？"

二十慢慢地张嘴，用力地发声，连串的"啊"是比刚才好听了。

他将红帕盖起她的眼睛，不过没再堵她的嘴巴，而是低身在她耳边笑："一会儿快乐些，我更喜欢。"

无须咬住牙关，二十放松下颚，身子也就不那么紧绷了。

二公子的斧头砍伐过来，她终于能够如他所愿地出声。

她的声音虽然略显沙哑，但二公子说："恰如其分。不吵，也不过分安静。"他的嗓子此时也是低得沉底。

深夜，慕锦问二十，吃不吃小笼包子。

二十没有应声。她今日又是爬山，又是游水，到了晚上还被二公子折磨。

有史以来最疲惫的一天。

她不管他会不会赶她回掩日楼，沉睡在这床上不走了。

二十夜宿崩山居的事，传到了苏燕箐的耳中。她拉上丫鬟嬷嬷过去掩日楼，上门找碴儿。

自从苏燕箐嫁过来，花苑和掩日楼的女人们越来越团结。小十远远见到苏燕箐走出泽楼，赶紧通知其他女人。

十四那时正好在花苑，冷笑一声，往掩日楼走。

肖嬷嬷和银杏一左一右跟在苏燕箐身后，像是护法一样。

见十四走在路中间，还慢吞吞的。肖嬷嬷嘴角垂下，走快几步，呵斥道："好狗不挡路。"

"我又不是狗。"十四头也不回，呛声一句。她不将苏燕箐放在眼里，也不像十五，被讽几句就中计。

肖嬷嬷上前要抓十四的肩。

十四灵巧地躲过，转过身，叉起腰："要打我奉陪。"

自从二十得了慕锦的独宠，十四也看开了，起码二公子的眼睛从来没有在妻子身上停留过。而且，二十不会将众女人赶走。

苏燕箐气得面色涨红。

这里不比苏家。除了她陪嫁的奴仆，其他人不听使唤。尤其崩山居的，仿佛学起主子的狂妄，从管家到下人，看似客客气气，其实百般推脱。

苏燕箐有时候想在那些狐狸精的膳食里下药，然而，她的人连厨房都进不去。

见到嚣张的十四，苏燕箐给银杏使了个眼色。

银杏上前喊道："放肆！"说完就要扇十四一耳光。

十四抬起一脚踢过去："我告诉你们，这里是二公子的地方，轮不到你来教训我。"

银杏哪受得住这般拳脚，后退两步，摔倒在地。

苏燕箐气急，讨不了好处，她终于回了娘家。

苏老爷这才知道，女儿嫁至慕家之后，备受冷落。他勃然大怒。

那天，慕大公子正好在苏家商谈生意。

慕大公子，名为慕钊，浓眉大眼，鼻唇极像慕老爷，看着就是一个谈判商人。慕老爷大部分的生意，交给了慕大公子。慕钊是罕见的财迷，赚钱是他唯一的爱好，乐此不疲。

二公子负责慕家钱庄，是败家的架势。

慕苏两家的联姻，得利的自然是慕钊的生意。他躲掉了亲事，没躲过苏老爷一顿训。

原本早已谈好，月底之前，慕钊和苏老爷一起到官府，为苏家做嫁妆的那一座码头更换商号。但是，苏老爷听完女儿的话，正在气头上，劈头盖脸把慕钊当慕锦骂，更是拖延了两家的合作。

慕钊这几个月在外奔走，这时才知道，自家弟弟竟然……至今没有圆房。

慕钊虽然没有过问弟弟的亲事，但是妨碍到生意，他就无法坐视不理。

他有一百石红木急需运到东周。如今，码头的货仓、船舶，仍挂着苏家的商号，慕钊出航拿不到官府的批文。如若是将货运至大霁国境，慕钊大可走官方通融。然而，东周入境严格，加上时间紧迫，于是慕钊立即找上慕锦。

从崩山居向外望，慕钊见到东西二财，调侃说："自从这两条鱼来了这里，你就有了同类。”

慕锦问：“大哥今儿这么有空过来赏鱼？”

慕钊开门见山地说：“为你的亲事而来。”

这倒提醒慕锦了。他又忘记自己娶妻这回事。

慕钊看弟弟的表情就知道，慕锦不上心。慕钊道：“爹让你娶她回来，是给供着养着。”

“我这不让她在泽楼好吃好住，供着养着。”慕锦漫不经心的。

“供着还得哄着。”慕钊说，“另外，我提醒你，处理女人的关系，最好的方法是雨露均沾，专宠是大忌。”

这是慕大公子的经验之谈。他的爱妾正是因为被他过分宠爱才遭到陷害，失去了腹中胎儿。在那之后，晚上选哪个女人的房间，在慕大公子眼里也成了一门生意，需权衡利弊，计算得失。

慕锦倒茶：“大哥，喝茶。”

慕钊又说：“古人早有云，不患寡而患不均。你以前不是做得很好，为何成亲之后，将苏家小姐拦在门外？”

见慕钊不喝，慕锦自己细细品茶。

“我看苏家小姐也不像京城传闻中那么恶毒。你赶紧把人接回来，立即圆房。”慕钊以兄长的威严命令道。

“圆不圆房，不能光跟我说。”慕锦低眼看了一眼下面，“还得问这儿的意见。”

“你……”慕大公子的冰山脸，不仅裂了，而且呈现塌方之势，倒了有半座山，“出毛病了？”

慕锦甩出一记眼刀子：“没毛病，而是没兴致。”

“没毛病为何没兴致？”慕钊追问，“你难道对谁上了心？这更是大忌中的大忌。”

慕锦失笑：“大哥多虑了。”

“那为何专宠一人？”

“好玩罢了。”慕锦轻摇长扇，“那女人爱唱戏，爱装傻，口是心非，阳奉阴违。”而且身段极妙。小小年纪开始当苦力，瘦归瘦，很有韧劲。

当然，身段仅是一个好处，远不如一会儿胆大包天，一会儿胆小如鼠的场面来得有趣。

慕大公子又以过来人的身份告诫弟弟："好玩，须得是你玩她，别玩着玩着，反而被她玩了。"

"凭她？"慕锦哼笑，"再修炼一百年也不够跟我斗。"

慕二公子这句铿锵有力的话，慕钊听着终究觉得不放心："红颜命薄，远的，如皇城后宫，博君宠爱的妃子，有几个能有好结局。"

慕锦眼神暗了，喝茶的动作停顿，茶杯像是被他咬在嘴中。

"譬如先皇宠爱的淑妃，譬如当今圣上的——"

噼啪一声，慕锦手里的玉杯，倏地碎了。他抬头，笑看慕大公子："这是在镇南城收的一套东周白瓷，做工不过尔尔，粗糙的半成品。"

慕钊停了口："忘了，你不爱听皇城野史。"

慕锦拂掉衣袖上的杯片："不是不爱听，流传到民间的，有几句是真的？不过是将风月话本的背景设在皇宫罢了。"

"远的不讲，我们说近的。"慕大公子也是厉害，生意上的大忙人，还能空出一只耳朵留意京城逸闻，"张公子迷上了浮绒香的兰姑娘，准备将她赎身，明媒正娶。他家小妾半夜自杀，闹得鸡犬不宁。上个月，他跟我争夺江南的茶叶商铺，家里这么一闹，他生意也顾不上了。红颜祸水，这四个字，都是先人用血泪换来的教训。"

慕锦仍旧微笑："大哥讲的，像是我对谁真上了心。"

"知你无心无情，今日是我多嘴说了几句。"慕钊说，"苏家小姐那里，你给我去安抚安抚。"

"我想不起她长什么模样了。"苏燕箐终究比不过慕锦亲自挑选的女人，她的那张脸，美是美，却不深刻。

慕钊说："去苏府看看就想起了。没兴致的话，找大夫给你开一剂补药。或者，将她的脸蒙上，想成是你受宠的那位。"

慕大公子不知道，如今慕二公子独宠的那位，在床上也见不到脸。

慕钊继续说："又或者，宠溺苏家小姐半个月，待码头更换成我慕家的商号，自然就可以过河拆桥了。"

慕锦笑了："我那女人整日东诓西骗，是该冷落一段日子。"

冷落的前一日，二公子去了掩日楼。

那时，二十正在数银子，她将缝在李婶衣服上的小荷包和钱袋子拆了下来。小荷包里面的碎银，数不数都一样少，二公子沉甸甸的黄金可不同，握在手里，就像感觉到了生活的希望。

十四叫道：“二十，二公子又来了。”

二公子来了许多回，每回都是过来找二十，十四那个“又”字说得非常顺口。

二十吓了一跳，连忙将黄金塞回钱袋子，再藏到柜子里。

慕锦推门进去，正巧看到她关上了柜子，关门的那两只手还颤了两颤。他问：“在做什么？”

她摆了摆手，低头听候他的命令。

慕锦发现，她的眼尾自然下撇，看着是挺无辜的，脑子里想什么鬼主意就不得而知了。

“过来。”

她走到他的面前。

他问：“这两日休息好了？”

二十犹豫，二公子过来找她，没干过正事。这句问休息如何，恐怕也不是真正的关心，而是另有所图。

“想这么久，看来是身子好了，脑子还没好。”慕锦淡淡地说，“不过今天也不需要你长脑子，床上躺去。”

二十抬头偷瞄他一眼。整日纵情，却不见溃败之色，想来二公子平日里补药吃得不少。

慕锦忽然向柜子里看了一眼：“对了，那里藏了什么？”

二十连忙摇头。

他似乎想要迈步过去。

她赶紧两步并三步，到床上躺好。

慕锦笑了下，往衣柜的步子转向她。

二十主动拿帕子盖住了眼睛和鼻子，留一张嘴巴，用来发出他喜欢的“嗯啊”。

慕锦说：“你跑出去一趟，再回来，突然变得很听话。”

她早已失身于他，多听话，就少遭些罪。

假若以后她真的能逃出去，遇上如意郎君，她会如实地告诉对方，她与一名男子“劈过柴”。但她也不会主动跟对方说，反正就是二公子一人了。

慕锦到了床上，看着她视死如归的样子，他生起一阵滚烫邪火。

邪火燎原。

二十担心，自己这张床要被二公子给捣散了。

许久，二公子尽了兴。

二十迷迷糊糊中，听得他说：“我为你亲自跑匪窝一回，你死罪可免，活罪难逃，罚你去厨房当丫鬟。”

她睡着了。

醒来更迷糊了，二公子那话究竟是她的梦，还是真的？

第二日，厨管派人过来，说接二十姑娘去干活。

二十收拾了包袱，就要走。

十四绾着长发，十分费解，说：“从来没有侍女被惩罚当厨房丫鬟的。”

十一拉起二十的手：“你好好照顾自己，别被欺负了。”

二十点头。

十四坐在石凳上，跷起了腿：“你也遇山匪，十五也遇山匪。十五回来春风得意，你倒好，当回丫鬟去了。”

这话像是在损人，但二十知道，这是十四刀子嘴似的关怀。二十觉得正好，丫鬟比侍女放心多了。至少，没有谁晚上踹她房门了。

二十摘下了腰牌，递给十一。

十一没有接：“这都是二公子的护卫直接收的。”何况，二公子说的是“惩罚”二字，没有直接将二十贬为奴仆。

和女人们一一道别，二十离开了掩日楼。

下午，小六在外探头探脑，问：“二十真的去厨房煮饭了啊？”

“你们有没有发现……”见众人的眼睛齐齐望过来，小十这才神秘兮兮地说，“二公子最近怪怪的，怪的事还都和二十有关。”

“我也觉得……二公子都不上我们房间了。”小六耷拉着肩膀叹气，“如果不是二十成了哑巴，我肯定跟她讨几招媚术。”

小十摆出一副莫测高深的样子：“不简单，肯定有内情。”

小六拉住小十，悄声问：“什么内情？”

小十回答：“不为人知的内情。”

小六瞪起了眼：“那不就是你也不知道。”

十四呵斥道：“你们躲在那嘀咕什么？”

小六跳了出去，走进掩日楼：“听说二十要离开了……”

小十说：“我们过来送送。”

十四讥嘲说：“人早走了才来送。”

小六不跟她计较，沉浸在自己的想法里：“我不想当丫鬟。小九多好啊，拖一车金银珠宝走。”小六的愿望就是如此乏味，嘴皮上常挂念小九的“金银珠宝”。

小十说：“所以啊，要听话。”

小六说：“二十连话都不能说了，只能听。她还不听话啊！”

十四白过去一眼：“小九是二公子夫人使绊子被赶走的。记住，得罪苏家小姐，好过得罪二公子。”

“以前不懂珍惜，现在错过了，才想问一句。”小六感慨道，“二夫人什么时候才把我赶走啊……”

二十被安排在丫鬟房。

同住还有另外三人。大家不知二十是做错什么事进来的，不过寸奔有交代，好好照顾。因此，大家对二十以礼相待。

刘大娘热络地欢迎二十，过来问：“你还刺绣吗？”

二十看刘大娘一眼。

刘大娘眼神没有躲闪，状似关切。

二十摇了摇头。

刘大娘有些失望。

当了丫鬟，杂事多，二十早起晚睡。虽说不比在掩日楼时空闲，但这才是她熟悉的日子。

二十说不出话，被分到一边洗碗。那几个是大娘，二十沉默不语，听她们唠嗑家常。

这天，十五过来了。

其实她来过几回，不过撞上了二十最忙的时候。这回她坐在旁边，看着二十干活。

“二十。”十五拎起衣裙，蹲坐在二十身边，“二公子让你什么时候回来？”

二十摇头。她不太想回去，待这里更安全。

“二公子前些天出去了，一直没回来。”十五托腮，看着二十的侧脸。

在一群美人中，二十比较平庸。但坐在满是丫鬟的厨房，反而衬出了二十的清丽之色。

十五忽然低声问：“二十，二公子是不是喜欢你？”

二十差点摔了碗。她难以置信，连连摇头。

“小十说，有一种风月本子，就是讲主子和丫鬟的故事。”

二十赶紧捂住十五的嘴巴，截断这些话。她摆摆手，因为惊吓过度，有些手忙脚乱，接着坚定地摇头。

风月话本都是唬人的。

十五慎重地分析：“可是二公子成亲以来，只去你的房间。”

二十僵着脸。呵，二公子的行为举止，用杀戮来揣摩才合适。“喜欢”二字，不合时宜。

十五聊了会儿，离开了。

二十忙了一天，回来听到丫鬟们在房里嘀咕。

一位说：“我前几天见到了寸奔公子，原来真的很清秀啊。”

原来不止三小姐那边的丫鬟惦记寸奔，厨房的也久仰他的大名。

“是啊。”另一位说，“不过，三小姐给寸奔公子说媒，他都拒绝了。他在这里，也就仅次于主子的地位了。”

累了一天，二十早早睡了。

未料，慕锦入了梦。梦里是一个月圆之夜，他穿了落湖时的茶白衣裳，手执白扇。

白得让她发怵。

他站在湖边，一步一步往湖心走。

她闭上眼。只要见不到，就由他是生是死了。

片刻之后，她背脊一凉，已被他掐住了。她惊恐万状，听得他说：“其实我是喜欢——”

二十吓得屁滚尿流，不敢再听他的话，从梦中惊醒了。她听到心里有“咚”的一声，像极了毛骨悚然的丧钟。她大喘一口气。

这时，对面床的一个丫鬟翻了身。

二十拉上被子，盖住了脸。

二公子这么些年，侍女一堆，不见有喜欢过谁。

只是噩梦罢了。

第六章

花苑和掩日楼的女人没有想到，遣散二公子侍女的人不是苏燕箐，更不是二公子，而是久不出山的慕老爷。

事情仍因苏燕箐而起。

苏燕箐回到娘家，最初几日都是以泪洗面，诉说自己痛苦的婚后生活。

丫鬟和嬷嬷在旁怂恿。

苏燕箐讲尽慕锦的坏话。要说心里不盼望慕锦去接，那是假的，但她想拿乔几句。然而，日盼夜盼，没等来慕锦的身影。

慕二公子出远门的前一日，慕大公子特地叮嘱弟弟，务必将苏燕箐哄回来。

慕锦随口应了一声。谁知第二日，他扬长而去，浑然忘了此事。

慕钊无奈，却唤不回这目中无人的弟弟。但他没有因此过分苛责慕锦。他在心中盘算，该如何让苏老爷松口。或者，找官府通融通融。实在不行，他就先出航，到东周换船。

等不到丈夫的苏燕箐一气之下，跑去跟表姐告状了。

苏家这位表姐，早年被选入宫，当上才人。本来无权无势，连皇上的龙袍都见不着。近月，偶遇皇上，被封为昭仪。

早年进宫前，苏表姐哭了三宿，听到“圣恩”二字就掉泪。因为，皇上的年纪比她爹还大。

当今圣上，乃一传奇人物。

十四岁被册封为太子。

十七岁时，大霁和百随两国交战。他跟随罗刹将军，远赴西埠关战场。

十九岁那年，先皇驾崩，太子登基。

至今，在位已三十五年。

除了英明果敢，皇上还有另一传说。两名嫔妃，一名皇后，先后产下龙子。这三位小皇子均早夭而亡。太子之位空悬许久。直到四年前，皇上才册封三皇子为太子。

苏表姐被选中进宫，据说因为神态与前皇后有些相像。

苏表姐正是恃宠而骄的日子，听闻表妹的遭遇，怒斥："区区京城商人，竟敢晾起苏家闺女空房，这般羞辱苏家，太目中无人了！"

苏表姐还没发威，许久不露脸的慕老爷不知从何收到消息，连夜遣散慕锦的侍女们。

慕老爷道："我儿慕锦，早产多病，幼年染一恶疾，险些丧命。寻访名医才得以病愈，可无奈，丧失了幼年记忆。我怜其苦痛，不忍责骂，却因溺爱而疏于管教，养成他如今顽劣性情。养不教，父之过。今日，我便替他清理门户。"

花苑和掩日楼，人心惶惶。

小六十分担心："万一慕老爷不分银两，我以后该怎么办呀？"

这是所有女人的担忧。

慕老爷要将全部女人送走。寸奔快马加鞭，连夜赶了回来。最终，慕老爷答应留几个。

遣散金由账房从二公子的名上扣除。比起小九，少了一半。

二十那时在厨房。

慕老爷哪里想到，二公子居然将侍女贬去厨房洗碗。慕老爷既然不知道二十，自然没有决定她的去留。

花苑和掩日楼变得空荡荡的。

十五觉得瘆得慌，又到厨房找二十，将那日慕老爷的冰山脸仔细描述一番："冒的寒气比大公子还可怕。"十五哆嗦一下，双手抱臂。

二十懊恼极了。早知有这事，她就不该来厨房，赖死在掩日楼还能寻一个出府的机会。

这下好了，二公子又让她错失良机。

"慕老爷说，以后我们不许再顶撞二夫人。"十五缩在二十身边，"二夫人的表亲居然是昭仪，我好怕啊，她会不会翻我旧账？"

二十安抚地拍拍十五。既然二公子吩咐保住十五，十五暂时就是安全的。

十五喃喃着："太多男人欺负我了，我好不容易在二公子这里安家。我不想走……"十五在青楼受过不少苦。还因芳心错付，被一男子骗走了全部积蓄。幸得二公子赎身，她才过上舒坦日子。

"谢谢二公子把我留住了。"十五抱住了二十。

慕老爷有令，慕府上下，为了二夫人忙作一团。

裁缝房正在赶制二夫人的新衣。

中午，厨房给裁缝房送饭。

二十想，正好可以讨一件渔工衣。她主动去帮忙。

分完饭，听见一道女声："徐阿蛮。"

女子名叫荷花，年纪不大，但在裁缝房好多年了。荷花知道二十当了三小姐的丫鬟，又成了二公子的侍女，却不知她为何到厨房干起杂活了。

二十不解释，只是跟荷花指了指远处的一件渔工衣，再比比自己的身子。

荷花呆住了："你……嗓子怎么了？"

二十笑笑。

荷花叹："我以前羡慕你，可以伺候二公子那样的贵人，哪知，你这……命途多舛。"

二十暗道：遇上二公子是挺倒霉的。

荷花悄声："对了，以前那事，我和寸奔说了。"

二十点头。

“你知道了？”荷花摸摸鼻子，“也是，你服侍二公子，肯定经常见到寸奔。他现在见到我就远远躲开……”

那年，徐阿蛮刚到慕家。

刘府管家说，徐阿蛮缝制手艺不错。陈副管家询问完徐阿蛮，将她放到了裁缝房。她干活勤快，很受赏识。

有一日，陈副管家过来：“徐阿蛮。”

“哎。”她立即过去了。

“上午和我去官府盖契尾。”

“好的。”

有一件衣服差最后的缝线，徐阿蛮交给了荷花。

衣服正是寸奔的。荷花心仪寸奔已久，偷偷将一个杏花香囊缝在里面。这是大霁女性示爱的一种方式。

后来，裁缝房将衣服送了过去。

寸奔不用眼睛看，光鼻子一闻，就知道这件衣服被塞了什么。他沉默的脸上一片寂然。

慕锦笑得暧昧：“我们寸奔也有小姑娘示爱了。改日领来给我看看，要是合适，我准了你这门亲事。”

第二日，寸奔找上裁缝师。

裁缝师如实道：“她缝制的。”

寸奔看过去，见到一个瘦削少女正在弯腰剪布。

“徐阿蛮。”裁缝师唤道。

“哎。”少女抬起头，是一张秀丽的脸。

寸奔向角落的树下走。

“过去。”裁缝师指指那棵树。

徐阿蛮讶然，指指自己：“我吗？”

裁缝师用眼神示意她赶紧跟上。

她不认识寸奔。看裁缝师的态度，想来那人在府上地位颇高。他的身段很符合她剪裁的那衣服的尺寸，清瘦，却又绷劲。她不敢怠慢，跑了过去。

裁缝师默默退下了。

和煦的庭院里，有一个沉默的少年，以及一个局促的少女。

寸奔面向树干，凭着敏锐的知觉，他知道她已在他的身后："收起你的小心思。手脚再不干净，我废了你。"

徐阿蛮以为这是日常训话，惶惶应道："是。"

"退下。"

"是。"她赶紧跑了。

寸奔回头，见到少女翻起浪花的杏花裙。

寸奔讲得不明不白，徐阿蛮听得稀里糊涂，直到她被扣了两个月的工钱，她都不知道发生了什么事——为何突然受罚了？

她问裁缝师："我犯了什么错吗？"

裁缝师也不知道，只说："这是寸奔公子的吩咐。以后他的衣服，你别碰了。"

寸奔的尺寸是裁缝房给的，她一寸一寸剪裁，不敢有丝毫差错。莫名被扣工钱，她十分委屈。

过了一月，裁缝房派她送衣服给二公子。

徐阿蛮没见到所谓风华绝代的二公子，倒是遇上了寸奔。

正好，她有事想问他很久了。她嗫嗫地上前："寸奔公子……"

"我不是公子。"寸奔站在廊边，与树下那日一样淡漠。

她眼珠子转了转："我是想问……"她偷偷瞄他。

他冷峻的脸上暗藏杀气。

看他手执一柄凌厉长剑，她胆儿跳了跳。为了日后的活计，她硬着头皮问道："我给你缝制的那件衣服，是哪里有问题吗？"

寸奔没见过如此厚脸皮的女子。府上心仪他的丫鬟有不少，这是头一个敢在他的私人衣物打主意的，尤其是他讨厌杏花的味道。

杏花的香气引来二公子的调侃："送香囊的姑娘模样如何？"

"还行。"寸奔答。

二公子乐不可支："那就收了。"

寸奔那时没有回答，现在也不多话，两个字："退下。"

徐阿蛮连忙跪下："寸奔公……寸……奔，你那件衣服我是按尺寸，按规矩缝制的……如果你不告诉我是哪里不对，我以后可能经常犯错。求求你了，我不想再被扣工钱。”她给他磕头。

他看不惯这种装可怜样的女人：“不想再被扣工钱，就给我滚。”

她愣住，呆呆看了他好一会儿，爬起来跑掉了。

这件事以徐阿蛮被扣二月工钱结束。

半年之后，荷花鼓起勇气将真相告诉寸奔。

他看着荷花闪躲的眼神，忽然没了火气。大约，火气早已冲着另一个战战兢兢的姑娘发完了。

那时，徐阿蛮服侍在三小姐身边。她不敢与他对视，偶尔撞见，也迅速移开。

他身为护卫，不方便和丫鬟过分接近，道歉寻不着机会。这份内疚便在他心里惦记上了。

慕府家宴的一天，他和她相遇在廊亭。

徐阿蛮惊讶地退了退，福身，就要走。

“徐姑娘。”他唤住了她。

她停下脚步，细声细语：“寸奔公子。”

“以前是我误会了你，跟你说声对不起。”说这话时，他低头看着她。

徐阿蛮没料到居然能收到他的道歉，她眯起清亮的双眸，笑了：“我原想跟你道歉的，可我不敢，怕你更生气……本应是我的活计，我擅自交给别人，还惹你不痛快。”

寸奔递过去一锭金子：“你被扣的工钱——”

她连连摆手：“我曾听三小姐讲过一句话，吃一堑长一智。那事我也有错，受教训是应该的。”

“我不想欠人情债。”

“我也不想。”

寸奔正想再说什么。

另一边传来三小姐的叫唤：“阿蛮。”

“哎，来了。”徐阿蛮应声，笑看他一眼，就过去伺候三小姐了。

襦裙绣有一株杏黄迎春花，飞扬的同时似乎有芬芳袭来。

纤纤背影消失在转角。

“寸奔。”慕锦正要向崩山居去，脚尖一转。

掩日楼和慕府厨房，都在慕家西北方位。中间有一座名为春园，却满是枯木的院子。以一道既没有高到二公子翻不过去，也没有矮到二十爬得过来的青墙相隔。

慕锦正走向春园：“我爹不会只给我留了一个厨房丫头当侍女吧？”

“六姑娘，十姑娘，十一姑娘，十四姑娘，十五姑娘。”寸奔答，“二十姑娘都在。”

“我爹还说了什么？”

“慕老爷说，二公子一定要将二夫人接回来。”

“这不是很久前的事吗？”在慕锦的印象里，二夫人这个人仿佛是早年的记忆，“她还没回来？”

寸奔回道：“二夫人还没回来。”准确地说，因为慕锦一直没去哄人。

到了春园，慕锦说：“不用跟了，回去歇息。”

“是。”寸奔看着慕锦跃过高墙。

前年腊月那一晚，寸奔也是在这里看着醉酒的二公子，利索地翻墙去了厨房。

第二天，三小姐上崩山居求情。

寸奔当时就在旁边。

三小姐有些难以启齿，皱眉说：“二哥，你昨晚做的事……”

慕锦抚抚额，他记不清了：“我喝醉了。”

“阿蛮她……以后还如何嫁人？”三小姐顿了顿，“你纳她进房吧，求你了，她是好姑娘。”

慕锦喝着解酒茶，一手轻轻捻了捻鼻梁。不知听懂没有，许久后，他才应了一声：“嗯。”

“二哥，你好生待她。”

“嗯。”慕锦敷衍地应道。

于是，徐阿蛮成了二十，住进了掩日楼。

不过，二公子已经忘记了二十。

二十也没有在二公子面前出现。如若不是十五遇劫，二十会谨慎地躲避很久，很久。

寸奔望了一眼高墙，转身离去。

二十挽了两件渔工衣回来，心里还在想当年裁缝房的事。

当年，她离开裁缝房时，荷花已经坦白了这件事，说赔两个月的工钱给徐阿蛮。

徐阿蛮收了一个月的。那是她的活计，本该由她最后检查再送去。她和荷花平摊了责任。

寸奔虽然说是二公子的护卫，但是除了几个主子的话他要听，剩下的，都是要听他话的奴仆。他愿意向她道歉，说明真是一个好人。

对比寸奔的主子，那嚣张的气焰，恐怕一辈子都不懂道歉如何讲，如何写。

途中经过一小株茉莉，香雪满树，清香悠长。

二十折下一小枝。绿油油的两片嫩叶托起一朵洁白胜雪的花儿。

锦绣光景停驻在她的指尖。

她不禁笑了，捻起花朵闻了闻，弯着嘴角步入厨院。

厨院是给所有非烹煮人员干活的地方，这时有一位不合时宜的人物坐在石板上，正好捕捉到她的笑容。

慕锦翻墙，遇上了厨管。

厨管也是见过大场面的，目不斜视，恭敬地唤道："二公子。"

慕锦在自家庭院散步，更是气定神闲："忙你们的。"

"是。"厨管向院子里喊了一声，"忙你们的。"

大家继续干活。洗碗大娘们不敢出声聊天，瓷盘的碰撞声变得极低极低。

慕锦问："挂着二十腰牌的那人呢？"

厨管答："二十姑娘去裁缝房送饭了，一会儿就回来。"

厨管将树阴下的石板擦了又擦。

厨院不是给主子坐的。杂物多，从柴房搬出来的木柴堆在角落，腌制的鱼干晾在正中，地上又摊了些青菜干。

厨管正想搬张椅子出来。否则，把袖子给擦破，这张堆放过腌菜的石板，也不适合二公子落座。

慕锦转眼见到二十手执一枝绿叶白花，放鼻尖轻嗅，似是被香气勾动，嘴角扬起一朵微笑。

在他面前，她的眼神再如何生动，表情大多都是木然，有时还带着异样的打量。哪像此时，倩巧如手上的花儿。

有趣得很。他是第一次见这女人笑得如此自在舒心。

二十来了，慕二公子也不坐了。

厨院十分安静，安静得不寻常。

二十预感到了什么，心念一动，抬起眼，见到了前方的慕锦。

二公子的好皮囊将小院点缀成月地云阶。清凌的盛气，比艳阳更嚣张。

十几日不见，二十险些忘记了他的存在。

难怪以前三小姐说，快乐的日子眨眨眼就不见了。

二十眼睛睁得圆圆，眨了眨，露出胆怯的样子。她僵硬地将白花收在腰间，低身行礼。

慕锦转身，让厨管寻一处安静的地方。

厨管斟酌问："换去三小姐的厨房，如何？"

三小姐说过，大哥二哥可以随意。

大公子和二公子很照顾三小姐的脾胃，就算去小厨房，也不会提出古灵精怪的膳食要求。

"嗯，要安静。"

"是。"厨管立刻去安排。

二十刚要抬脚，慕锦却上前来了。她便收住了脚。

他的眼睛在她的脸上停了一阵，握住她的手腕，举起那朵花，闻了闻。

呛人的香气。这有什么值得笑成那样的？

他问："哪儿摘的？"

二十指指外面。

他拽起她的手腕，向外走。

二公子身影消失，原本轻手轻脚的大娘们唰唰唰地洗起碗来。

"再去摘一朵。"慕锦命令道。

二十听令，又折了一小根枝干。

意气夏日，适逢花期的茉莉白得剔透。

他接过，没有闻，而是把花枝放在她的鼻尖，勾了勾。

被他这么一勾，鼻子发痒，二十想打喷嚏，连忙偏了偏头，吸吸鼻子，忍住了。

哪知，他又将花凑了上来。

她痒得厉害，掩住嘴巴，打了一个闷闷的喷嚏。

喷嚏没有赶跑二公子的好奇心。他把茉莉花往她鼻尖逗，掐住她的下巴，又是命令道："笑一个刚才一模一样的。"

刚才是指几时？二十拈花时，笑而不自知，此刻只能硬拉起嘴角，皮笑肉不笑地看着他。

他说："丑。"

她的嘴角搭下来了。笑得费劲，她不想笑了。

慕锦看着她的眼睛，忽然两手捏起她的眼角，轻轻向上提。

更丑了。

"走吧。"二公子倒不是觉得二十那一笑有多美丽，仅是因为罕见，他才逗她玩。

逗不到也就算了，反正不是国色天香的大美人。

二公子古怪的行径，二十习惯了。无须追究因由，他讲什么，她做什么。

譬如，他说要吃一碗长寿面。

她立即就去和面。

小厨房的食材不多。大夫说，三小姐脾胃虚寒，清淡为宜。

之前三小姐说的那句"快乐的日子"，其实只是出去吃了一碗辣汤而已。

三小姐说从未吃过如此美味的佳肴。回到家，上吐下泻，床上躺了两天，方才痊愈。

好在，二公子只是想吃一碗长寿面，简单的食材即可完成。

二十卷起袖子，用手拍打面团。

慕锦脸色有变："你的手干不干净？"

养尊处优的二公子仿佛忘记了，他在腊月二十吃的那一碗长寿面，也是她这双手搓出来的。

不过，他问了这句话，却没有拒绝接下来的那一碗面。

"你在这儿很勤快。"慕锦看着她熟练的动作。

她一个当丫鬟的，不勤快哪干得完事。她烧起柴火，煮开水，把和好的面条放下去。

看着面条，她又想起腊月二十的情景。要是当初没有那一碗面，或许一切都不会发生。

每回陷进过去的回忆，她也是后悔莫及。

一错再错。她现在站在这里，日后回想起来，会不会又是错误。

慕锦没有进厨房，在外面远远看她。

她的下巴以前又尖又薄，他掐在手中，时时克制，才不让自己捻碎那片下颚。这会儿细看发现，她是圆了些。

面煮得快，二十端了出去。

三小姐的厨房，少油少盐。石桌石凳也干净，慕锦坐着，低头闻了闻面条。

不同的厨子，不同的手艺。就像慕冬宁说，慕家的厨子做不出东街那家的小笼包子。同样，慕家的厨子，也做不出面前这一碗，充满西埠关味儿的长寿面。

慕锦尝遍京城的长寿面。远行的这十几日，他更是从这座城吃到另一座城。最后，回到了慕家，唯独这个女人煮的味道与儿时记忆中的一模一样。他想，哪天去西埠关走走，或许那里的长寿面，都是这样的感觉。

慕锦沉思许久。

二十严阵以待。二公子十分挑剔。家宴上，有几样菜，他和三小姐从来不动。

三小姐是体质特殊不能动，他只是挑食。

以往，她煮的长寿面，他是醉酒时吃的。这会儿不糊涂，不知是否又挑三拣四。

慕锦没说话，将那长长的面条挑起，又放下，说：“怕断了。”

二十无言，哪里料到，无法无天的二公子，也迷信长寿面“一根吃”的寓意。

他再问：“我那晚吃的面断了没？”

二十摇头。那晚他酒气熏天，吃面时尤为安静。

慕锦说：“这看着，也就是一晚普通的面。”确实是一碗普通的面，从和面，到出汤，他看得仔仔细细。油盐是慕家的，味道不是。

二十见他推开大碗，也不伤心。二公子不折磨人就怪了。

慕锦摇起扇子，看着高墙：“在这里待得舒服吗？”

二十点头也不是，摇头也不是，只抬头看他一眼。

“我来猜猜，日子舒坦得很。”他拧起她的脸颊，“这小脸蛋儿，肥嘟嘟了。”

她只是稍微圆润了些，离嘟嘟还很远。

“嘟嘟。”他捏捏她的脸。

二十无言以对。

“嘟嘟。”他戳戳她的脸。

二十继续无言以对。

“嘟”了一会儿，慕锦眼神转冷：“见不到我，过得不错啊。”

二十畏怯地看他，指指厨房，比了个吃饭的动作。

他漠然：“干吗？天天吃剩饭？”

她匆匆去厨房拿出几个碗，排在一起。先在一个碗里吃，再换另一个碗。吃完了，几个碗叠成山一样。

“哦，吃太多了。”

二十连连点头。

“跟个哑巴说话真费劲。”

那就不说了吧。二十眼巴巴看着他。

“给我泡杯茶。”

她看着他。这里只有粗茶，茶是叫茶，没有一丝香气。二公子不会喝的。

“听不懂话啊？”

她依言行事。既然是粗茶，也没有讲究。开水将茶叶一冲，她递过去。

慕锦接过：“说不上话，真是可惜。”

今日的二公子有些自说自话。其实，他也不是想找她说话。

“我请了个手语师，过几天教你。”

她连忙起身，行礼道谢。

慕锦把玩着茶杯。“这茶好难喝，比水还难喝。你试一口。”顿了顿，他说，“哦，忘了，你是个丫鬟，不懂茶。”他没再动茶杯，看着高墙上的夕阳。

他爱坐多久是多久，但是二十还有一堆事没干，她悄悄后移，想溜去厨房。

才走一步，他回眼：“去哪儿？”烈日映在他的眼睛，像是烧红的生铁。

她指指厨房，再用手做出擦桌子的动作。

“我让你走了吗？”

也就是这时，二十才恍然想起，今天是二公子娘亲的生辰，也是忌日。

她忐忑地低下头，不敢流露一丝窥破他此时心境的表情。

慕锦坐了许久，直到夕阳和山头拥抱而去。

他拽起二十：“今晚回崩山居睡。”

桥上的那名护卫，就是那晚收了二十碎银的。他面不改色，看她一眼，又低下去。

慕锦走在前面：“对了，你胖了啊？”

见不到他，二十心宽体胖。她骨架小，再胖也臃肿不到哪儿去。

她穿的是掩日楼的旧衣，腰身有些紧。慕锦一双利眼扫过：“平庸姿色。再胖下去除了喂鱼，一无是处。”

饶是二公子嘴上这样说，他还是领她过了桥。

寸奔候在崩山居门前，远远就见到了慕锦和二十。他的脸藏在树下：“二公子。”

慕锦说：“你歇着吧。今晚由她伺候。”

“是。”

二十只觉眼前一晃，寸奔就没了身影。她惊诧他这般武功，抬起头，却对上了慕锦的眼光。她又赶紧低下去。

慕锦笑了：“刚才说到哪儿了？”

她眼珠子左右在转。

他见到的只有她那支木簪：“抬起头来。”

二十抬起了。

他手指捻在她的腰上：“厨房一天吃几顿？再吃下去，不到一年就成猪了。记住，你的下场只会是东西二财牙缝上的肉碎。他们不爱吃肥得流油的。长肉是好，得有嚼劲。”

他掐得可劲用力，二十缩着身子，面露痛楚。

慕锦更是亲切：“你就是这时候，才稍微好看些。”

门前树影婆娑。

慕锦突发善心，生怕二十摔跤，提醒说：“小心点，门槛高。”

二十高高地一抬腿，迈过门槛。

又是十几日没有“劈柴”，难免有些抗拒。铜灯映上她的脸，这份抗拒暴露无遗。她连忙收敛，害怕被他发现。

慕锦看穿了她：“你这胆小如鼠的样子，骗寸奔还行，在我面前就省省了。”

寡言稳重的寸奔，无论如何看，也比慵懒散漫的二公子利索。她骗谁，也没有骗寸奔。

二十伺候慕锦解衣，刚解完就被推到床上。她不情不愿地躺下，熟练地用帕子盖住眼睛。

她的自觉没有得到慕锦的赞赏，他说：“坐起来。”

她正襟危坐，眼睛盯着铜灯的灯芯，就是不看二公子。

慕锦不屑地说："跟干尸一样。"

嫌弃的同时，他往她手里塞了两个茶杯："握着。"

二十觉得莫名其妙。

慕锦说："西埠关小调，跟上回一样用茶杯敲。"

上回可不是什么美好的回忆。

二十双手敲了一段。

"嗯，是这调子。"

二公子对西埠关小调尤其执着，回请戏班子过来也是表演当年的战乐。

茶杯磕磕碰碰，发出清脆的声响。长长短短，没有音律。

慕锦却听得入耳，躺下，头枕在她的大腿，大剌剌地把她当枕头。

二十大腿上的肉明显抖了抖。这又是玩的哪一出？

他说："你敲你的，我睡我的。"说完，真的闭上眼了。

二十僵着身子，轻轻地碰杯，一下一下。

过了好一会儿，她移眸在慕锦脸上。

他蹙着眉，转了个身，脸贴近她的身子，嘴上呼出的热气像是要把她烫伤了。

二公子行事作风，无人能解。她做足了侍寝的准备，却被慕锦晾在床边。

她放下了杯子，直盯着前方的屏风。屏风有些年月了，木色沉淀着沧桑的色泽。

撑了半个时辰，二十禁不住打盹了，头点下去，猛然惊醒。她揉揉眼睛，打起精神。

慕锦放松地睡着了，脸上不见诡谲的表情。他转了一个身，变成仰卧。

月牙高挂，房里静悄悄的，只有银光透过窗户，瞧瞧这一对男女在干什么。

二十困极，偏头靠在木柱上。混沌中，又想起这人的喜怒无常，赶紧睁大眼睛。她没有仔细打量过慕锦，只知他乖戾，不自觉也将他五官描成了讥诮的模样。这时放松下来，二公子当真配得上京城四绝的称号。

眉飞鬓，鼻若悬胆，唇薄泛刀锋。不过这性情……一言难尽。

今天是二公子娘亲的生辰和忌日。

腊月二十那一晚，二公子曾经讲起他的娘亲。

他说，他的娘亲聪明一世，糊涂一时。这辈子做过最蠢的事，便是爱上了一个坏男人。这个坏男人风流多情，妻妾成群，偏偏生得一副世间罕有的好相貌，巧舌如簧，将她骗了去。从此，她便走上了不归路。

慕锦讲完娘亲的悲惨史，更劝告二十：莫因男子俊俏就失了芳心，品行端正才称得上是如意郎君。

说这话时，二公子那一张也是世间罕有的俊脸堵在她的眼前，明明白白地暗示她，这男人，万万不可托付终身。

二十虽没有幻想过夫婿的样貌，品行却是心中有数。仗义、善良，疼爱她，呵护她。大霁国男少女多，一心一意的郎君恐怕难寻。她无心争斗，只盼未来夫婿的妻妾，别跟二公子一样多。

至于其他的，选一个和二公子相反的就对了。

给二公子枕到大半夜。

二十仰躺着，上身勉强侧了侧。双腿不止麻了，简直跟废了一样。

见他睡着了，她坐起来，轻轻托住他的头，留意他的动静。

慕锦的睫毛忽然动了动。

二十僵着不敢动。就这么轻托他的头，过了好一会儿，见他睡得安稳，她才抬起他的头。

她用力缩回双腿，再小心翼翼地把他的头搁在锦被上。确定没有惊醒他，她揉揉酸麻僵直的腿。这种境况，不比在床上“劈柴”轻松。

二公子睡觉就是折腾人。

白月光停在窗框。每见月光，倍感思乡。尤其慕锦拿家人威胁她，她更加无法离府。

家乡的天气、风雨，停在心上，揉成思念的团。

揉完腿，累死了。再看一眼慕锦，二十双手做出一个掐人的动作，在他脖子上方虚虚地示意。她要能这么掐死他……

这时，他的眼睫毛颤了下。

她吓得收回手，使劲瞪他。见他没有动静，才松了一口气。

她安静地躺下。

慕锦占了床沿，她便缩在另一边。

他侧脸向外。

她翻身向内。

两人中间横着一张锦被。

二十累了，闭上眼没一会儿就睡着了。困乏之际，她懒得再管二公子会不会生气了。哪怕知道明天他又得发一顿脾气，她也撑不住眼皮了。她抱着枕头睡得深沉。

慕锦猛地睁开了眼睛。一转眼，他睡在了床沿，直接搁在薄被上，极为不适。再转眼，那个女人背对他，弓着背，脸几乎缩在了枕头上。

以前瘦过头，现在长了些肉，背上的弧都比以前好看。不过，慕锦的眼里，好看的女人从来不稀罕。

他坐起，戳戳她的背。

二十正在美梦中，缩了缩，躲避他的手指。

慕锦不耐烦："你睡得比我还香？"他的睡眠较浅，夜晚时，寸奔离得远远的，就怕惊动慕锦。

二十瞬间醒了，把所有的惊吓压下，她转过身来，乖乖地起来，跪坐。她抬眼看他。

他挑挑眉。

她赶紧伸直双腿，呈现出枕头的自觉。

慕锦拍拍她的大腿："没几两肉。"

嫌她胖的是他，嫌她瘦的也是他。

二公子嘛，说的话就是走走过场。一旦把他的话当耳边风，她就左耳听右耳出了。

慕锦抢过二十的枕头："睡觉。"他自顾自在床上躺下。

二十僵着没动。

直到他睡着了，她才察觉诡异。他就这么睡了？不可思议，惊喜降临。她悄悄地爬起，跨过他，就要下床。

慕锦突然横腿过来，仍闭着眼，说："去哪儿？"

她拉拉自己的衣衫，闻了闻，再用手掌扇了扇，做了一个皱鼻子的动作。她干了一天活，好臭。掐不死他，就臭死他。

慕锦如她所愿："你没洗澡，臭死了。"

二十连连点头。最好臭得他受不了，把她赶跑。

他说："洗澡。"

二公子一声令下，护卫不一会儿抬了大桶进来。温热地冒着水气。

慕锦懒洋洋地说："我洗过了，你自己洗，洗干净上床来。"

二十拢着领口，没有动。

他挑了眉："你是不是敬酒不喝，喝罚酒？"

她赶紧跳下床。到了浴桶边，回头看他。

他直勾勾地盯着："又不是没见过。"不过，没见过她自己剥的。

二十咬咬牙。她快速脱衣，绾起头发，躲到了浴桶。

慕锦笑一声，翻身过去："记住啊，洗完了上床来。要是我醒来发现你不在，别等我杀你，自己去厨房拿把菜刀抹脖子吧。"

二十静悄悄洗完，慕锦已经睡了。她不敢跑，乖乖地上床，和他隔了距离，她才躺下。

二十再次醒来，慕锦依旧沉睡。一张俊脸横在眼前，抢夺她的呼吸。她大呼一口气，往后退了退，目光向外望去。

月夜褪了，天色灰白。不到辰时吧。

起晚了……

再看看旁边这位，给她余下的空间，不足让她翻身起床。她唯有这么干躺着。

她微微缩了缩腿。

慕锦的大掌迅速擒住了她，模糊一句："去哪儿？"

二十战战兢兢，生怕他的手碾碎她的细骨。清醒的二公子能听她忽悠几句，睡着的可听不到，看不到。

半天没听到回应，慕锦这才睁眼："又忘了，你是哑巴。"

他退了退，二十这才可以伸手。保持一个睡姿太久，她的手脚僵硬，缓慢地在他身边爬起。她悄悄看他，出于畏惧感，不自觉背靠墙。

慕锦余光扫到她的动作，忽然扬起手。二十以为他要打她，连肩膀也往后躲。

他笑了，把脸凑上来："这么怕我啊？"

她咽咽口水。怕被打。

"看你以后还敢不敢跑。"

她摇摇头，跪下要磕头。

他唇薄，眼凉。她拉拉他的衣角，伏在他面前。

慕锦拍拍她的背："赶紧学手语，一声不吭的闷死个人。"

她不知此时点头还是摇头。学了，他要剁她手指。不学，没人陪说话，他无聊。于是她不作任何回应。

二十只着中衣。他伸出手指沿着她的脊背走了一圈，手指掐住她的脊骨。

她一动不动。

自匪窝回来，二十听小十讲起一事。

前些年，大公子和二公子随慕老爷南下，遇上一群拦路恶匪。那群恶匪的尸首都是颈骨碎裂。

谁杀的？

小十说："不知道。"

当时听着的众人，无一不是猜测二公子。众人也都能想象二公子杀人时的模样。

二十闭上眼。她不知道二公子武功如何。他是她的鬼门关，如若她能闯破这一诡阵，她就信了算命先生的话，她是福相之人。

慕锦收回了威胁她背脊的手："我爹那边应付完了，你明天不用去厨房，回掩日楼。"

果真如三小姐所言，快乐的日子，眨眨眼就没了。

他托起二十的下巴，笑得恶意又轻薄："别以为我不知道你脑袋瓜子想什么。你如果见着我爹，肯定感激涕零，连滚带爬逃出慕府，对不对？”

的确。二十担心慕锦找她家人的麻烦。如果慕老爷放她走，那么，二公子多多少少有所忌惮。她走得放心些。

“我爹发话了，过两天，我把麻烦精接回来。小六几个搬去掩日楼，花苑腾给麻烦精。你诡计多端，我的女人们就交给你照顾了。”慕锦说，“早知这么麻烦，这门亲事就该推给大哥。苏什么，长得俗不可耐。”

二十终于明白，为何二公子说她丑。连苏燕箐这样的大美人，在他眼里都俗不可耐。二十这张清秀脸，更加排不上号了。

小六爱好赏花，到了光秃秃的掩日楼，她沮丧起来，只能赏天赏地了。

这日，她坐在外园，一手托腮，喃喃道：“还是小九走的时机最恰当。有一辈子花不完的银两，还嫁了新夫婿。”

她重重地叹了一声气：“我以后就要在这里受二夫人的气了。”

十一走出来，披上一件绯红外衣，笑道：“我和二十去南喜庙祈福，你要不要一块儿？跟佛祖说说，给你一马车黄金。”

“求佛祖，还不如直接求二公子更快。你们去吧。”小六另一只手也托起腮，仰望那朵稀薄的白云，“我就在这儿，等天下掉馅饼。”

十一和二十并肩而走。

小六忽然起身，跑去看那两人离去的背影。

二十的细丝白裙，衬得十一的烟霞外衣鲜艳若夏花。

小六嘀咕：“十一穿衣越来越花俏，也不见二公子多看她一眼啊。”

南喜庙前有一算命先生，曾言，二十日后必将大富大贵。

起初十一不信，可如今，二十得到了慕二公子的独宠，不正是大富大贵了吗？

十一攥紧手中的签文，犹豫不前。

这时，有一名女子，身穿水蓝对襟比甲，腰系月蓝绸带，飒然而至。她摊开签文，问：“老先生，这签文如何？”

算命先生的目光在她的掌纹处停留片刻，才接过签文。他捋了捋长须，抬头反问：“姑娘是问姻缘吗？”

“不，我问官运。”那女子说。

二十追随十一走来，听到“官”字，不免转眼看向女子。

女子英气逼人，眉宇间的浩然气魄不输男儿。

算命先生眯眯小眼，眼角的皱褶有些莫测高深。他看一眼签文，再问：“姑娘不问姻缘吗？”

“既成之事，顺应天命。”她像是没有女儿情长，冷清淡漠。

算命先生右手二指夹起签文，左手在底下拉直：“林鸟巢破无依，罗刹鬼踞关西。”

“此乃中签。”他看着女子，“可凶，可吉，不破不立。姑娘……或有一场酣战。”

“谢谢老先生。”

女子拿回签文，放下一锭银子，转身就要走。

“姑娘。”算命先生唤住了。

她停住脚步，回头。

算命先生指指左手边的一叠符纸，微微笑道：“如若想要化解劫难，我这里可有一法。”

符纸上以朱砂画成一个不知名的图案。

女子回看算命先生：“我曾听言，凡是泄露天机者，必有反噬。先生解签已是其一，助人渡劫为其二，难道不怕自食恶果？”

算命先生低头捋捋胡须，有些尴尬，抬头时又是一副祥和的面孔：“我见姑娘掌纹如丝，当是富贵之命——”后面有半截话，算命先生咽在腹中，不知如何启口。

闻言，十一说：“上回你说我身边这位姑娘是富贵之相。”十一指指二十，继续说，“有一劫可用符咒化解，今日你又是一样的说法。两个姑娘命运相同，渡劫的符咒也一模一样？”

被拆穿了把戏，算命先生笑了笑，作揖道：“姑娘说我泄露天机，我万万担待不起。签是姑娘自己求的，我只是依签文而作解。窥得二位姑娘命定荣华，凭的是我钻研多年的相学。但我学艺未精，算得一时，看不穿一世。我漂泊四海，算命做的也是一门生意。这平安符虽不能逆天改命，可心里落个安定，遇事时沉着冷静，自然事半功倍。”

“坑蒙拐骗，讲得头头是道。签，不过是自求安慰罢了。”女子抓着签文的那只手忽地用力，苍黄签纸皱成一团。她转身走了几步，忽地将其撕成碎片，任其随风漫卷。

算命先生叹声，坐了回去，整理那一叠平安符。

十一想了想，算命先生讲的也有道理。她上前递去签文："老先生，能不能给我算一算？”

“姑娘问什么？”

“姻缘。”十一压低了声音，心底有对慕锦的愧疚。

二十主动后退了两步。

十一这段日子的心境变化，二十早有揣测。不过，十一也是明事理的人，人还在二公子的府上，再胆大也不至于红杏出墙。

二十没料到，十一竟然过来求姻缘了。

十一将碎银放在盘上，神色有些凝重。

算命先生看完签文，说："姑娘，熟虑之后，方可主张取舍。前路坎坷。”

“可有破解之法？”十一急了。她知道坎坷，二公子这关就是艰难险阻。

算命先生摇头："你道破了我符咒的真相，我再给你，你的心也定不下来。”

十一后悔自己多嘴多舌。

算命先生笑笑："善有善报，我相信上天会助姑娘一臂之力。”

十一自问没有做过伤天害理的事，可若说违背伦德，她却是极为心虚。

她和屠夫在南喜庙见过几次。那是曾经爱到骨子里的男人，她情难自禁。本想，偶尔见见面，聊聊天，她就满足了。可是，他说想将她带出慕府。他还说要娶她。她心动了。

那一晚，慕老爷要替二公子清理妾侍。十一欣喜若狂，心儿都飞出了掩日楼。然而，二公子留住了她。二公子早已厌弃她，为何还要留她？

这成了十一心头的愁思。如若被二公子知道她有了异心……她会死吧。不仅如此，屠夫也会死……

十一恍惚地和二十走出南喜庙。

路中，十一不小心撞倒了小贩的首饰，却仍然恍惚。

二十有些担心，挽住了她。

经过一间茶铺，门前聚集有几人，正在抱怨什么。

一位略胖的褐袍男子，作揖道："对不起，今天店里有贵客，打烊了，打烊了。各位改日再来吧。实在是对不起。"

其中一人问："什么贵客啊？你们家茶又不稀罕，贵客还上你们这儿？"

褐袍男子说："这我哪知，对方包了一日的场。各位抱歉，失陪了。"说完就关上了门。

二十鬼使神差地抬头，眼睛瞟向茶铺二楼。

那里，方才算命的女子倚栏而立，身姿挺立刚劲，流腰却又纤细。

女子感觉到了二十的目光，回望过来。

二十微怔，笑笑。她扶住十一走了。

"琢石，你在看什么？"一道温情的嗓音在女子身后响起，似对女子百般眷恋。

李琢石深知，他善于伪装。她说："没什么。"

男子上前，大掌拂过她的束发，低嗅，喃喃细语："我还是喜欢……"说话间，他忽然抽走了她的发簪。

秀发失去了束缚。

李琢石一惊，伸手收住自己的长发。

已经来不及了，柔亮黑发迎风飞扬，英气的脸孔因为惊慌染上女人的娇柔。

她瞪男子一眼。

男子温和地笑笑，把玩手里的银凤簪，再眺望刚才李琢石看着的方向。

那里有一家在办喜事，挂了两排小小的红灯笼。

“太子殿下。”褐袍男子上了楼，弯着腰，不敢抬头。

男子回座，将发簪还回给李琢石。

这位男子就是三皇子。也是浮绒香传说中，仿佛被百姓围观过成人礼的太子萧展。

当今圣上有六位皇子。

大皇子、二皇子在江州时早夭。四皇子死在了迁都之后。五皇子去了百随当质子。宫里仅留下三皇子和六皇子。

萧展的太子之位像是捡来的。好在，太子这几年健健康康，皇上终于放下心口大石。大霁江山，后继有人了。

等李琢石束了发，萧展才让褐袍男子呈上茶品。

“太子殿下，这是小店最好的茶。”褐袍男子腿有些抖。正如刚才那一男子所言，只是普通茶馆，比起皇宫，这里的上等也是劣品。

萧展看都不看褐袍男子：“下去吧。”

“是。”褐袍男子赶紧下楼。

萧展转向李琢石时，眉眼里含着笑意。他给她斟茶：“来，你最喜欢的茶。”

李琢石不说话，端起杯子，跟喝酒一样，一饮而尽。

“朱文栋。”萧展唤道。

一个黑衣男人站出来：“臣在。”

萧展问：“我父皇那日在皇陵待了多久？”

近来，皇上不知怎的，时不时就到皇陵坐上一坐。

萧展曾问起。

皇上也不讲因由。

上月，萧展南行。临走前命令朱文栋暗中调查。今日回到京城，萧展想起此事，问上一问。

“约莫有半个时辰。”朱文栋回答。

萧展再问：“灵鹿山有无异常？”

“没有。”朱文栋说，“皇上只是在皇陵外走了一遍，就回宫了。”

“父皇对皇陵的兴趣来得太突然。”顿了下，萧展笑看李琢石，

“琢石，你说是不是？”

李琢石平静地回道：“皇上早年请高僧破解血咒，无果。这么多年了，皇上惦记夭折的几位皇子，也是人之常情。”

“这事，大可不必亲身前往。”萧展抓起她的手，放在掌中揉弄，“而且，父皇每回去皇陵，仅由几名亲信护送，太不寻常。”萧展转向朱文栋，“那座山的山匪有何动静？”

“山匪频繁，路上无几人敢走。不过……”朱文栋迟疑。

萧展松开了李琢石的手：“不过什么？”

朱文栋说：“慕家二公子，上个月走了一回，出了事。”

“慕家？”萧展思索后，道，“京城最大钱庄的那个慕家？”

“正是。”

“何事？”

朱文栋说：“臣那日发现有人搜山，前去打听才知，慕二公子在路上遭遇山匪，马车受惊了，拉走了一名侍女。搜山那时，正是慕二公子在寻人。”

萧展笑了笑：“是有听说，他的侍女都是天仙下凡，不输宫中美人。丢了心疼，寻人也不稀奇。”

“寻人不稀奇。”朱文栋说出自己的疑惑，“但搜山那群护卫，个个武功不凡。尤其为首的，轻功十分了得。一个商人，为何有一支如此精锐的护卫队？”

“精锐？”李琢石抬眼，“能厉害过大霁国兵？”

朱文栋立即低首：“臣失言。”

萧展又给她倒茶：“琢石喝茶就好。”他示意朱文栋接着说。

朱文栋说：“而且，山匪抢走了慕二公子的侍女，慕二公子居然敢直接上山要人。”

萧展长眉一扬：“这么嚣张？”

“嚣张，十分嚣张。慕二公子一向如此。”

“此人品行如何？”

朱文栋说：“纨绔子弟，散漫随意。慕家生意大多是大公子慕钊经营。二公子名叫慕锦，管管钱庄的琐事，主要的还是慕钊做主。”

“慕家什么来头？”

“京城的大户商人，官税年年第一。红木生意起家，后来建了钱庄、当铺。现在也经营丝绸、玉器等等。”

萧展啜一口所谓店里最好的茶，勉强咽下，说：“派人潜进慕家，查查这群护卫。我要看看，商人的护卫是如何精锐。”

朱文栋领命：“是。”

慕锦去了苏府。

苏老爷见到这个女婿，气不打一处来，指着他的脸斥责。

慕锦低着头，像是在认真悔过。其实，一个字也没听进去。

末了，苏老爷呼出一口气，问：“我儿不是无理取闹的人，这事，完全责任在你。”

慕锦笑笑，点头。

苏老爷喝一口水，顺顺气。亲事是自己谈的，女婿是女儿挑的，还能讲什么。他心里希望新婚二人和好如初。这样，和慕家的生意，才能顺顺利利。同时，他也想借此事，跟慕老爷多要些好处。

不过，苏老爷忘了，他家女儿和女婿从来没有过“初”这回事。

苏燕箐换了一身月白纱衣，纤纤而来。

慕锦终于想起妻子长什么模样。是美人，也是俗不可耐。他上前，低问：“夫人气消了没？”

她抿住嘴，板起脸：“不知相公气消了没？”

他执起她的手，眼眸含笑：“我还能生夫人的气？”

他这么一笑，苏燕箐芳心直跳。当初就是贪他俊俏模样。她抽回手，故作姿态：“回去，又要对着你一群妻妾生气。”

“没有妻，我那都是妾。”慕锦说，“她们没名没分。当家主母就你一个。再说了，走了七七八八，剩下的，给我留一个公子风流的名气。”

苏燕箐娇俏一笑：“以后我教训她们，相公可别插手了。”

“那是当然。”慕锦轻轻拂过她的发丝，温热气息将她的耳朵染上和樱桃耳坠一样的颜色。

苏燕箐当然要回去，她要教训那一群狐狸精。

第七章

二公子将人接了回去，便当无那回事。

完成了慕老爷的命令，慕锦回崩山居休息去了。

棋局到一半，老刘管家过来了。

老刘管家，京城从商的多多少少听过他的名号。当年人称“金算盘”。与他讲几句经商之法，只需片刻，他便可将经营收支算得一清二楚。慕家生意，少不了老刘管家的功劳。慕老爷退居之后，老刘管家服侍在慕老爷身边，不爱管生意上的事了。他到崩山居，更是十分难得。为的仍然是慕二公子的那门亲事。

慕锦搁下棋局，看着老刘管家端着一个碗进来。

老刘管家行礼：“二公子。”

“刘管家，好久不见，这么有空到这来了？”慕锦说着客套话。

“奉老爷的命令，前来给二公子送药。”老刘管家恭敬地呈上汤药。那一碗黑滚滚的不明汤水，正往上冒气。

慕锦看了好半晌，才问：“药？二夫人又病了？那赶紧送过去，让她好好歇息。”

“这药是给二公子您的。”

“嗯？”

“此药由鹿鞭、鹿茸、菟丝子、巴戟天等中药熬制而成，给二公子助兴，好跟二夫人圆房。”老刘管家一副公事公办的模样，不显尴尬。

寸奔到底还是年轻，没忍住，低声咳了一下。

老刘管家又道：“老爷吩咐，二夫人今夜在泽楼恭候二公子。二公子莫辜负了二夫人的一片痴心。”

慕锦沉默了许久，许久。

寸奔已经很多年没有在自家主子脸上见到如此……绝妙的表情。

老刘管家是一个固执的人，他只听令慕老爷一人。哪怕面对慕二公子，老刘管家也不留余地。

老刘管家说完自己的话，静静看着慕锦。

房里三人，一老一少像是高手切磋，看似风平浪静，实则波涛汹涌。寸奔事不关己，安然立于风浪之外。

许久，又许久。慕锦像是从梦中醒来了，说：“我不需要助兴。”

老刘管家说：“你对二夫人没有兴致。老爷说，药物助兴更稳妥。”

慕锦心里把慕钊骂了个遍，什么话都往慕老爷耳边讲。他问：“这药，起效需多长时间？”

“大约一个时辰到两个时辰。”老刘管家不愧是经历过大风大浪的老江湖，语气跟谈生意一样平和，“药性刚烈，望二公子斟酌时间，早些前往泽楼。”

听这话，这可真真儿是一剂猛药。

“哦。”慕锦回了一个字。

寸奔看一眼碗里的药汁。

这碗大补汤喝下去，二公子恐怕要劳作一整夜，才能舒坦。

无法无天的二公子对慕家人比较友好。哪怕不乐意，表面上也听几句，暗地里再耍小手段。

有时候，慕老爷对这阳奉阴违的做法，睁一只眼闭一只眼，佯装不知。

谁料，老刘管家又说：“二公子，这补药要趁热喝，老爷吩咐，现在就喝。”

慕锦再度沉默。

寸奔今日也是有幸，居然能在短时间之内，又见到自家主子脸上那除了微笑与阴凉之外的绝妙表情。

好一会儿，慕锦笑起来，问："老爷有没有吩咐，让你把我送到泽楼，再盯着我和二夫人圆房？"

"那倒没有。"老刘管家缓了口气，"二公子，恕老奴直言，老爷这么做，都是为你着想。二夫人的表姐是昭仪，正是得宠的时候。短短一月，她能从才人升至昭仪，那从昭仪升至贵妃，或许也不远了。"

慕锦讽笑："区区一个昭仪。"

"隔墙有耳。二公子这话，万万不可在外面讲。民不与官斗，何况还是皇室。老爷担心慕家被人盯上，望二公子体谅老爷的一片苦心。二夫人以前小奸小恶，但嫁到慕家安分守己。"

"她不是安分守己，而是吹不动妖风。"

"可老爷认了她这一个儿媳。"老刘管家说，"二夫人长相，比不过你的侍女，但也秀色可餐。那天，老爷见到你那些美人，说，二公子对女子容貌太苛刻了。有时候，不完美才是更完美。圆房不是难事，眼一闭，就去了。"

"我知道了。"慕锦懒得再听，接过药碗。

汤药不仅颜色漆黑，还有一股苦味，苦味中又带了点酸涩。

他一口灌完，将碗倒了过来，说："一滴不漏。老刘管家，你可以回去复命了。"

"是。"老刘管家任务完成，告退离去。

屋里又陷入了沉默。

慕锦说："寸奔，你去。"

"属下无能为力。"寸奔难得拒绝。

"这是命令。"

"恕属下难以从命。"身为护卫，替主子圆房这一事，确实强人所难了。

孤立无援的慕二公子，独自出去了。

苏燕箐沐浴完，梳了妆，换上一件绯红长衣。

银杏插上珍珠簪，说："小姐今晚真漂亮呀，一定能将姑爷迷得晕头转向。"

苏燕箐也不傻，知道慕锦请她回来，是看在昭仪表姐的面子上。那又如何，权势也好，美色也罢，征服了慕锦，她便高兴。

肖嬷嬷轻声道："小姐，姑爷挺拔，你晚上疼了要多忍忍。"

苏燕箐羞涩，轻移莲步，才走出门外，绊倒摔了一跤，崴了脚。

慕二公子到了泽楼，苏燕箐正在床上躺着。

大夫说，脚筋扭伤了，需要静养，不宜频繁走动。

慕锦问："可以在床上频繁走动吗？"

大夫老脸一红，咳咳道："不宜。"

自从二夫人嫁进来，二公子就逼他给二夫人整些小病小痛。二夫人缠绵病榻，多是二公子的主意。今晚摔的这一跤，大夫怀疑，又是二公子的把戏。大夫有时看着二夫人怪可怜的。

二公子说："如果她好好的，病的就是我的侍女了。"

慕锦拂上苏燕箐的脸，怜爱地说："安心休息，过几天来看你。"

苏燕箐贴近他温暖的怀抱："相公……"

他搂着她的肩："身子要紧。"

慕锦向来挑剔，见到苏燕箐的时候，她是一个美人。她一旦离开他的视线，他时常忘记她的长相。

花苑和掩日楼的女人，哪个不是极有特色。就连普通的二十，慕锦也记得她纤薄的五官。

他和慕钊说，对苏燕箐没有兴致，此言不假。

慕锦早已过了青涩的少年时期，追求更高的满足感。譬如，看着二十，看她倔强，看她不情愿，看她视死如归，看她又乖乖地落在他的掌心。

再者，苏燕箐也不是善茬。到了慕府，遇上比她更坏的二公子，她无从下手，倒像好人了。

苏燕箐的娇弱，与二十的胆怯，在慕二公子眼里都假。

前者假得造作，后者则是生动。

掩日楼今晚大鱼大肉。

十一说，这阵子，二公子找二十侍女多，让二十补补身子。

十五夹起一块猪五花，放在二十碗中：“今天二夫人回来了，你要当心。二夫人有皇室撑腰，老爷都不敢得罪她。她人又小气，肯定要陷害你。”

“老爷再富贵，不过一商人，无权无势。”小十说，“自从苏家表姐当上昭仪，苏家生意红火许多。世上最不缺拍马屁的。”

小六竖起筷子，撑着下巴：“希望二公子能把二夫人给安抚妥当，否则我们就惨了。”

十五说：“最危险的还是二十。”

这才说完，有人过来传话：“二十姑娘，二公子有请。”

几人面面相觑。

二公子今晚不安抚二夫人吗？

二十走到崩山居。

寸奔正好在桥上赏鱼，问：“吃饭了吗？”

二十点点头。

他又问：“下午休息得如何？”

她也点点头。她不在厨房干活了，休息时间充足。

“二公子在吃饭，你多少再吃点，吃饱点。”寸奔的忠告到此为止。

二十很是莫名。

更古怪的是那位二公子。他不知起了什么兴致，说一边吃饭，一边赏月。

菜色自然是极好。如果真的赏月就更好了。对面男人的眼睛将她上下打量，他赏的不是月，是她。

二十食不知味。不过想想，二公子哪日不是怪的，怪多怪少罢了。

吃完了饭，慕锦拿起一本风月话本，递给二十：“你先看看。”

二十接过，面无表情地翻着。

慕锦说：“今天，我会耐心地给你打通任督二脉，以后不用去摘花找乐子了。”

她摘花不是为了找乐子，仅仅觉得花儿漂亮而已。

“给你一刻钟，全部看完。”

二十继续翻阅话本。

翻了几页，发现这本和之前的不一样。上回的，女人上上下下，跟干苦力似的，男子舒服得很。这回，换成了男子左左右右，女人轻松多了。

二十想，是不是今晚，她也会轻松些？

岂料，慕锦说：“今晚你会比较辛苦。”他十几日没有纾解，正是血气方刚。慕老爷那一碗汤，如同火上浇油。

她心中一咯噔，比以前更辛苦？再慌再怕，二十还是得乖乖跟着慕锦回房。见到那张床，她双腿发软。

上一回他没有做，她暗自窃喜，是不是二公子身子骨亏了，以后都不行了？

原来不是。

二十沮丧地爬上床。

慕锦却躺下了：“我先休息。”

她爬床爬到一半，愣着回头，这是做还是不做？

他的清眸转向她：“你想做？”

她立即摇头。

这回答让二公子不快，威胁地问：“你不想做？”

二十扁嘴。做与不做，他何时问过她的想法？还不是他说了算。

慕锦伸手捏起她的嘴角，说：“你休息休息，一会再做。”药效还没上来，如果提前做了，到时候加上药力，他真担心今晚就真的弄死她了。

二十吃饱喝足，闭上眼一会儿就睡过去了。

反而是说要休息的慕锦一直清醒。过了一会儿，他坐起，伸手凌空在二十的嘴角画起一道弯。

平时不见她有多快乐，脸跟木头一样。除了摘花那时。

慕锦以前为的是纾解，他欢喜便是。

二十不比经验丰富的女子，身子僵硬，可那曼妙也还可以。后来，他三番五次找她，更多的是欣赏她阳奉阴违的伪装，享受身子反而其次。今日他有空，不妨教导教导她。这样，她就不必通过摘花来微笑了。

二十睡得不久，醒来眼睛一转。

二公子正在喝茶。

她翻身，想继续睡。

慕锦说：“时间差不多了。”说这话时，他的嗓子有些沙哑。

二十没有扭捏，闭上眼，直挺挺地躺着。

十五说过，伺候那些不喜欢的男人，是为了生活。命，可比身子重要。

大霁国里，有些男子不介意女子失贞，不过，终究比不上百随。百随民风开放。如果以后逃到那里，还是可以寻觅如意郎君的。

这么一想，二十越是坦然。

不过，二公子低头看她的眼神，深沉得漆黑无光。他说：“今晚我耐心些，你好好受着。”

他这么一说，二十脸色灰败，赶紧拿帕子盖住眼睛。如果她成为他侍女里第一根被劈死的木柴，不知是灭了他的威风，还是长了他的志气。

慕锦捏捏她的脸，轻笑说：“今日我便教你享受人间极乐。”

他这话，二十这时是不信的。

慕锦有些后悔，应该早给她言传身教。先前青涩时，勉强称之为曼妙。如今却是勾人得紧。

第一回，他还能控制。

第二回来了劲儿。他说：“明天记得喝避子汤。”

二十开始不知道怎么回事。之后，她一个哆嗦，明白了。

既然她已经要喝汤，慕锦就不客气了。

二十何止是辛苦些，几乎骨架都被拆散了。但也在这一夜，她才知道，木柴劈得好，也能轻快缥缈。同时也庆幸，幸好二公子给了解药，让她发声。否则，这干柴烈火，她怕是咬手绢也憋不住声音。

二十曾听十一说，男女之事，旦为朝云，暮为行雨。

从前，二十无法理解句中含义。她非常抗拒这事。偏偏不知怎的，慕二公子自打成亲以来，有事没事就上她这儿，让她苦不堪言。

如今，二十方知何为云雨。

二公子的雨露，一滴不漏地往她这儿倒，也不留时间给她歇息。她依旧有苦难言。

半昏半睡中，颠来覆去。

二十在崩山居沉睡不起。慕锦喊吃饭，她一声不应。

说起避子汤，她勉强睁开了疲惫的眼睛，撑坐起来，灌了一大碗。身子给了二公子，她认也认了。要是蹦出个孩子，那可麻烦，跑也跑不掉。

她“咕噜咕噜”地把避子汤喝了，嘴一擦，“啪”的一下，又睡着了。

二十没有看见慕锦的阴郁脸色。

这还是头一回，慕二公子的女人像是嫌弃他一样，饭也不吃，只喝避子汤，喝完倒头就睡。

的确，慕锦不能轻易留下子嗣。但见此情景，他免不了不快。掀开被子，见她满身瘀紫，他仍不满意，再掐了几把，才觉得舒坦些。

二十睡到了第二天的半夜。

才爬起来，二公子正在身边，她发慌发抖，昨夜的记忆过于深刻，她盼着二公子接下来的十天半个月，都别再找她了。

二十蹑手蹑脚想下床，慕锦狠手将她拦腰掐住：“去哪儿？”他眸色清明，可见刚才没有睡熟。

她捂捂肚子，比了一个吃饭的动作。

“终于知道饿了，喊你吃饭了都不起来。”

二十低了头。那是因为他将她折磨得奄奄一息。

慕锦勾起她的下巴：“清醒时再问你一句。”

她抬眼。

他眉梢担了一抹暧昧：“昨天，舒不舒服？”

二十能如何回答。她要说不，恐怕二公子又要抓着她，非逼着她点头为止。为了自己脆弱的身子骨，她点头，连连点头。

慕锦眉开眼笑，拍拍她的头，再掐掐她的脸："以后我克制些，你会更舒服。"

二十听到"以后"二字，已经绝望。

他从来不理会她的绝望："我让厨房送吃的过来。"

她下了床。

二公子明明是辛勤劳作的那一位，却神清气爽。二十想，或许这就是练武之人的内功吧。

吃完饭，二十想回掩日楼，慕锦又把她推到了床上。

她连连摇头，指了指自己的双腿。

慕锦拉她躺下："不动你，好好睡觉。"

二十逃过一劫，不一会儿呼呼大睡了。

那日，二十揉捏纤腰，一路蹒跚而行，回来睡了许久才醒。

十一很是惊诧，二公子虽说侍女成群，可也没有放纵成这般模样。

元气大伤的二十，在掩日楼歇息了两天。她想，要是二公子就此消失半年，她就是贵人之相吧。

哪知，也就过了两日，二公子那边又派人传话，请她过去。

十一来敲门。

二十躺在床上装死。

许是二公子怜悯，没有再催了。

二十这几日没有走动，就是躺在床上睡，醒了也不想走。

有时睡着了，会梦见可怕的那一晚。梦里男女相拥滚动，呈现诡异的欢愉。

醒来她觉得，噩梦，简直噩梦。

歇息了五天，二十可以下床走路了。

十一却在烈日下摘花中暑。

二十躺床上时，十一在照顾。

十一躺床上了，二十也去照顾。

两姐妹同病相怜。

十一额头发烫，晕得走不得路，唯有躺着。生病时格外脆弱。她知道，二十猜出了她和屠夫的事。

十一叹声："都说杏花是白的，出墙的却又叫红杏。"

二十皱了下眉。

十一本就是温婉的五官，这时像是晕染过碧湖清水，杏眼柔情："他叫肖有贵。当年我和他有心，几乎谈婚论嫁了。哪知，我爹娘相继去世。我爹嗜赌如命，欠下了巨债。肖有贵不过一屠夫，还债肯定还不上。我入了青楼当歌姬。其实，我哪怕卖了自己，也还不起那笔债。要不是二公子收了我，我早已死在鸨娘的棍棒下。二公子对我有恩，我那时……是喜欢他的。"

有些话，想说，却又寻不到人说。于是，二十这个哑巴成了树洞。

"二公子的长相，百里挑一。"十一说，"眉是眉，眼是眼，大家都有长，怎的，他就那么好看。"

二十起身，给十一倒了杯茶。十一的长相也是倾国倾城，何须羡慕二公子。

"我迷恋过他，后来认清了，他呀，没有心。"十一说，"二公子……实非良人。"

二十点头。二公子和良人那是半点沾不上边。

"近年，我时常忆起和肖有贵的日子。是不是山珍海味吃久了，反而向往清粥小菜了。"十一笑了笑，握紧茶杯，"那日……我去南喜庙上香，和他见了一面。才知，他对我余情未了，至今未娶。我回来，听到二公子招了人去放风筝，匆匆过去，要是二公子在乎我，便能留意到我。可是他浑然不知。后来，我忍不住又和肖有贵见面。他说想我，要娶我……我一下子心乱了。我这几日也想，二公子留着我，或许是怜惜我。"

十一问："你可听说，二公子曾有侍女私通的事吗？"

二十没有回应，给十一空了的杯子倒茶。

"都说……二公子痛下杀手了。"十一叹气，"我思前想后，二公子那关怕是过不了。虽然，我和肖有贵发乎情，止乎礼。但长此以往，我怕情难自禁，真的做出对不起二公子的事，最后落得惨死下场。”

十一说的那名侍女，是小七，与慕府一个护卫相好。事情藏不住了，护卫主动向二公子请罪。

当天晚上，小七就没了踪影。

众人传，小七死了。

十一沉默了很久，叹气：“情啊，爱啊，还是别招惹了。”

二十尚未体验过男女相思之情，只能理性地想，十一应该快刀斩乱麻。在大雾国，红杏出墙虽不致死，却也颇受指责。如若二公子较真，就不好办了。

其实，十一偶尔也有死心：“我前几夜睡不着，写了一封信。犹豫了许久，不知这信要不要交出去。交出去了，我和肖有贵就没了未来。不交出去，这么拖着，我怕迟早出事。”

柳黄信上，有两滴水迹晕开了封上的字。这些男女之事，二十是外人，体会不到十一的相思，实在出不了计策。

“肖有贵说，若我答应与他私奔，便于明日午时一刻给他回应。可我下不了决心。二公子的手段你也知道，我能逃到哪儿去？我不是稀罕二公子的金银珠宝，在这里这么多年，我已经看破了，可是我不能弃肖有贵的性命于不顾。”

十一拉起二十的手，恳切地说：“二十，你明日能不能将这封信送给他，从此我与他一刀两断。我不是什么贞洁女子，早已配不上他了。”

十一握得紧，指甲掐进了二十的肉里。

二十没有点头，没有摇头，静静地看着十一。

“你要是不答应，我怕我很快又反悔了。这几日，我一直在冲动、反悔，冲动、反悔之中，我很害怕。那日，算命先生没有给我破解之法，前方艰难险阻，我不想连累肖有贵。趁着我鼓起了勇气……”说到最后，十一眼里有泪，摇摇欲坠，“二十，你答应我。”

二十想了想。平时十一还是挺照顾她的，送送信，跑跑腿，不是难事。她点了头。

“他平时就两三件衣衫，要么土蓝，要么土灰。屠夫嘛……袍子上有许多油渍。额上经常绑一条灰色绸布。”十一将她的发簪递给二十，“春园槐树下，有一扇小窗。我以前就是在小窗和他见面、通信。你明天见到他，把发簪给他，他就明白的。”十一顿住下，决然说，“告诉他，我和他有缘无分。”

翌日，二十去了春园。

不到午时，二十打算先去探探环境。在慕府待了这么久，她竟不知，春园有一传情小窗。

本就空枝满挂的院落，清晨更是落寞凋零。二十不知，这些树木因何枯萎，二公子为何又不换新枝。名为春园，四季不见春景。

二十东张西望，正要往槐树走。

却见那里已有一名女子，头梳两小辫，穿一件杂役工衣。她也在东张西望。

二十藏在大树旁，被枝干挡住了纤细的身子。

女子见四处无人，掏出一封信，塞进了小窗缝隙。然后，她迅速地从另一方向疾步而去。

二十看着那一扇小窗。

圆窗一尺为径，墙外是人迹罕至的巷道，是里应外合的好去处。

自从见到这名女子，二十有了不好的预感。她怀里的那封信，瞬间变得沉甸甸的。她再望，四周无人，赶紧回了房。

十一的信，封上有字，二十不认识。

女人之中，只有小六和十一识字。可如若找小六辨认，那就瞒不住十一了。

二十有些发愁，认识的人之中，除了这些女人，还有谁能认字？

不是说二十信不过十一。而是，二十觉得，自己经手的东西，谨慎为好。此事关乎二公子颜面，稍有不慎，后果不堪设想。她这送信的，十一写信的，二人难逃其责。

尤其今天那名女子形迹可疑，更让她觉得那一扇小窗有些什么。

想来想去，二十想到了一个人。

二十将信封摊开，仔细观察封上的三个字。她裁布，剪出一小块手绢。先是临空比画，然后依照十一的一撇一捺，将三个字绣在布上。

二十揣上小手绢，去了崩山居。

她数次到这陪寝，桥上的护卫对她另眼相看，恭敬地唤："二十姑娘。"

她低头走过。

崩山居除了桥上的两个护卫，没有其他下人，连丫鬟都没有。这么一大幢楼，空荡荡的，静悄悄，也就二公子受得住。

她找不着人，踌躇不前。

寸奔走出楼阁，几乎一眼就看见了树阴里的二十。

二公子喜欢榆树。榆钱儿，余钱儿。

花期已过，结了一簇簇小圆果。她就在几颗小圆果下，抬手遮眼，仰望日光。一截皓腕，如晴空白云。

二十一转眼见到寸奔，先是抬头望向二公子房间的窗户，再招了招手。

寸奔平静地走过去："二十姑娘，过来找二公子？"

她摇摇头，拿出一条手绢。两手夹起，展开给他看。

布上以红线绣了三个字。

寸奔问："二十姑娘绣的？"

她点头。

"绣得很好，像写出来的字，工整细致。"

她这是依样画葫芦画出来的，听他夸奖，她心花怒放。她一笑，眼睛就会眯成月牙儿，喜气洋洋。

她用手将上面的字一个一个点着。

"二十姑娘是问这几个字的意思？"

她再点头。

"遥相思。"寸奔一直很平静。

她怔了怔。这三个字不是"肖有贵"吗？

倏地，有一道凌厉的杀气打破了寸奔的平静。

东西二财像是感知到什么，猛地飞出水面。落水后又跃起摆尾。

寸奔稳住不动，低声提醒：“是二公子。”

二十笑容淡去。

慕锦倚在窗前，眼底映着墨绿的逝潭潭水，不知在那站了多久……

慕锦见过二十两次笑容。

一次是因为摘花，另一次，就在刚才。他印象深刻，不是因为美丽，而是因为罕见。尤其是她站在寸奔面前，嘴巴咧得大大的，更加说不上美。但只存在一瞬。她笑起来眼睛眯得似乎见不到光。可不知为何，那小月牙儿尤其逗逗。

这是和云雨巫山不一样的欢喜。

当这在他眼里丑丑的笑容，对上他的眼睛就变成了战战兢兢的模样，慕锦甚至不想隐藏自己的杀气。

二公子大多时候是亲切的。越亲切，越是危险。

这般黑沉，如乌云一样压向二十，她不禁咽咽口水，下意识地往后退了退。她虽然不像寸奔一样习武，但也看得出来，二公子的长眉像是一支剑，而她的小命就挂在剑尖，稍有不慎血溅当场。

二十攥紧手绢，心底发虚。

这张手绢要是“肖有贵”三个字便也罢了。“相思”事关男女之情。她名义上是二公子的女人，岂不是抹了二公子的颜面。

二十知自己大意了。十一或许写信时奔放了些。一封决绝书，也可以写成相思情。二十却先入为主，认为封上就是肖有贵的名字。她再看慕锦一眼，又低下头，不敢直视他那双黑眸。如果她将手帕吞进肚中，二公子是否会放她一马？

不，二公子会将她开膛破肚。

情急之下，二十见到了欢腾的东西二财。她抿了抿唇，乖巧地看向慕锦，迈开步子，像是要向他走去，却猛地被旁边不知什么绊了一跤。她单腿站立，身子无法平衡，在双手摇晃中，忽然手绢掉了。

她惊讶不已。

一切如此地自然，如果不是慕锦深知她心里一套，表面一套的常态，几乎真的相信那不是她故意丢下去的。

手绢飘进了潭中，东西二财飞跃地扑了过去。

二十窃喜，希望这两只小东西赶紧把手绢给撕了。

然而，不知怎的，逝潭忽然飞起一股猛烈的水柱。东西二财被震得逃走，顾不上去叼那条落水的新奇东西。

二十又想到一计。她身上有另一条刺绣手绢，普通的刺绣怎么也比绣着“遥相思”三个字好。她就要跳进水中去捡那条手绢。

二公子不知何时已经从窗边飞到了窗外，一眨眼到了她的跟前。他一把拉住她，扣在怀中。

“寸奔。”慕锦沉声。

“在。”寸奔答。

“去把那条帕子给捞上来。”慕锦已经收敛了杀气，平平淡淡，“就刚才，她得意扬扬向你炫耀的那条帕子。”

“是。”比起二十，寸奔这才叫二话不说，飞身下去。

二十僵着身子，被紧紧压在慕锦的胸膛。二公子的胸膛似乎比她更僵硬。

“怎么？”慕锦低头，贴近她的耳畔，问，“想跳下去，偷偷地拿另外一条帕子换刚才的那一条？”

二十抬眼，无辜地摇摇头。心底怕死了，二公子今日不好被忽悠了……

慕锦拧起她的下巴，看她故作镇定的样子：“那你为何要跳下去？”

二十眨眨眼，她点了点慕锦的胸膛。

“为我？”

她点点头。

“为我什么？”慕锦一手玩着她的镂花长簪。他想起来，以前这女人见他，朴素地只用一根木头，今日倒装扮起自己来了。

他扣在她腰上的手越发用力，不仅是想掐断她的腰，恐怕更想捏碎她的骨。她疼痛难忍，缩了缩。

她一缩，就像想从他的怀里溜走一样。他禁锢得更牢。

二十指指自己，又指指远处浮出水面的东西二财。她张了张嘴，做出一个咬合的动作。

“哦。”慕锦像是明白了，“我知道了，你想跳下去当东西二财的口粮。”

她摆摆手。她想解释成自己是为了救那条手绢才要跳下去。

这时，寸奔上了岸。他仅是用轻功在水面踩几下，就抓住了手绢，递给了慕锦。

二十想，虽然她和寸奔清清白白，可二公子喜怒无常。万一见她不顺眼，认定她红杏出墙坏了他的颜面，就惨了。

二十回头，想和寸奔串供。

慕锦一手掰过她的头，一手扣紧她的腰。

她几乎是被拖进楼里的。经过高门槛，她被绊了一下。

他无情地将她丢在地上。

二十顾不上磕疼的膝盖，双膝下跪，趴伏下来。

寸奔跟着跪在慕锦的面前。

慕锦拿着那一条绢帕。“遥相思”这一团火，烧到了他的眼底：“你们俩刚才在聊什么？”聊得热火朝天，聊得欢天喜地，他如果不在，这俩可能手拉手，过大年去了。

二十额面贴地。她说不出话，又因为跪地比不了动作。

进门前，她给寸奔示意了一个手势，不知寸奔是否能懂。

解释先从寸奔讲起：“二十姑娘绣了一条手绢，因不懂字意，前来问属下。”

二十闭上眼。寸奔果然是忠心耿耿的护卫，不会对慕锦撒谎。捋虎须这件事，还是得轮到她。

慕锦张开五指，将“遥相思”三个字摊在自己的掌心：“不认字，写得也还好看。”

因为二十跪着，慕锦也没有见到，她因他的这句话而弯了弯嘴角。二十想，如若以后有机会识字，那她可以按照这娟秀的笔迹，好好练练，说不定也能成为书香女子。

“你抬起头来。”听慕锦这命令的口气，二十知道这话肯定是对她说的。于是她跪直了，抬头看他。

慕锦问：“寸奔说的是真的吗？”

她转眼看看寸奔，点了点头。

这一眼被慕锦捕捉到了，他直接抓起旁边的茶杯扔了过去。

茶杯摔在二十膝盖右边，发出清脆的碎裂声。她吓得哆嗦一下。碎片溅上了她的手背，她双手揪住膝盖边的裙子，一动不动。

慕锦看着她这胆怯的模样，沉默了片刻，说：“寸奔，出去。”

“是。”寸奔站起，走了。

二十没有转头，仅是下巴微微往寸奔离去的方向昂了昂。

二公子已经毁过不少珍藏的玉杯，也不在乎多一个。他又扔了第二个过去。

这回掉在了二十膝盖的左边。她倒抽一口气，低下头，眼睛死死盯着地上。

“遥相思？”慕锦问，“寸奔有告诉你是什么意思吗？”

她鼓起勇气抬头，做一个刺绣的动作，再指指他。

慕锦走上前，轻问：“哦，绣给我的？”

她点头如捣蒜。

他拧起她的下巴尖：“这几天闷在房里，不肯见我，就为了这东西？”

早知如此，二十前几天就不在房里装死了。这时就怕他翻旧账。她眼睛游移。

“看着我。”慕锦费了极大劲，才忍住不捏碎手里这片细薄的下巴。明明在厨房圆润了些，回掩日楼没几天，又瘦了回去，瘦得刺眼，“帕子给我的？”

二十下巴疼痛，只能勉强点头。他靠得太近。她很怕他突然又做出什么不合时宜的举动。比如突然捏她，抡她，捶她。

二十从第一回和慕锦过招，便是半真半假的欺骗。他纵容她一回，纵容她二回，她胆儿越来越肥，时常将他的话当成耳边风。但她也是见鬼说鬼话，此时的二公子与往日大不一样，她不敢嚣张。

慕锦格外逗趣她那副得寸进尺样子。但，她的寸是他给的，她的尺也是。说白了，她还是要依赖他的喜怒而过活：“相思我，为何躲着我？”

她指指自己的双腿。

“哦，那日是辛苦了。”慕锦松了手上的劲，摩挲她的下巴，“今天过来，是因为那里没事了？”

二十咬咬牙，狠狠地点头。

他漫不经心地问：“怎么突然绣起字了？”

二十指指他，再指自己，卑微地伏在地上，景仰地望他。

这眼神也是极其罕见，罕见得让他看了她许久，手指捏起她的嘴角：“觉得我学识过人，想跟我匹配，所以要学认字？”

二十除了点头，根本不敢有其他反应。

“原来如此。”慕锦笑了，一把抱住她的腰，“其实也不用这么麻烦，你有一样东西和我很匹配。”

二十看着他越靠越近……他所说的，不会是她想的那个吧？

没有错。

他们最匹配的就是二十想到的那个。

自从经历过那一夜，他将她的任督二脉打通，两人有了极高的契合。慕锦用“遥相思”的手绢盖住二十的脸，在她耳畔低问：“相思我？”

“嗯……”

“这几日想念我这般对你？”

“嗯……”

“这帕子，大有用处。”

可不，威力不输慕老爷那碗汤。到了第三回，慕锦说：“记得喝避子汤。”

二公子这一回二回三回，停不下来。

二十错过了午时一刻的送信。

上午，十一病好了些。她始终记挂着二十送信的事。她在掩日楼走了一圈，始终不见二十。

小十说：“早上见二十出去了，没回来。”

二十说到做到，不是失信之人。十一正纳闷。有一丫鬟到掩日楼，进了二十的房间。

十一讶然，过去问：“二十姑娘呢？”

“回十一姑娘。”丫鬟说，“二十姑娘今日在崩山居侍女。二公子命我过来，收拾两件衣裳。”

丫鬟在翻二十的柜子，十一生怕自己的信被二十藏在其中，于是说：“二十日常穿的，我清楚。还是我来吧。”

丫鬟退到一旁：“二公子要鲜艳的。”

十一说：“二十多穿素衣，鲜艳的，只有刚进掩日楼时，裁缝房统一缝制的旧衣。”

丫鬟又说：“旧衣也可，就穿一日。二公子已吩咐裁缝房给二十姑娘赶制鲜艳新衣了。”

十一挑选三件衣裳，给了丫鬟。

她回房匆匆再写一封信。午时一刻，去了春园。见到窗外的屠夫，她眼角湿润：“你我终究无缘……”

与春园一墙之隔的厨院，有一扫地的仆衣老汉，咳了两声。

他的咳嗽声，十一听不见。

十一的悲情哭泣，却清晰传入老汉的耳朵。

扫地的活计百般无聊，老汉给自己寻了个乐子，喃喃自语：“嗯……十一姑娘的那位男子，嗓音浑厚，讲的话朴实又不失深情。”

老汉将落叶扫成堆：“十一姑娘句句含泪。”

说完，他运力出掌，成堆的落叶漫天飞舞，洒满了庭院。他拿起扫帚，又开始扫地。

“这是今日第三个在春园鬼鬼祟祟的女子了。”老汉叹道，“二公子这窥探他人偷情的毛病，何时才能改改……”

太子又在喝茶。

还是那家茶铺。今日，店老板呈上了据说是江南出品的好茶。

萧展只抿了一口："琢石，你怎喜好这种连皇宫清水也比不上的东西。"

"你可以不来，无人强迫你。"李琢石把茶当酒喝，一口一杯，豪迈畅饮。

"琢石说得极是。"萧展笑笑，放下自己的杯子，给她倒茶，"这茶水也就你喝的时候，才像有味道。"

有传言，太子性情温和，不及当今圣上的气魄。皇上便将太子之位，赐给年幼的四皇子。四皇子夭折以后，皇上信了血咒。直至三皇子成年，才将其立为新太子。

萧展这几年修身尊贤，让文武百官刮目相看，皇上也安了心。

可李琢石知道，萧展最擅长伪装。他不爱她，却装成爱她，装得连他自己都信了。唯独骗不过她。

"太子殿下。"朱文栋上了楼。

萧展抬眼："何事？"

"收到慕家的探子回报。"朱文栋呈上一封密信。

"慕家？"萧展已经忘记上回的事，皱了下眉。一个商家二代，他不放在心上，他没有接过那份密信，"哦，是不是那个十分嚣张的慕家公子？"

"是。"

"听你上回那么一说，我非常好奇那群护卫。"好奇归好奇，萧展懒得看信。

朱文栋说："慕府没有护卫。"

"嗯？"

"只有两个在慕锦门前守桥的，还有在慕钊那边看门的，慕老爷早已隐居，闲人免进。慕三小姐那边，多是女子。"

听朱文栋说到一半，萧展托起自己的空杯，放在掌心把玩。"隐居"、"免进"，这不就是说，探子也打听不到消息。

"几年前，慕锦收了一批退役的国兵，说要给自己撑门面，以后出来逞威风。"朱文栋禀报，"当年退役的，都是普通士兵。"

萧展盯着杯子，问："搜山那日，你见到的是何人？"

"那日所见的护卫，训练有素，不像是普通士兵。为首的那一位，时常跟在慕锦旁边，名叫寸奔。"朱文栋回忆，"臣远远见到，他轻松一跃，直上数丈外，脸不红气不喘。年纪轻轻，竟有如此轻功，深不可测。"

萧展又给泡了一壶新茶。

朱文栋看了李琢石一眼。太子殿下贵为未来天子，为她屈尊降贵，她竟然还敢摆脸色，简直不识好歹。

朱文栋再多的不满都只能藏在心里。因为他的主子不知为何迷上了李琢石。

萧展问："慕二公子可懂武功？"

"只懂些拳脚功夫，喜爱打肿脸充胖子。曾在浮绒香跟人争夺舞姬，慕二公子假装懂武，围观者却见到是寸奔在暗中帮助。"朱文栋不仅安排了探子，连慕锦的过往，也逐一打听。老百姓对慕二公子的印象，大多是"目中无人"之类的贬义。

"这么说，这位慕公子什么本事没有，只是招了一个好护卫？"

朱文栋答得严谨："探子回报，确是如此。"

"信息可靠吗？"

"探子伪装奴仆进了慕家，发现里面只是普通商贾布置，可以说不设戒备。"朱文栋顿了下，讲起风流韵事，他有些生硬，"慕锦有一名侍女，与一名男子在一座名为春园的地方幽会。慕锦浑然不知。那座春园是里应外合的好去处。"

萧展又问："无人看守？"

"是的。春园的路只通向慕锦陪寝的居处。探子发现，这座春园走动的，大多是暗通款曲的女子。"

"这'春'字倒是应景了。不过，探子才进去几天，就能发现春园的秘密，慕家主子会不知道吗？"萧展低眸，"有些奇怪。"

一直沉默的李琢石这时接话："太子殿下是生性多疑。"

"琢石见笑了，我这是随了父皇的性子。"萧展笑笑，"说到父皇，那位新昭仪神似前皇后，他近日寻欢作乐，算是了却对前皇后的思念了。”

这也提醒了朱文栋：“太子殿下，还有一事。”

“说。”

“皇上似乎……明日又要动身前往皇陵。”

“我知道。安排几人，探探父皇究竟在皇陵做什么。”

“是。”

“我明天出外游玩。”慕锦搂过二十的腰，手执帕子，将“遥相思”三个字捻在掌心。

她不认得字，怎会绣“相思”给他？满嘴谎言。

但那又如何？他乐意听她胡说八道。玩她的胆量，再玩她的身子。

二十睡了一会儿，听见他的话，她半梦半醒，挣扎要翻身。

慕锦的手向外挥了下，有一扇窗户静悄悄地打开了。慕家这宅子地势极好，冬暖夏凉。夏夜晚风撩起了床幔。

二十不挣扎了，任由他搂着，靠在他的胸膛。

“丁咏志的妻妾个个都是美人。”慕锦捏捏二十的下巴，“你这长相，我带不出去。”

二十半抬眼皮，就她这样，明天也走不出府。真是羡慕习武的人，出力的是他，她一个受力的没了半条命。他扬眉吐气，还能出外游玩。

她想睡觉，能不能别说话了。她窝进他的怀里，想要藏起耳朵。

慕锦将她的手搭在他的腰上。

二十被迫抱住了他，他拨开她额上的细碎发丝，又掐掐她的脸。

这时，外面有什么一闪而过。

慕锦沉眼，立即拉过被子给二十盖上。他下了床，穿上衣服，披一件外袍，走出了房间。

偏厅站着有两人，一老一少。老的身形瘦削，穿的慕府奴衣却是宽松的，不合身。

靠在门边的是寸奔。

另外一位，正是在厨院扫地的老汉，原本背脊稍稍驼曲，此时，站姿毅然，不输苍松。

刚才，正是这位老汉从慕锦的窗前掠过。当然，床幔后的风光，老汉没有窥见。

老汉听见慕锦的脚步声，转过身，极有礼貌地鞠了一躬：“二公子。”嗓子仍中气十足。

“关先生。”慕锦这一声是尊称。

老汉名为关纯良。纯良纯良，年轻时在江湖上却是恶名昭著。他内力深厚，自创二刀流派，同时钻研暗器，可攻可防，可明可暗。当年的武林追杀令，他的赏金高居第三。

这么些年过去，长江后浪推前浪，关纯良的赏金仍挂在第十六名。上了年纪，江湖人送一外号：关老。不过，他已隐居许久，江湖上只有他的传说，没有他的踪迹。

关纯良恭敬地立于慕锦面前。

慕锦示意：“关先生请坐。”

“老奴谢过二公子。”关纯良的眉淡且灰，一张招风耳左右挂在脸颊。如果不是神采奕奕的眼睛，他看着就像一普通老人。他落座，道：“二公子，今日那座春园有些异样。”

慕锦眉峰上挑：“什么事？”

“今日春园有四人经过。”

慕锦若有所思：“四人？”

关纯良说：“清晨时分，有一名女子在小窗走过。她是两个月前来的，每月来两回。不讲话，步子左轻右重。小情郎唤她一句，小蕾。”

枯枝败叶的春园真成了思春之地。

“这第二位。”关纯良顿了下，“老奴听声，应是穿了一双柔软的缎鞋。”

慕锦和寸奔都知道，关纯良说的是谁。

“刚开始走得急促，撞见第一名女子，就停下了。第一名女子走了之后，第二名女子跟着走了。”关纯良看着慕锦，“从她的脚步声，老奴听出，大约是那日在厨房给二公子煮面的姑娘。”

“留下十一时，我就猜出，那女人肯定会帮助我的小妾私通。耍我颜面是她最乐意的事。果然不出我所料。”想起上床前，二十那副忍辱负重的样子，慕锦笑了。

“第三位姑娘，便是十一姑娘。这，二公子早已知道的。”

“嗯。”慕锦应了一声。谈及自己的绿头巾，他不喜也不怒。十一和屠夫的事不是秘密。十一担心得要死，然而慕锦放之任之。

“第四位，便是老奴察觉的异样。”

慕锦长眉凛冽：“关先生请讲。”

“此人脚步近乎无声，常人万万做不到这般轻巧的步伐，我断定此人习武。但是，踏步较为虚浮，下盘不够扎实。我猜她擅长轻功，大约是名探子。”

朱文栋说的没错，春园的确无人看守。关纯良不是“看守”，而是“听守”。他中年突发眼疾，目力下降。后来练就一双顺风耳，听声辨位，也是一大绝招。

“此人的脚步声，我第一回听。她站在小窗，没有说话，走时更是疾步离去。”关纯良说，“二公子，恐怕府上已有奸细。”

“近日我也没招惹谁，哪来的奸细？”平日里，二公子得罪这家，得罪那家，恶名远扬。也正因为恶名远扬，别人得罪了不敢吱声。慕锦许多年没有过对手了。近日好不容易有二十在他跟前蹦跶，逗乐一下。他问：“寸奔，我最近有得罪谁吗？”

二公子近日修身养性，除了去镇南城捣了一间赌场，似乎没再招惹谁。镇南城的赌徒，不至于千里迢迢跑到京城当奸细。剩下的，就是福寨的山匪。那群人虽然鲁莽，做事却光明磊落，也不玩这种阴暗把戏。寸奔回答：“没有。”

关纯良说：“二公子，还是谨慎为好。”

“寸奔，你查查最近新进的人，有谁符合关先生所言，下盘虚浮，脚步无声。”

寸奔说：“是。”

慕锦说：“关先生，麻烦你继续在庭院消遣了。”

关纯良起身：“是。”

“委屈关先生，武艺高强，落了个听墙角的角色。”话虽这么说，二公子倒不像是真正反省自己怪癖的样子。

“老奴上了年纪，老眼昏花，唯剩双耳，为二公子所用。老奴曾对天发誓，如若二公子甘于平民，我便端茶扫地，余生为奴。”说到这里，关纯良单膝下跪，“如若四皇子想要登基天子，老奴也必将披坚执锐，万死不辞。”江湖人就是江湖人，讲话无所顾忌，浑然不顾当今天子仍然在位。

“我慕二公子吃了玩，玩了睡，睡了吃，多悠闲自在。天子之位，当了昏君才能随心所欲。要做明君，须得敬大臣，体群臣。夜宿哪座宫殿，得让敬事房翻册子。遇上喜欢的姑娘，时时藏着掖着，生怕她因独宠而受难。皇位，讲得好听，真坐上去，连心爱的女人都保不住。”慕锦一手支额，“烦。”

关纯良抱拳离去。

“寸奔。”慕锦说，“安排一个女的，盯着那女人。她知道太多了。”

“是。”

“现在形势不明，我却在养虎为患。”慕锦阴阴凉凉，“如果将来小老虎咬我一口，杀无赦。念在她是个乐子，一刀毙命，让她走得痛快就是仁慈了。”

“是。”

二十舒服地睡到一半，又被摇醒了。慕二公子存心不让她好过，捏起她的脸。

她觉得自己只寐了片刻。他说：“睡一下午了。睡睡睡，你又想变成嘟嘟吗？”

嘟嘟就嘟嘟。她想就此躺到天荒地老。如果这天荒地老，没有二公子在旁打扰更好了。

慕二公子岂会让她如愿，脱掉外衣，陪躺在床上。

二十仍光着，被他搂在怀里。

他问：“你觉得，明天我带谁出去？”

二十闭着眼睛。带谁出去又不是她说了算，二公子喜欢带谁，就带谁。只要不带她就行。

“醒醒。”慕锦拍拍她的脸。

她不得不睁开迷茫的双眼看他，忘了他刚才说了什么话。

慕锦再重复一遍："说说，我明天带谁出去？丁咏志上次的两个小妾，貌美如花，楚楚动人，跟你很不一样。"

二十就这么呆呆地看着他，像是听见了他的话，又像是没听见。

他戳戳她的脸颊，低问："带十五去？"

二十点头。终于可以睡了吧，她正要再闭眼。

慕二公子又摇了摇她："醒醒。"

二十快生气了，他不睡，也不让她睡。想做什么？又不是谁都跟他一样，在床上翻来滚去之后，还这么精神的。

慕锦说："我明天带十五去玩。"

二十打了一个哈欠。这话刚刚不是已经说过了吗？

她这般反应，摆明就是他带谁都与她无关。他又说："明天我和十五回来，就上她的房间了。很久没找十五了，她妖娆多姿，比你生动。"

因疲惫而动作迟缓的二十，听了这话，头点得比捣蒜还卖力。

慕锦凑到她的脸旁，凉凉地问："很高兴？很开心？要不要给你放鞭炮？"

二十隐约明白，自己又在无意中惹到了二公子。她迷糊着依在他的胸膛，下意识地伸手搂住了他。

慕锦没有好脸色："我让你抱了吗？"

她立即松手，把脸埋在他的胸膛，闻到的又是他的气息。她接近过的男人只有他，鼻子习惯了他的味道，轻轻嗅了嗅。

她的小动作取悦了他。他捏捏她的腰，耳提面命："以后多听话。你能活到现在，是因为我心善。哄我，给我逗乐，你这小命才能留着。"

二十知道，这些她都知道。大家说她得到了二公子的独宠。其实，宠是宠了，就像一只宠物似的。他高兴了，逗她玩，他不高兴了，踢她一脚。二公子看似好说话了，其实仍然喜怒无常。

威胁完，慕二公子开始嫌弃："多穿些花裙子。长得已经够不起眼的了，还整天灰不溜丢的。走在人堆里，都见不着你。"

二十学乖了，听话地点头。

他生气了，她就寻找他生气的理由。就如刚才，他不满她的情绪，于是她立即示弱。

这一双男女，不知谁才是谁的宠物。

二十偷偷瞄慕锦。大约这回是应付过去了，她腻在他的气息里，睡了过去。

第八章

二十半夜起床，在慕锦的盯梢下，吃了两碗粥，加点儿小菜。最后不忘那一碗避子汤。之后睡到第二天。

醒来是巳时了。

身边没有温暖的怀抱，慕锦应该早走了。

她忍不住在大床上翻滚。二公子这张床柔软舒服，他不在，那就更舒服了。

二十坐起，掀起床幔，这才发现床边站着一个陌生人。

那是一位美丽的女子。比起慕二公子的女人，逊色了些，但能与苏燕箐媲美。

女子恭敬地福身："二十姑娘。"

二十左右手交叠，拢起衣襟，狐疑地看着这名女子。

女子笑了，左边浮出一个可爱的小酒窝。这么一笑，比苏燕箐更美了。她道："二十姑娘，我叫杨桃。二公子吩咐我过来伺候你。"

二十愣住。向来只有她伺候别人，从来没有别人伺候她的。见杨桃要过来帮她穿衣，二十连忙缩起身子往后退，摇了摇头。颈间还有二公子留下的痕迹，被外人看到，难免有些尴尬。

杨桃笑盈盈地说："这是裁缝房新制的衣裳，二公子交代了，以后二十姑娘要穿光艳衣裙，这样才漂亮。"

二十无言。

“二公子交代过，二十姑娘出不得声。我家中弟弟嗓子伤了，我与无声者交流很友好的，希望二十姑娘别嫌弃。”杨桃看着二十，迟疑地加了一句，“这……是二公子的命令。”

要是二十拒绝，杨桃就得受二公子的气。

二十不习惯别人伺候穿衣，接过杨桃手上的衣服，躲进床幔。系上衣服，她下了床。

杨桃又漾起小酒窝：“二十姑娘，我先伺候你漱口。”

为了不让杨桃受罚，二十接受了这般伺候。只是心中别扭得很。

“二十姑娘，早餐给你备好了。”杨桃很热情，“我到掩日楼问过，你平时喜欢吃什么，十一姑娘给我列了几样。我让厨房都做了。”

二十不解，二公子又玩什么花样，为什么要给她配一个丫鬟？花苑和掩日楼的女人，这么些年从来没有过丫鬟。

虽有疑惑，但二十吃了很多。毕竟昨天做了苦力。

杨桃在旁奉承：“二公子见到二十姑娘这么好胃口，也就放心了吧。”

听到“二公子”三个字她就觉得腿酸，这样的日子不知何时才是个头。

别人讲得像是二公子多疼爱她似的。二十心如明镜，不过是二公子无聊，耍她玩而已。同时，二十告诫自己，真的要听话，真的要乖巧。花苑和掩日楼的女人，哪个不是对他唯命是从，就她，忍不了他那坏脾气，给他脸色看。二公子自然觉得新鲜。

要是她再听话些，乖巧些，也许他很快就腻味了。

二十正觉得生活有了希望，杨桃忽然说：“二十姑娘，昨日有一个丫鬟到掩日楼，拿了几件旧衣服，不过忘记拿绣盒了。二公子说，二十姑娘喜爱刺绣，让我又过去一趟。”杨桃双手呈上，“这是绣盒。”

二十昨天照着十一的信，绣完那三个字，便将十一的信放在了绣盒上。

掩日楼其他人不爱刺绣，想来无人会动绣盒。哪知……

二十接过绣盒，打开一看。

没有那封信。

信是十一和屠夫私通的证据。如若被公开了，那十一的处境就危险了。

二十指指绣盒，比了一个长方的手势。

杨桃很是机灵，立即明白："二十姑娘是说上面那封遥相思的信吗？"

二十点头。

杨桃笑了："二公子让我将遥相思的帕子洗好给他。信上的字迹和帕子一样，我便将信和帕子一同放到二公子书房了。"

这简直是晴天霹雳。二十的一颗心提在高空，久久不落。她向杨桃指指自己的衣服，然后做了一个把人赶走的手势。

杨桃皱眉："二十姑娘……是……问新衣裳？"

二十点头，再做一个把人赶走的姿势。

杨桃有些无措："我知道了，我去裁缝房催催，现在就去。"

杨桃走了，身影消失在转角。

二十跟着走出房间。

幸好崩山居没有护卫和奴仆，寸奔也不在，应该是和二公子出游去了。

二十在走廊畅通无阻。

没有二公子允许，崩山居少人敢进，房间几乎没有上锁。

二十四处张望，推门进了书房。

手帕被慕锦见到，便没法了，这一封信可得藏好，不然二公子丢了面子，终归要生气。

二十在案几上看了看，又在柜子里看，没有找着。慕锦案子上摆的那些书，她不敢动，怕乱了顺序，引起怀疑。

窗台旁的棋盘上，搁有一封信。

她走过去……

丁咏志和慕锦约好，今日由他驾马车过来接慕锦同游。

宫里事情有变。

不过，丁咏志仍然按照原计划，到了慕府。

慕锦不在崩山居。

桥上护卫说，二公子去了掩日楼，挑选同游小妾。

这就是妻妾成群的烦恼，丁咏志深有同感。每回出门前，都得挑肥拣瘦。选择越多，烦恼越多。

丁咏志昨晚和小妾操劳过度，在慕锦的书房候了一会儿，去屏风后的躺椅休息。

隐约听见脚步声，丁咏志睁开了眼睛，转头见到屏风前那道模糊的身影。

他来不及辨认，只想，能在崩山居走动的，无非是慕锦和寸奔。

“二公子？”丁咏志唤道。

二十只差三步便到棋盘，脚步僵在了原地。她哪里想到，书房竟然有人，而且是陌生男子。

是谁？她该逃还是躲？

丁咏志扶腰，坐起来，理理褶皱的衣袍，说：“宫里派人传话，和昭仪突然生病，皇上前去探望。今日之约取消。”

躲是来不及躲了，二十低头，连忙往外走。

门外有一人，拦住了她的去路。

她没有抬眼，也感知到了恐惧，前所未有——这是她至今最恐惧的一刻。

她听过二公子的秘密。他醉酒时，絮絮叨叨。可他不曾亲口将如此惊人的身份告诉她。

腊月二十那一晚，他讲起他的娘亲。

二十听出，他描述的娘亲，与慕老夫人不符。二十猜测，二公子是慕老爷的私生子。真正的二公子病逝了，慕老爷偷梁换柱，将私生子藏在府中。

二公子酒醉絮叨的样子跟老妈子似的，一边欺负她，一边劝导她。

十五遇难那天，二十赌了一把。她赌二公子再恶再狠，也不至于泯灭人性。她与他过招，果然赢了。

后来，二十在福寨见到林季同，见他酷似慕老爷，又莫名执着皇陵血咒。她觉得背后有不为外人道的故事。她不敢细想，更加不敢妄猜慕锦的身份。虽有怀疑，但无人证实，他就只是二公子罢了。然而，丁咏志刚才的话，进一步撕开了她的自欺欺人。她与真相如此接近，与死亡亦是。

二公子留她性命，是否因为他知道，她知道的不是他的全部？若他知道，她都知道了，后果如何？

慕锦眼底像一座深海，里面沉有一座炼狱。他顾不上训斥丁咏志的口无遮拦，见二十抖如筛糠，看都不敢看她。

他知道，她知道了。

这个女人就是这样，该聪明了，笨得可以。然而到了该蠢笨的时候，却又极其敏锐。

杀气涌现，迅雷不及掩耳间，慕锦掐住了她。

快到二十气都来不及喘。

将要捏碎她的颈骨时，他改变了主意："对了，喂鱼才是你的下场。"他拽住她的肩，将她丢了出去。

二十见到了慕锦幽暗的眼睛。他眼神没有任何波澜，就像在看一个死人。

她才明白，他以前对她真的非常仁慈了。如若她早知这么大的秘密，岂敢要挟他。

救十五时，二十以为，这是一个假冒的私生子，怎能料到这般尊贵的身份。

二十闭上了眼……

这一切像是如慕锦所料。

他正想借十一的这一封信，逗逗二十。

关纯良说，二十鬼鬼祟祟地去了春园。

寸奔说，她不识"遥相思"三个字，前来询问。

小六和十一都识字。二十要问字，何须到崩山居。由此可见，二十绣帕子问字这事，既要隐瞒小六，也要隐瞒十一。

慕锦一想就明白怎么回事了，于是让杨桃去二十房间寻找有"遥相思”三字的东西。

杨桃回来说：“回二公子，有一封信放在绣盒。”

慕锦拿起那封信：“告诉她，信在我这里。”

二十听了杨桃的话，为了帮十一掩盖奸情，一定会过来书房。她是一只胆战心惊，满头碰壁，逃不出他掌心的小猎物。

这一切也不是慕锦所料。

丁咏志是个意外。

脱口而出的“皇上”二字，凭那女人的敏锐，应该猜出了大概。

慕锦本想设一个小小的陷阱，要弄二十，却不料，将自己的秘密给套了出来。

看着她跌落逝潭，慕锦忽然又想起灵鹿山，二十逃跑的那次。他那时看着潭水，心底和此刻差不多，隐约有惋惜的。难得有个好玩的女人，就这么死了，是可惜。

那日，慕锦说他在养虎为患，二十可不就是一只小老虎，利用她的小聪明，在他面前逞能，给他无聊的日子添几分乐子。

她知道得太多，而且重情重义，这两点都容易被别人利用。

她该死，她早该死了。

“二哥。”黄莺出谷般的声音响起。慕冬宁站在木桥那端，凝眸远望慕锦。

慕锦的眼睛从逝潭中离开，看向妹妹。

这本不是一个意外。慕锦想用信吓吓二十，但吓过头就不好玩了。于是让寸奔去请慕冬宁，适时救援二十。

如今，这却成了意外。慕锦想让慕冬宁救援的，是藏信的二十，而非这一个知晓秘密的二十。

看，一个大嘴巴的丁咏志，摔破了慕二公子的棋盘。

毫不知情的慕冬宁，充当的仍然是救人的角色。“二哥。”她又叫了一声，看着逝潭，大喊，“阿蛮落水了！”

二十耳中，这声“阿蛮”是从遥远天边飞起的。要是带有西埠关口音，就更加亲切了。她真的要死了，脑海中幻听到了家人的声音。

爹爹说：“阿蛮，你先去干几年杂活，等弟弟妹妹长大了，家中劳力多，你就不用那么辛苦了。”

娘亲说：“阿蛮，到了大户家里，一定要听话。不可以说的话，要永远藏在心底。”

弟弟妹妹长大了，她却被卖到京城，和家中失去了联系。

四面八方的水涌过来。二十虽然水性极好，可肩膀被慕锦拽伤了，根本抬不起手。她后悔了。当初不该当哑巴，而应该做一个聋子。这样她就什么也不知道了。

两只小圆头食人鱼，潭水中玩得好好的，突然嗅到了新的口粮，兴奋地咧起尖牙窜过来。东西二财的口力很好，一撕一咬，二十就将支离破碎。

二十沉入了潭中，不见水花。

慕冬宁心惊，眼见慕锦无动于衷，连唤两声：“二哥，二哥！”

“嗯。”慕锦仅这么应了一声。

慕冬宁指指潭中，焦急地说：“阿蛮落水了！”

“哦。”慕锦很是平静。

慕冬宁问：“阿蛮为什么落水了？”

慕锦笑了：“应该是不小心掉下去了。”

慕冬宁顾不上埋怨这位冷血的二哥了，喊起桥上的两个护卫：“你们赶紧捞啊，水里有那吃人的鱼呢。”

没有慕锦的命令，护卫哪里敢动。两人低首，一声不吭。

“寸奔，寸奔！”慕冬宁气急，“寸奔！”

寸奔不知去了哪里，没有一丝回应。

慕冬宁不明原因，眼睁睁看着二十坠湖，此时帮不上忙，她不禁哽咽了一声：“二哥，你答应过我，要善待她的啊。”

慕锦说：“哭什么？她还没死。”

慕冬宁哭得更大声了：“二哥，求你救救阿蛮吧。”

“好了，别哭了。”慕冬宁的眼泪倒是奏效了，慕锦伸手一拂。

向着二十游去的东西二财立即停住，双双摆尾，转了方向，继续啃腐尸去了。

“怎么突然到这儿来了？”慕锦像是忘了，是他安排她来的。

慕冬宁以为，寸奔是瞒着慕锦找她的，不敢将寸奔供出来。她寻了个借口，说："今天春兰煎了萝卜糕，我觉得味道很棒，想给二哥尝尝。谁知道一过来，就见到阿蛮掉下水了，你都不救。"

"哦。"凡是说起二十，慕锦就不冷不热的态度。

"二哥！"慕冬宁又想使用眼泪攻势。

"知道了。"慕锦的目光回到潭中，"寸奔，把那女人捞上来。"

"是。"

慕冬宁只听空中响起一声，看不到寸奔从何而来，跃入水中。

丁咏志这时才走上前，到了慕锦身边。

慕锦看了丁咏志一眼："捅了这么大娄子，你还有脸站在这儿。"

慕冬宁不认识丁咏志，更不清楚他是尚书之子。自然无从得知，她的二哥在一个官二代面前，竟也如此威风。

丁咏志不敢说话。他哪里知道，向来无人能进的崩山居，忽然冒出一个女的来。幸好他当时唤的是"二公子"，可没喊出一句"四皇子"。这算是保住了四皇子的身份吧。丁咏志自我安慰着。

二十沉得深，寸奔无法在水面上救人。他潜了进去，顾不得男女有别，右手握住了她细瘦的手腕，左手一个用劲，揽上她的腰。他抱起她，一跃而起。

二十在鬼门关走了一遭，极为依赖这一个温暖怀抱，她将脸贴紧在寸奔的胸膛。

慕锦眼里更沉了。

到了岸上，寸奔轻轻将二十放在地上，退到一旁。

二十闭气功力不弱，大口大口缓过气，醒了过来。最疼的还是慕锦按过的肩膀，疼得她缩起了身子。

她纤薄的身子一颤一颤，将要碎裂成片似的。

"杨桃。"慕锦命令，"给她洗净身子，肩膀上药，一会儿我要问话。"

"是。"杨桃从树影里走了出来。

慕冬宁上前问："阿蛮，你没事儿吧？"

"冬宁。"慕锦唤住她，"萝卜糕呢？"

“在，在。”慕冬宁叹气，“阿蛮，好好休息。”

慕锦说：“放心，死不了。”

“二哥，阿蛮哪里惹你生气了？”

“她有一天不惹我生气的吗？”

慕冬宁想起，小七也是这样被丢至潭中。那时，小七有心爱的护卫相救。慕冬宁劝道：“二哥，上天有好生之德，她有什么错，也不至于赔上性命呀。”

慕锦看一眼二十离去的背影。“她啊。”他恶意一笑，“红杏出墙了。”

慕冬宁愕然在当场。

小十喜爱聊天，和丫鬟、仆人、甚至连桥上的护卫，她都能侃几句。

她经过崩山居，见到了慕冬宁的贴身丫鬟，上前攀谈，然后慌张地往掩日楼赶。

那时小六正在讲述近日心得。她和十五，两位美人儿坐在外园，一人喝茶，一人低语。

小六长叹一声，说：“我也是昨天才想通了。我们几个明争暗斗，但都是小伎俩。换在别家院子，肯定斗不过其他女人。我想来想去，还是喜欢住在二公子这儿。如果二十得宠，以后嫁给了二公子，我就去求她，千万别赶我走。我的愿望很简单，讨一碗饭吃，躺一张床睡。吃饱睡好，我就满足了。”

小十踏进掩日楼，想要大声喊，却又克制，语速飞快：“出事了，出事了。”

近日，小六坐在这里等天上掉馅饼，什么也没等着，人跟着慵懒许多。她托腮回望，缓缓问：“怎么了？难道二公子要将我们逐出府了？有遣散金吗？有多少？”

小十说：“也许……一分不给吧。”

小六圆眼一睁，站起来：“怎么了？”

这时，剩下的三人听到了小十的话，一一走出房间。

小十跑得急，有些喘，但她也顾不上喘气了：“是二十……

二十……出事了！”

“什么？”十五立即上前，“昨日，二公子不是让裁缝房连夜赶制新衣？今天又给二十安排了丫鬟，好好的怎么又出事了？”

十一也问：“怎么了？”

“你们又不是不知道，二公子那脾气，上午阴，下午晴，半夜狂风大暴雨。”小十缓了口气，“我刚刚跟三小姐的丫鬟聊天，她说二公子发现二十与男人私通，非常生气，像是要拆了崩山居一样。”

十一好半晌没有表情，俏脸由白皙渐渐转为惨白。

“二十与人私通？”十五不信，“她连话都讲不了，如何与人私通？”

“与谁私通？”小六惊讶地猜测，“寸奔吗？寸奔不爱说话，二十说不了话，看得倒也般配。”

“呸！”十五斥了一声，“你说什么呢？胡说八道。”

小六闭了嘴。

小十说：“二公子在二十房里搜出一封相思情信。”

十一明白，那一封信正是她的。二十有口难言，可能是二公子误会了。

小六更加愕然：“二十不识字，如何通信呀？”

“二公子可能……怀疑二十不识字是假装的？”小十说，“二十被丢到逝潭了，幸好三小姐经过，才救了上来。丫鬟说，二公子要问话，会不会跟小七一样，问着问着就不见了？”

十五着急了：“今天二公子本要我与他出游的，我想，二公子对我仍有旧情，我去求他。”说着，她拎起裙摆跑了出去。

十一脸色很是苍白，嘴唇抖了抖。她死死抓着自己的襦裙，裙上的花儿被抓得像是枯萎了。她松开了手，忽然呼口气，决然地向外走。

十四一直无言，冷着脸，抿紧唇，扭头也走了。

小六和小十互望一眼。

小十问：“我们去不去啊？”

小六跺一跺脚，拉起小十的手说：“走，你不是最喜欢看戏吗？”

小十被拽得左脚绊右脚：“二公子会不会把我们都处死呀？”

“上回我替小七求情，二公子放过我了。这回……不知道。”小六像下了决心一样，“死就死吧。不是有句话叫那什么，死得重一点，以后投胎就到大户人家了。”

小十说：“我没听过这句话呀。”

小六说：“我听过就行了。”

小十又说：“小六，你的手好像很抖啊。”

何止抖呢，小六连冷汗都沁出来了。“死到临头了，谁能不抖的？”小六向前跑，“别说话了，救人要紧。我年年给小七拜祭，已经很愁了，可不想再多记一个日子给二十拜了。”

几位美人儿衣裙飞扬，如雪的茉莉花朵悄然绽放，一路芬芳。

慕冬宁有些担心，反复地与慕锦说：“私通一事或有误会，二哥还是问清楚之后，再做定夺。”

在她面前，慕锦收起不耐：“知道了。”

她又劝：“二哥你要答应我，千万别一时冲动。人命可是大事。”

他敷衍地应了。

慕冬宁离开之后，慕锦进去书房。

丁咏志正在来回走动，古铜脸上的眉心皱成了漩涡：“那女人是谁？她是否听出了我的话？”

慕锦回他一个废话的眼神。一个普通商人能和皇上有约，想想就知道不寻常。

“二公子，不如我派人将她灭口？”丁咏志是看着慕锦对二十出手的。慕锦本可以在那一瞬间杀死她，却不知为何，改丢外面去了。

二十姿色平平，丁咏志没将她和慕锦的侍女想到一起。

慕锦不语。

“二公子。”丁咏志又劝，“你的身份是已死之人，如若不小心泄密，牵连甚广。”

“这事不是你泄密出去的？”

丁咏志拭去额上的冷汗。

慕锦说完话，忽地看向寸奔，专注地看了好一会儿。

丁咏志跟着也看向寸奔。接着，慕锦的话让丁咏志险些掉了下巴。

慕锦将寸奔仔细打量一番，说："五官端正，身材遒劲。寸奔，你长得不错。"

这话若是惯常的玩笑，听听便过了。但是，二公子一本正经地讲出来，正如选妃大会那天，皇上将一众女子看完，忽地称赞某位大臣面如冠玉。

那位大臣第二日蓄起胡须，再也不敢"冠玉"了。

寸奔就是比丁咏志稳重，回道："谢二公子。"

二十和寸奔偎依的身影，此时在慕锦脑海中挥之不去了。他问："你觉得那女人信不信得过？"

丁咏志看着慕锦，再看看寸奔。那女人……是谁的女人？

寸奔如实回答："属下认为，二十姑娘没有背景，又不认字，从来不问二公子去向，大约是想置身事外。"

"哦。"慕锦看一眼逝潭，又盯着寸奔。比样貌，二公子自认不输任何人。没理由那女人抱别人抱得紧，在他床上却非得他拉她的手才肯抱。没理由，没有任何理由！"你比我了解她。"

寸奔立即低头："属下不敢。"

"那你知道她从不过问我的行踪？我都不知道。"

二公子，这不明摆的事吗。但，寸奔不敢答。

丁咏志接话说："二公子，不灭口吗？"

慕锦说："上天有好生之德，冬宁说的。"

"恐成后患。"做大事的人，哪个没背几条人命？皇上当年，也是踩着兄弟的血肉才登基的。

慕锦瞟向丁咏志："我早该把你给杀了，什么事都没有。"

讲起这个，丁咏志顿时无言以对。

这时，守桥的护卫匆匆而来："二公子，有一群姑娘来了。"

来的路上，十一道出了原委。其余几人虽然惊讶，但来都来了，索性一不做二不休，无论私通的是谁，都跟二公子求求情，争取留一条性命。

几名国色天香的美人儿跪在偏厅，缤纷衣裙，让寂静的崩山居活跃起来。

小十悄声说："等会二公子来了，有眼泪的挤眼泪。挤不出的，捂住眼也要哭几下啊。"

"死到临头了，谁能不哭的？"勇气可嘉的小六，终究还是怕死，"我现在就想哭。"说完就开始抹眼角了。

寸奔听到这话，倒是想笑。这群美姑娘没在二公子的熏陶下成为蛇蝎女人，也是难得。

慕锦进来。

十一苍白的脸非常平静，磕头说："二公子，相思情是我写的，与二十无关。"

"这么直接。"慕锦轻笑，捻起信封，"那为何，把信给她？"

十一坦白说："我和男人讲好，昨日午时一刻给他回信。前日，我抱病卧床，便找了二十送信。我和二十说，我已决定和男人了断私情，她才肯答应送信。信递过去，我和男人便断了联系。我以为这样，这段姻缘就能神不知鬼不觉地瞒过去了。"

慕锦展开苍黄的信纸："哦，那人叫肖永贵。"

"这事皆因我而起，与他无关。他是一个屠夫，至今未娶，没见过几个女人，是我狐狸心作祟，主动勾引。"十一顿了一下，"他克制有礼，与我没有发生不正当的关系。"

"嗯。"十一说的这些，慕锦听完没什么反应。他抬眼看着另外几个女人，"你们又是来干吗的？"

几人齐声道："我们是来求二公子开恩的。"

慕锦笑："是觉得我的头巾不够绿是不是？"

十一生怕他一怒之下，连杀数人，急忙说："我愿以死谢罪。此事与他人无关。"

慕锦却说："她给你送信就是共犯，你死了，她也得半身残废。"

十五磕头把脑门都磕地了："十一罪不至死，二十也是。二公子，好人有好报，求你开恩。"

“对呀，二……公子。”小六抖索地开口，对上慕锦的眼睛，她更抖了，“十一误入歧途，可是，在危急关头，她及时悬崖勒马。不是有一句那什么，女人回头金不换，求二公子饶十一不死。”

“求二公子开恩啊。”

这一人一句，慕锦以前很是享受莺啼燕语，现在只觉聒噪。

烦，今天什么事都烦，眼前一群叽叽喳喳的女人更烦。

慕锦起身，话也没说，走了。

美人儿面面相觑，不知二公子这恩是开了，还是关了。

寸奔跟杨桃说过，不可怠慢二十。杨桃自然悉心照顾，沐浴完，她给二十的肩膀上药。

伤处不见瘀青。

杨桃劝道：“二十姑娘，你还是要多听二公子的话。除了二公子自己，我们都是下人。”

二十就是听太多了，才沦落到现在这地步。她换了一件新衣裳，她不想回应杨桃的话，假装贪图新鲜，拂了拂裙摆。

“这是裁缝房上午缝制的，二十姑娘肌肤白里透红，真漂亮。”杨桃给二十束起纤腰，出去了。

杨桃一走，二十立即俯跪在地。

当奴才的第一天，管家教过她，奴才就要时时将自己放在最卑微的角落。

不确定慕锦的真实身世之前，二十常有侥幸，在他面前，要么走神，要么打盹。今天闭上眼睛，脑海中只浮现慕锦一双没有感情的眼睛。她不怀疑，他是真的想杀她。她能逃过一劫，全托三小姐的福。她再不敢侥幸了。

二十跪了很久，对门外的脚步声尤其留意。

她终究不是关纯良的顺风耳，加上慕锦刻意收敛了脚步声。直到门开，她才知道他要进来。她身子微微抖了一下，额头紧紧贴住地面。

慕锦一进房间，就见到二十趴跪在地，和以前一样。或许，又不一样了。

慕锦说：“吵死了。”

这话自然不是在说无声的二十。

“想不到，把我的女人交给你照顾，你真的一个一个捋顺了。我是主子，还是你是主子？”

二十跪地不动。

既然身份暴露了，慕锦不再玩虚实过招，问：“知我为何要杀你？”

二十没有吭声。只要他不允许，她这辈子都不会再开口说话。她要表达她的态度，一定守口如瓶，绝不泄露一丝一毫。

他走到她的跟前，居高临下地说：“知我身世者，世上不过十人。你是第十一个。”

二十悔的是，腊月那晚煮了一碗长寿面，如果没有那一夜，有朝一日，三小姐会放丫鬟回家。之后一切成了奢望。如今奢望又成了绝望。她已无路可逃。

慕锦用扇尖划起二十纤细的背脊，轻声问道：“知我为何不杀其余人，只杀你？”

二十大约明白。

“他们共同点都是一个字，忠。”

寸奔愿为慕锦死而后已，关纯良披坚执锐，丁咏志招兵买马，慕家知情人更是力保皇室血脉。慕锦低眉看二十：“而你，小心思太多。”

她一动不动，怕的是他的话，以及定在她左背的长扇之尖。从那里下刺，正是她的心口。她现在知道了，他可以杀人不眨眼。

慕锦命令说：“抬起头来。”

二十抬起头。以往如此看着他，她少有仰望的距离感，此时她才知他是如何高高在上，而她命如蝼蚁。

长扇施力，他问：“你能立誓，永不背叛我？”

她慎重地点头。

“当真？”

她狠狠地点头。

“唯命是从？”

她果断地点头。

慕锦执扇，托起她的下巴：“我让你死，你当如何？”

二十闭上眼睛。忠心就是要做到和寸奔一样，只要二公子一声令下，赴死也不皱眉头。

死亡恐惧没有渗透在她的脸上。

“乖。”慕锦笑了，“那么解释解释，那一封信是如何来的？”

二十猜，二公子知道这信是谁的。刚才说她红杏出墙，仅是寻个借口罢了。他逼的是她的一个态度。招了，她便是摒弃从前的情义，只忠于他。

信是十一的，随便查，便能查得出。这封信到了二公子手里，二十招与不招，已经不重要了。

她没有再固执，直接比了一个手势。

慕锦挑眉，问：“十一？”

二十肯定地点头。

“哦。”慕锦盯着她。从她偷听到丁咏志的话到现在，不过一个多时辰，但她似乎已经适应了这般险境，镇定如常。那个胆怯的女人到哪儿去了？

“那十人是男的。你一个女的，没有武功，没有背景。做奸细反而不惹人怀疑，留你也有用处。”慕锦这话，不知说给自己听，还是讲给二十听。

她跪下，大有感谢不杀之恩的意思。

“抬起头来。”慕锦又是命令。

二十又抬头。

他知道哪里不对劲了。以往她哪怕面无表情，眼神也是灵动生趣的，眼珠子跟做贼似的，机灵狡黠。这时黑眸却如一潭死水，直勾勾，似是将他看在眼里，但他的身影不在那颗小小的眼珠里。

看来，她是彻底断了反抗之意。死心是好……

然而，见着她这么一张脸，慕锦更烦躁了。他许久不说话。

二十又伏在地上。

刚才他来不及欣赏她的新衣裳，这时见到，石榴与鸦青相间的裙摆上，盛放几朵牡丹花瓣。她哪及牡丹的艳丽，就像一株藏在牡丹花丛的小雏菊，清瘦又可怜。

“就是说说，不一定送你去做奸细。”

二十什么反应都没有。

慕锦觉得自己多此一举了，想掉头就走，又被那群叽叽喳喳烦得慌。他上前：“抬头，一天到晚跪什么跪？”

二十赶紧抬头，挺直上身。

慕锦的扇尖直指她的心口：“从今往后，你的这里就是我的。”

她不明所以。

“我要你的心甘情愿。”

如何在二公子身边当一个忠心耿耿的奴才？

以寸奔为例。寸奔是否心甘情愿？那是当然。对主子忠诚是保命的最佳手段。

于是，二十严肃地点头。

慕锦看着她比木头更迟钝的脸，无名火越浇越旺。他又不能说，她这是不忠。但这色如死灰的忠心，不是他想看到的忠心。

厨房那时，她的下巴稍稍圆润，近日又消瘦回去，薄薄的一片，与她的颈骨一样脆弱，一掐就碎。他本想，她穿鲜艳的衣裳，可以添几分美丽。至少其他女子皆是如此。但慕二公子忘了，他的其他侍女个个千娇百媚，是人衬衣裳，而不是衣裳衬人。

二十单薄的五官，在姝艳花裙中越发楚楚可怜。可怜得让慕锦决定相信寸奔一回，也就是相信她一回。

二十跪得再直，肩伤仍牵扯她的皮肉，左半边身子极不自然。

慕锦问：“肩膀怎么样了？”

她抬着头，但没有留意到他这问话时有些不太自然。她摇了摇头。

他又说：“摇头什么意思？没救了？”

她抬动手臂，告诉他已无大碍。不过，硬生生地抬肩，她脸上表情有些控制不住，绷裂细缝，痛苦从间隙里浮了出来。

这时的二十又有一丝从前的样子。她迅速地将缝隙填满，填成一座平川，坦缓如旷野，不露半分心事。

奴才，这就是奴才。这也是她的身份。

烦是真烦。慕锦用扇子抵住她的伤处，问：“疼吗？”当时他正杀意狂窜，恐怕力道不浅。

二十观察他的神色，正在斟酌回答，黑漆漆的眼珠移动十分缓慢。

他冷冷地施力，再问：“疼吗？”

她点了点头。脸上没有再度崩裂，她控制得极好。

慕锦知她正隐忍痛苦，松了手。

二十木然地跪在原地，心里呼出一口气。二公子当真心狠，明知他之前下手无情，却假仁假义地问，疼吗？疼吗？他为何不自己给自己一掌，再自问，疼吗？疼吗？

慕二公子沉默不语。

房间的一切，见得到的，见不到的，跟着二公子的沉默而僵硬。最僵硬的当是二十了。

她不知他在思考什么，她再也不敢打盹，或者神游太虚。眼睛盯着地面，也不能伏身，腰板挺直跪地。

慕锦的眼睛一直在二十的脸上打转。不知是否因为她辗转在多家干活，哪怕再惊慌，也能在极短的时间里调整自己。他让她忠心，她立即做出一副狗奴才的样子，眼睛也不转了，嘴巴也不扁了。

这面无表情的样子，和寸奔有些……

不像。

寸奔天性寡言。

她不是，开心了会笑，不情愿了还会扁起嘴，一脸不高兴。

将她和寸奔凑对回忆，不免记起两人相依的情景。

烦。一天发生的事怎么都这么烦，没有一件让慕二公子舒心的。

算了，来日方长。“你现在是我这边的人，便派你第一个任务。把十一的事处理妥当，别来烦我。吵死了。”

今日诸事不宜，慕锦就此闭关。

慕锦布置这一个任务，有何用意？

今日不比往时，二十不敢妄自猜疑慕锦的心思，去问了寸奔。

她知晓了慕锦的身份，便是上了他的船。这艘船上，她是最卑下的一个。寸奔随从慕锦多年，身份比她高，也是她的主子。

寸奔见到她，态度和往时一样。

她行了礼，无声比画。

寸奔十分聪明，意会过来，说："二公子的意思是，依你的想法处理。不过，别动二公子的东西。"

二十眨眨眼，像是明白了，又更加困惑，还有些不可思议。

假若依她的想法，不仅不会惩罚十一，更会将十一送出府，还她一片自由天地。可是这样一来，二公子损了颜面，万一勃然大怒，岂不是她又要遭殃。

寸奔善意地告诉她："二公子不介意十一姑娘的事。"

关纯良第一次听得十一的幽会，报给二公子。

二公子兴味盎然地问："对方是谁？家住哪里？人品如何？"完全不介意自己的一丝绿色。

二十明白了。这么一说，她便依自己的想法去了。

二十到了偏厅，几位美人仍然跪地，探头看向二十的身后，不见二公子的身影，她们这才敢起身。

十五上前，拉着二十问："哪儿受伤没？"

二十指了指肩膀。

"啊，又是肩膀……"十五怜惜，"得躺好几天了吧。"

十一满面羞愧，说："是我的过错，才连累了你。"

二十摇摇头。这事不是十一的错，一切都是由二十刺绣"遥相思"三字而引起的。终归是因为二十过于谨慎，才引起一连串的事情。不过，现在追究谁的责任，已经没有任何意义了。

十一问："二公子呢？我要继续向他请罪。"

二十指指里面，做了一个安眠的示意。

十一问："二公子歇息去了？"

二十点头。

众人回去了掩日楼。

十一拉起二十的手："二公子打算如何处置我？"本就是她耐不住悸动，才和肖有贵旧情复燃，她不想连累他人。

二十指指门外，自己走了出去。

小十举起手："我来猜，二公子要将十一逐出府吗？"

二十点头。

小六再问："还有吗？"

二十摇头。

"就这样？"十一自己也觉得不可思议，她已做好以死谢罪的准备。原以为，二公子会将她整得不死也残，"没有其他惩罚吗？"

寸奔说的那句不动二公子的东西，二十猜，意思是没有遣散金。她拿出一锭碎银，指了指，再摆摆手。

小六抢白说："我知道，我知道。二公子不给十一遣散金了？"说完，小六叹气，"这样就不能下半辈子衣食无忧了。"

对于十一来说，这已经是幸运的结局。她松了一口气，笑了："谢谢二公子不杀之恩。"

事情告一段落。晚上，小十去了厨房，嘻嘻哈哈跟厨管要了一壶酒。

几个女人聚在院子吃饭，席间欢声笑语，无人顾及慕二公子的感受。

小六起身，笑说："来，我们庆贺十一可以和她的小情郎双宿双飞。"

小十和小六碰杯："今天是十一在掩日楼的最后一天了，有恩报恩，有仇报仇。厨管说，这酒养颜，最适合我们这样的大美人不醉不归了。"

酒过三巡，小六感慨万千，拉着二十，先是重重叹气，接着说："二十，你一定要努力，你当上二公子的妻子，我们才能有好日子过。"

小十脸颊熏红，附和说："对，没错，我们的幸福就全靠你了。"

小六犯困，打了个哈欠，唠叨个不停："我当年卖身葬父，买我的那家叫……"

她呆呆地回忆了很久，摇头说道："忘了……哪家男人。他买就买嘛，又出了一道什么谜题考我，我要是答出来了，他就给我两倍的银子。谜题很简单，谁知道是陷阱，我错了……我卖身葬父，钱没拿到，卖身契就被讹走了。我哭着求这个男人，幸亏我哭得大声，二公子正好在茶楼听见，就过来给我解围了。”

小六托起腮：“他说，我是他见过最笨的姑娘。你想啊，二公子这么聪明的人，他说我笨，那我肯定笨啊。我很担心，我这么笨的人进了大户人家，应该怎么办呢？我争不过，斗不过，很快就输了。后来发现，这里的女人懒得费脑子，吵吵架，打几下，做的都是简单的事情。”

小十又灌了一口酒：“对啊，我也不太聪明。刚到这里，很怕要和别人斗智斗勇，后来发现吵吵闹闹就行，我就轻松多了。”

“二十……”小六打了一个酒嗝，“二公子现在就疼你一个人。你要是当了妻子，别赶我走。我无家可归，不像十一，有个小情郎。而且我还笨……二十，我赖在这儿不走了。”她晕乎乎的，念叨着念叨着，就啪地一下趴在桌上睡着了。

二十拿起帕子，笑着给小六擦去嘴角的酒水。

小六哪是最笨的女人，只是单纯，不会耍手段。

二公子的眼光当是出色，收的姑娘从内到外，都是美人儿。

天下无不散之筵席。

第二天，十一收拾东西，离开掩日楼。她拎一个简单的包袱，穿一件朴素的白衣，露一朵倾城的笑容。

夏日晴朗的京城，这一日忽然飘来滚滚乌云。

十四说：“要下大雨了。”

一行人匆匆往外走。

十一约了肖有贵在街口等。她不敢让肖有贵到慕府门前，生怕招人口舌。二公子不介意是一回事，她万万不能再辱他声誉。

昨日，大家醉了半夜，该说的话，该道的别，都已经讲完了。

众女人一一和十一握手，送她出府。

十五远远见到肖有贵：“这屠夫长得不差啊。”

十五这辈子最大的心愿，就是能遇上疼她的男人。可惜她是青楼女子。男人再大方，也无法接纳她低贱出身。正因为她知道自己今生无望，才越发羡慕。

十一说："十五，你会遇上好男人的。"

十五笑笑："遇上了一定告诉你。"

小十说："要不我和厨房商量，如果慕府的猪肉找你家的买，你不也衣食无忧了嘛。"

十一背起包袱："他的是小生意，能糊口就行了。"

小六抱起一个小盒子，似是不舍，犹豫了几下，塞到了十一的手里："我怕突然被赶走，攒了些首饰。不能全部给你，毕竟我们吵过架，关系不算很好。喏，这小盒子是你的了。"

这样离别的时刻，拒绝都是浪费时间。十一接过："谢谢，小六。"

"哎呀，别谢了。"小六装作十分慷慨的样子，"就当给你扩张猪肉铺了。"

十四看一眼天色："好了，再不走，真要下大雨了。"

十一再和几人拉起手，最后抱住二十："珍重。我现在相信南喜庙的算命先生了，你一定大富大贵。就是可惜，以后没人陪我上香了。"

二十本想与十一道别，想起自己如今的处境，一声不吭，给十一一个大大的拥抱。

乌云袭来。

十一远去，走向肖有贵。

雨未到，雷轰鸣。

十五猛地跑下台阶，双手呈喇叭状，放在嘴边："十一姐姐，你一定要幸福啊！"

十一回头，喊道："我叫罗小蝶！"

众人向她挥别。

唯独十四绷着脸，喃喃道："我刚进府，正是她受宠的时候，她看不惯我，和马总管哭诉，克扣我新衣布匹。仗着二公子那时宠她，欺负我，嘲笑我，打不过我，她就跑去和二公子告状。我发誓，有朝一日她遇难，我一定落井下石，狠狠将她踩在脚下。我一定……"

十四用手背抹去眼角的泪珠，一边向外奔跑，一边大声哭喊："罗小蝶，你一定要幸福啊！”

罗小蝶回首，笑中有泪：“你们也一定啊！”

小六大展双臂：“放心吧！我们都会幸福的！”

喊声拉长在寂静的慕府小路。

慕府东侧有一株巨大的槐树，是慕老爷从城郊迁过来的，已有百年历史。

嫩叶穿翡翠，白花攀新枝。

慕锦正悠闲地靠在粗干上。

树下一群女人依依不舍地道别。罗小蝶和肖有贵携手离去。十四忽然蹲身痛哭。

慕锦远眺京城中心巍峨的皇城：“皇城天子曾与我说，女人无论如何天真善良，进了后宫，一定逃不过钩心斗角的命运。我就建一座和洽后院告诉他，我的女人无一不是有情有义，有胆有识。”

寸奔仰望天边的黑云：“二公子，要下雨了。”

“嗯。”

悄无声息，只有颤了两颤的绿叶感知到二人的重量。

“太子殿下，要下雨了。”

“嗯。”

萧展转身回到长廊。

说时迟，那时快。电闪雷鸣，飘风急雨。

萧展倾耳聆听雨点敲在飞檐上的响声。

皇城每一座宫殿的雨滴不是千篇一律。皇上的宫殿厚重醇醨，后宫的缠密阴柔。而太子这座东宫，时而舒缓，时而匆促。宛若太子和皇上最近的关系，似乎又变得微妙。

萧展安静地走过深幽的走廊。

身后的太监放轻步子，紧紧相随。

到了转角，檐溜的声音比雨声更大。

萧展开口问：“清流，你可知，钩心斗角一词从何而来？”

“臣不知。”清流躬身在侧。

“飞檐高耸的宫墙里，男人朝纲倾轧，女人西宫猜忌。这一座座檐牙交错的宫殿，正是皇城的根之所在。”萧展的眉眼像皇上，却又不像。他没有皇上跋扈恣睢的神态。

清流应声：“是。”

萧展瞥向檐梠：“生于皇宫，注定了争斗无休。”

“是。”

萧展见到房里的女人，回头和清流说：“你出去吧。”

“是。”清流后退一步，出去了，再关上门。

李琢石站在窗前。她在东宫穿不得比甲，换回了襦裙女装，凝眸眺望，眉宇仍旧英气逼人。

萧展拿起外袍，为她披上，温柔地说：“琢石，别着凉了。”

李琢石看一眼肩上的刺金华衣：“太子殿下，这里没有别人。”所以，别再伪装了，她再也不会相信了。

雨雾像是飘进他的眼里，他的黑眸变得蒙眬：“昨日，母后见到和昭仪，与我说，想起了一人。”

李琢石抬头。

他揽住她：“前皇后逝去的那天，就是这样的暴雨。”皇宫里里外外，叮叮咚咚，小小年纪的他听在耳里，竟觉得是喜乐。

前皇后是圣上的遗憾。宫里已经听不到她的传说了，反而是民间野史编得天花乱坠。

当今圣上随罗刹将军出征，在西埠关大胜百随。那年，他在战场捡到了一个小姑娘。小姑娘身形纤弱。西埠关那样的边疆多是大骨架的女子，这样细致的姑娘倒是少见。才十七岁的圣上第一眼就被小姑娘吸引，将她带回了宫。

这位小姑娘就是前皇后。

“父皇常说，前皇后聪慧过人。”萧展抚起李琢石的额角，“然而，仅仅凭聪慧在后宫是走不远的。天真又善良的小姑娘，说要统筹西宫，为皇上建立和洽的嫔妃关系。结果，她被斗死了，连儿子也无可幸免。”

李琢石甩了甩头。

萧展扣住不放："我当时年纪小，忘了那小子才几岁，凭借顽劣如父皇的脾气，深受宠爱，得了太子之位。也忘了四皇子死的时候，是否留有全尸。"

萧展笑了："和昭仪受宠，贵妃嫔妃们又按捺不住了。不是给父皇下套，就是给妃子下药。琢石，你以后处在后宫，可要明哲保身。"

李琢石平静地说："太子殿下，你入戏了。"

萧展极其温柔："我说过。我若为王，封你为后。"

她暗自苦笑。讲得深情款款，把他自己都骗过去了。他只有在半梦半醒时，才会唤出心爱女人真正的名字。

那个名字从来不是李琢石。

"太子殿下，朱文栋求见。"清流一把尖细的嗓音穿透了雨声。

萧展给李琢石系上外袍的腰带，这才放开她。"进来。"

门开了。朱文栋发上有雨滴，一脸肃穆地进来："臣参见太子殿下。"

萧展踱步到几案："父皇昨日临时变更行程，查到原因了吗？"

朱文栋关门。"安排的探子回报，昨日，皇上陪了和昭仪一日。"

"和昭仪虽然神似前皇后，却终究不是前皇后。"萧展修长的手指在笔挂上徘徊，"皇上的这理由，我不怎么放心。"

听主子的口气，朱文栋明白他生疑。朱文栋将探子的话如实禀报："臣的人询问过御医，和昭仪病得颇为严重。皇上甚为担忧。"

萧展抽出一支小楷，正要提笔写字，又放下了。说："病得巧，病得重，就不寻常了。"

"太子殿下的意思是？"

萧展抬头看朱文栋："你安排在皇陵的人，也许被父皇发现了。"

朱文栋瞳孔微缩。"臣失职。"

"不怪你。父皇向来多疑，现在才被他察觉，你已经不错了。"萧展换了一支小楷，在纸上龙飞凤舞，"慕家那边如何？"

萧展这回终于将商贾慕氏记在了心里。

"没有异常。就是……"只要说起男女之事，朱文栋流畅的语气就略显僵硬，"慕二公子那个偷汉子的小妾走了。"

“走了？”萧展失笑，“只是这样？”

“是的，女的早就失宠了。”

“一个早就失宠的女人，竟能这么放了。”萧展转眼向窗外风雨，“冷宫多少失宠的妃子，想走也走不掉。小家小院，自由自在。”萧展再问，“护卫查到没有？”

“没有。”朱文栋答，“护卫不在慕府。”

萧展沉吟：“继续查探。”

“是。”朱文栋顿了顿，“太子殿下，还有一事。”

“说。”

“灵鹿山有一座匪寨。我们的人昨日守候在皇陵，没等到皇上，却发现有外人在那徘徊，竟是山匪。”朱文栋说，“说来也巧，匪窝和皇陵相距不远。为首的山匪比较孱弱，咳嗽声不止。听他的话，是要破解阵法盗墓。探子想细听，此人警觉，被一名壮汉背起，疾跑而去了。”

“皇陵……父皇，山匪，以及慕家，近期都在灵鹿山？”萧展眼神忽地凌厉了，“朱文栋。”

“臣在。”

“撤掉皇陵的人，皇上那边的线人也切断联络。皇上肯定起了疑心，我们万万不可暴露。另外，再派人手，查探那座匪寨。”

“是。”朱文栋领命离去。

萧展闭上眼，再睁眼，又是温润的东宫太子。

李琢石这时说话了：“太子殿下连皇上也信不过？”

萧展和悦一笑：“我这正是跟皇上学的。但凡有一丝善心，皇上的帝位都不可能坐到现在。”

“太子殿下何时能收敛疑人的性子，也许晚上就能酣然而眠了。”

萧展眷恋地看着李琢石：“是我吵到琢石了。”

“我是怕你日夜思念梦中那名女子，将来和圣上一样，不到强壮之年，已白了发。”

萧展的柔情，终被这一句话冻结。

第九章

风徐徐，雨迷迷。崩山居像是横渡过千山万水。

“昨天丁咏志说，皇上是因为和昭仪生病而改约了？”慕二公子这天才有心情琢磨皇城的事。

寸奔答：“是。”

慕锦若有所思：“皇上不是这么深情的人。”

皇上如何，寸奔不便评论。他说：“二公子，关老说的那人，已经查出来了。是刚进的马房丫鬟，不多话，内功浅。乍看之下，不像习武之人。可是比起常人，走路太过轻巧。”

“盯着。”慕锦沉了眼，“适时伪造消息给她。”

“明白。”

正说到这里，丁咏志又来了。他要讲的事情，和慕锦今日的猜疑不谋而合。

丁咏志这会谨慎了，瞪大双眼，确定面前是慕锦，才说：“昨日夜里，宫中又给我传话。皇上身边有奸细，最近不见面了。”

“哦？”慕锦好奇，“谁派的？”

“不知。”丁咏志说，“二公子，皇宫形势复杂。东宫，西宫，群臣，各方势力角逐，皇上须得万分谨慎。”

“嗯。”慕锦摆手，“不见就不见了，我又不是稀罕。不过，胆敢盯梢皇上的人，想必来头不小。”

“四皇子假死一事，慕家称得上是主谋了。事情败露，这是株连九族的欺君大罪。如若没有万全之策，皇上就算想保住慕家，有时也是身不由己。”丁咏志说，“皇上说，二公子最好暂离京城一段时间，待皇上彻查奸细。”

这也提醒了慕锦，闲着也是闲着，不如出去走走：“寸奔你准备一下，过几天就启程。”

寸奔问：“二公子想去哪里？”

慕锦思索片刻：“我问问去。”说完便走了。

丁咏志讶然，二公子想去哪儿，还要问人意见？他惊奇的目光投向寸奔。

寸奔沉稳不语。

丁咏志以为，慕二公子是问慕老爷意见去了。

然而，慕二公子去的是掩日楼。

从前慕锦到来，那一脚踹门，让二十从床上惊醒过数回。今日她坐在廊亭刺绣，二公子无须踹门了，踏进掩日楼，便见到了她的身影。

她和小六坐在一起，两人侧向楼外。

慕锦选的侍女，无论正脸或者侧颜，都称得上倾国佳人。小六正是如此。

二十鼻子不及小六高挺，额上不如小六饱满。美色上，她输了不止一截。

小六半靠廊柱，嘴上正絮叨什么。

二十低头，一边刺绣，一边倾听。

慕锦缓下脚步，想偷偷看看二十此时的表情。

谁知，小六眼睛转了过来，她惊得一下站起：“二公子！”昨日她才庆贺二公子的侍女红杏出墙，现在见到，她有些心虚。

二十抬起头来。

又是那一张被擀面杖擀过的脸。慕锦从前不知，擀过的面团是什么样子。上回，二十为他做长寿面，他见到了，擀过的面就像此时的二十，平平坦坦，没有起伏。

慕二公子直盯着二十瞧。小六识趣地开口："二公子，我先回房了。"她赶紧溜走了。

二十放下手中的刺绣，起身又要跪下。

慕锦不耐烦："跪什么跪，你膝盖没肉不疼是不是？"

她只得躬腰了。

掩日楼深陷在雨后泥土的芬芳中。檐梠雨水滴在她的碧玉簪上，莹澈的微光折进了慕锦的眼睛里。"回房说。"

二十赶紧跟了过去。

慕锦进去，自顾自坐下。

她不敢坐，退到门边。

门外乌暗的天空将这道身影映得黑沉，沉得连擀面杖擀过的面都见不到了。慕锦说："别站那儿，挡光，坐。"

二十听令，坐下了。

她一直低头。他见到的，仍是沾雨的碧玉簪，晃在柔顺的黑发里。

他直接问："过几天出外游玩。你想去哪儿？"

二十不懂。什么叫她想去哪儿？二公子出游，他去哪儿，她就去哪儿。

半晌没有得到回应，二公子又问了一遍："你想去哪儿？"

二十指了指他，再指指自己。

慕锦问："你的意思是听我的意见？"

二十点头。他问得可真奇怪。他是主子，她是奴才。难不成还要听她的不成？

"大霁国的名景，我走过大半了。"慕锦没有特别着迷的胜地，再问，"你有没有想去的地方？"

二十想去的只有一个，那就是她的家乡西埠关。她不能说，不敢说。说了，二公子又会以为她想逃走，折磨她一番。她再强健的身子骨也不够他折腾的。

慕二公子好声好气地问两三遍，已经极有耐心了。见到的，还是她一副呆滞的死样。

他又开始烦了，隐忍地问："江南去不去？"

二十抬眼，看了他一眼。她哪知道他想不想去。

慕锦又问："霁东呢，想去吗？"

她还是看他一眼，不给任何回应。

慕二公子玩着折扇："想去的话，点一点头。"

他没说不想去的话可以摇头，于是她就点了头。

"去哪儿？江南还是霁东，你选一个。"问完，他想，由东玩到南也行。

这两个地方，二十都没去过。二公子莫名其妙问她一堆她不知道的问题，她能如何作答？

慕二公子耐心耗尽，起身道："算了，你一副没见过世面的样子，恐怕连江南和霁东在哪儿都不清楚。"

烦，闭关一日，本来心情挺好，见到她就烦了。

回到崩山居，慕二公子又准备闭关。

"二公子。"寸奔略有迟疑，"有一件事，不知当讲不当讲？"

慕锦懒洋洋的："你在我身边这么久，当讲不当讲分不清？"

寸奔敛起表情，表现了一个称职护卫的极高素养，说："刚才老刘管家来问，上回的补药，二公子受不受得住。"

慕锦手里的长扇转到一半，卡了。

"我说你不在，他就走了。老刘管家临走留下一句话。"寸奔又说，"老爷有令，二公子该和二夫人圆房了。"

掩日楼憋了一肚子火，慕锦听到"补药"二字，火气连连上升："和老爷说，我受不住，再补我就暴毙了。有这熬药的时间，不如去给我订一副上好的棺材。"

才刚说完，桥上护卫来报："二公子，老刘管家来了。"

"告诉他，我死了，我不在。"扇子越扇越快，"寸奔，别过几天了。就明日，启程去霁东。把那个烦人精带上，还有杨桃。"慕锦没有解释烦人精是谁。

寸奔意会过来："是。"

二十虽说早入大户，可当的是奴仆，卖来卖去，干的杂役和丫鬟。陪同主子远行这件事，从未轮得到她。

除却她自己在灵鹿山的逃跑，最远的，就是和李家小姐去过京郊。李家小姐与男子幽会，二十则负责把风。

李家小姐身材丰满，站在瘦削的二十面前，尤其臃肿。男子嘴上和李家小姐情话绵绵，眼神直向二十瞟。男子上门提亲了，对二十纤薄的身段念念不忘，指名道姓让她陪嫁过去，更对二十口出秽言。

之后，二十连连犯错，惹恼了李家小姐，又被卖掉了。

到了慕府，二十陪三小姐在京城几条街游过。

京城外的名胜，二十是不清楚。

寸奔来了掩日楼："二十姑娘，二公子明日启程去霁东。你准备准备。"

二十怔了怔。

从前，二公子远行，拒绝女子陪同。这次叫上了她，不知是否要让她去做奸细了。做奸细，也是死得快的一种人生吧……

叶上雨水滴在二十的脸，她反应过来，向寸奔点了点头。

十五上前，惊讶问道："明天就去？"

寸奔看一眼十五："是的，一早出发。"

"这天……"十五抬头，只见天边的黑云，"会不会又下雨？"

寸奔说："二公子说明天就明天。"

那倒也是。十五便不问了，挽起二十的手："二十，得赶紧收拾东西了。"

二十知道得赶紧收拾东西。但这是出游，不像她之前的逃亡。而且和二公子一起，她不知道该如何收拾。生怕二公子半途索要什么古怪东西，她可变不出来给他。

寸奔看出了她的疑惑，说："二十姑娘不必担心，杨桃会过来帮你整理包袱。"

二十感激，向寸奔展颜微笑。

“今晚早些休息，明日一早就出发。”寸奔平静、平淡、平稳。

寸奔一走，二十就匆匆回房间了。

几个女人得知，叽叽喳喳地凑过来。这是第一回，二公子与女子远行。

小六竟然有些感动：“二十，你要飞上枝头了。”

十五回房，拿出两盒新胭脂，递给二十：“胭脂水粉要带的啊。”她们不就凭脸蛋、凭身子，才能让二公子高兴。

小十说：“这些玉簪呀，金簪呀，都捎上。”

“银两应该不用了。二公子没给我们发月银。私自攒的，就自己藏好。”小六向二十眨眨眼，叮嘱她，“二公子问起银子，你就说一两都没有。”

“吃喝肯定用二公子的，只不过二十要装扮得漂亮些。你想啊，二公子风华绝代——”小十顿了下，这里边儿都是大美人，二十就……

小十又说：“二十是小美人。”反正二公子喜欢就可以了，大美小美也差不太多。

二公子自由主见，不畏世俗，旁人意见听不进半句。众人也不担心，二公子与二十般不般配的问题。

二公子觉得不是问题的问题，一定不是问题。

叽叽喳喳说了一轮，说的都是女子的装扮。

十四倚在门边，终于说了句：“这一趟出门不知去多久，万一来了癸水怎么办？你得把那些东西也带上。”

二十连连点头。

没一会儿，杨桃过来了。

几位美人儿只听二公子给二十派了个丫鬟，却不知竟是如此美丽的女子。

小六纳闷地跟小十说：“二公子是不是美人见多了？所以觉得二十尤其出色？”

“是吧。”小十说，“话本也有讲，以稀为贵。二公子天天见自己的绝世美颜，恐怕腻了。而且，二十长相小美，心灵大美。”

小六点了点头："二公子不是肤浅之人。"

乌云不散，夜空无星。

清晨又下了一场雨。

二公子决定了今日出行，不再更改。

出行的仅四人。车夫是慕府的，送几人上船便回返。寸奔、车夫和杨桃坐在车厢外。

杨桃为了遮掩姣好容貌，戴了一顶斗笠，再盖了面纱。

寸奔的俊秀成了路人眼中的美景。

二十被慕锦拉进了车厢。

她与寸奔、杨桃同是奴才。她在里面，杨桃也应该坐进来，好歹是位姑娘家。不过，比起和二公子同处一室，坐外面是更舒坦辽阔的。

马车将行。

马总管站在慕府门前，毕恭毕敬地说："二公子，我已向各路钱庄发出信函。二公子如有吩咐，可随时前往。"

"知道了。"慕锦远望乌云。

马总管躬腰，说："祝二公子顺风。"

"嗯。"慕锦懒洋洋地应了一声，放下车帘。

马匹踢踢踏踏，离开了慕府。

二十正襟危坐，垂头看着裙摆上的芙蕖。

慕锦偶尔掀起帘子，欣赏外面的街景。其实没什么好看的，但也比面前那女人的刻板脸好看。

慕二公子看几下她面无表情的样子，不一会儿就要扭头向外面，舒缓一下心口的闷气。

真是，为什么要带这个女人出来，不见她，不就心情畅快了。

可她已经跟过来了，没办法。

唯有迎难而上。

不知第几回掀帘，慕二公子又放下，终于开口了："前几日，本想让手语师教你几句话。但你知道，你这人爱搅事，给我添了麻烦，闹得不愉快。念在你以后要为我效劳，口不能言……”脸不会笑，眼不懂转，嘴更是扁不起来。

慕锦这一顿，顿了片刻，才继续说：“我看你那些唱大戏，看得累了，整日猜来猜去。那几天我闲得慌，与手语师学了些。这趟去程也无聊，你就跟我学吧。”

二十点头。

慕锦教了十几句。

二十学得用心，一一比画。

两人的教学看似融洽。

只是，慕锦偶尔又要掀开帘子。见到街口的煎饼摊，擀面团、煎大饼，怎么都是不见起伏的东西。

从京城到大霁的东边，从水路沿着嵊江而行，比走陆路方便。

马车才到码头，浓浓的乌云从远方飘来，天空飞起了绵绵细雨。

一名管事上前：“二公子，一会或有雷雨。我已经安排了最好的船夫。祝二公子顺风。”

出航的起点，正是慕家与苏老爷做交易的那一座码头。已是慕家的商号，高高的杆旗扬风呼啸。

在慕锦看来，这桩交易已经完成。

苏燕箐得到了她想要得到的东西——慕二公子的正妻，这空置多年的名分给了她。慕家与苏家的生意也有联手，这桩亲事的初衷达到了。谈生意时，谈到了成亲，却没让他签字画押，非得圆房。

慕老爷生怕被官家盯上，才要息事宁人。慕二公子的挺立东西如何用，用给谁，他才做主。

杨桃一手撑着伞，一手扶着二十从马车下来。

二十终究不习惯这种被人伺候的感觉，下马车，被杨桃扶住，反而滑了一下。杨桃赶紧挽住。

上船时，二十又滑了一下，杨桃还是扶住了。

二十站在船沿，杨桃一侧的帮扶反而让她失了平稳。情急之下，她伸手抓住了另一侧寸奔的小臂，晃了几晃，终于定住身子。

寸奔没有动，任凭她抓握：“二十姑娘，当心。”

慕锦听见这话，回头就见她紧紧抓住寸奔不放。

握得有多紧？暗青的筋脉乍现在白皙的手背。

慕锦背上像是压了乌云，他敛起笑，上了二层。

寸奔立即提醒道：“二十姑娘，二公子上去了。”

二十连忙跟去了。踩上狭小的楼梯，她又回头。刚才抓那么紧，似乎指甲都陷进寸奔皮肉了。她歉意地笑了笑。

寸奔低首。他和杨桃留在了一层。

这般主仆关系让二十不适。明明寸奔的资历比她更高，怎么好像她与慕锦同进同出，寸奔却停留在仆人的位置。

比起马车，船舱十分宽敞。二十仍然是坐在边上，仍然那张脸。从她出门至今，慕锦就没见过她换过表情，如一潭死水，雨水跳得都比她活泼。

此时已到了京郊，岸边只有荒芜的野草，没有美感。

对，没有美感，就跟眼前的女人一样。喊她陪同出游，是一大错误。就该把她扔在掩日楼，关个三年五载的。

慕锦抑制不住的阴郁浮上了心头，透在了眼底。

天上忽然惊起一声响雷。本该被雨水湿润的雷声，穿透乌云时，却是干涩的。

二十纹丝不动，学的就是寸奔的沉默本事，直到被一把拽住手腕，她才抬起眼来。

慕锦这脾气早就想发了，不过觉得，那日将她丢进逝潭，他有些惋惜。因着这份惋惜，他对她宽容许多。哪知，自从那日起，她可开始摆起脸色来了。

两人距离原来较远，他这么伸手一拽，二十受不住力，险些跪倒在船板。

慕锦及时托起她的身子，将她整个人拖到自己跟前。

二十不怕他对她的身子做什么，早就给了的东西，给多少次没什么区别，保命要紧。

慕锦用扇子抵着她的心口，问：“上回和你说的话，记清楚了吗？”

她点头。

“我要你的这里。”

为表忠心，她严肃地点头。

“心甘情愿。”

她继续严肃地点头。

“刚才教你的手语呢。”

二十比画：“二公子，我是心甘情愿。”她跪在了他的腿上，直直俯视他的眼睛。

他仍然没有从那一双眼睛见到自己。敢情是心底有了，眼里却没了。“为什么摆脸色给我看？”

这二公子闲了两天，忽然又可怕了起来。二十何其无辜。寸奔也是面无表情，那是忠心耿耿。怎么到她这儿，却成了摆脸色？二公子说什么，她就听什么，哪还有她自己的脸色。这二公子难伺候得很，她都如奴才一般忠心了，他仍百般刁难，掐在她腰上的手，非常狠力。她害怕，肩伤没有愈合，万一腰又要被他折断了……

闪电一晃，照在这对男女的侧脸，二人相距半尺。

外面绵绵细雨，船舱里的二公子眼底也是风雨：“刚才为什么拉寸奔的手？”

二十又觉冤枉。她不拉寸奔，她就要掉江水了。

慕锦忽地抬起小臂：“给你拉。”

她听话地轻轻握起。她不敢握紧，谁知道二公子什么心思，污蔑她借故钳制主子，不是不可能。

“刚才拉得很用力啊。”二公子不冷不热。

那是当然，因为是危急关头。而且拉的是寸奔。再大力，他也不会甩她走。二公子就不一样了，要是不高兴，他可以毫不犹豫将她丢去喂鱼。

“用力拉。”

二十听令，使劲拉住。

二公子没丢她，只是用那双见不到清光的眼睛看她：“以后摔倒知道该怎么做了？”

她不知道。但是二公子面色不虞，她只能假装懂了，面无表情地点头。

到了岭洲，船靠了岸。

二十非常谨慎，扶着杨桃下了船。

这座城蒙了一层淡淡的白雾，远望像是建在云下，宛若仙境。

杨桃撑起伞，说："这里河谷多，高山多，春夏浓雾。因此又得一名——仙城，很适合像二十姑娘这样的仙女游玩。"

二十沉默，二公子、寸奔、杨桃，个个非凡，生得都比二十美。"仙女"二字，二十不敢当。

雾不散，则为雨。

寸奔去牵马车，杨桃在路口等候。

慕锦拉起二十，到檐口下避雨。雨雾飘在她的黑发上，他问："你的那支碧玉簪呢？"

二十摇摇头。收拾那么久，还是没能猜中二公子的心思，忘记带他想看的碧玉簪。

草棚的檐口宽度较窄，为了不让主子淋湿，二十身子微微向外侧，将檐口让给他。

慕锦发现了，眼睛停在白雾中，一手横过揽上她的腰。

大街上人来人往，不比私人家宅，男女亲近有伤风化。牵手都招眼了，何况他将她抱得这么猖狂。

二公子面不改色。

二十尴尬，低了头，不去回望路人投来的眼光。

她瞬间僵硬的姿态取悦了慕锦，他抱她更紧，低头在她耳畔问："害羞啊？"

他也曾这样挑逗过苏燕箐。苏燕箐羞羞答答，脸如胭脂，应该是美的，不过他忘记了。

眼前二十小巧的耳垂微微烧起，像是被珊瑚耳坠子染红的，终究不再是擀过的面团了。他笑："我们什么事没做过？"

他绵密的气息瞬时钻进了她的耳根，将她里里外外烧红。在房间和在大街上能一样吗？

慕二公子脸皮厚得可以。睥睨天下，唯我独尊。或许正是皇家才能培养成这般天性。

像慕大公子，只是一个财迷商人。

以前，三小姐曾说，慕老爷将生意交给大公子打理，大公子忙得团团转，二公子则无所事事。

三小姐又说："大哥精明能干，是经商的料子。二哥的脾气呢，更适合败家。爹爹安排十分妥当。"

前方有一高峻男子和玲珑女子，共撑一把伞走来。男子轮廓深邃，长得像是百随人士，哪怕自己半边肩膀淋湿，他仍将整一把伞都放在女子之上。

女子见到慕锦和二十亲密的姿态，拉起了男子的手。

慕锦看着他们十指相扣的手，想的是，二十拉他时，差了点味道，原来是这个。

二十也在看着那二人。她想的是，逃亡百随的计划，可以彻底放弃了。二公子不会放过她这第十一个知情人。

没有再请车夫，寸奔就成了车夫。这边早已有人安排好客栈，安排的那位没有说明身份。

客栈掌柜经营多年，练就了火眼金睛。一听一看，就知道住店的人来头不小。

客栈掌柜遣了店小二，全程跟着："几位客官，我已准备了四间天字房间。风景宜人，寂静清幽。请随我来。"客栈掌柜低头哈腰，小圆眼睛瞄到慕锦的镶金腰带，更加不敢怠慢。

四间房间位于同一座院落，各占东西南北。

客栈掌柜给了钥匙便退出去，四人各自回房歇息。

二十舒舒服服地躺床上睡觉，翻身时，觉得被人拍了拍。

她以为是梦。

又被拍了拍。

她赶苍蝇一样地挥手，抱起被子，将整张脸都埋进去。正是酣然时，她又被拍了一下，这次拍得还更用力了。

二十醒了，感觉到不对劲，自己刚才明明锁了门。她睁开了眼睛，眼珠子转了两圈。莫非遭贼了？她一回头。

慕锦换了一件暗纹衣裳，站在床前，不知看了她多久。见她眼睛瞪得又圆又大，他问：“睡醒了吗？”

二十调整表情，坐起，等候他的差遣。

慕二公子一声令下：“雨停了，走，去吃这里有名的羊脊架。”

二十下床，披了衣裳，梳了梳长发。

跟在二公子身边久了，二十越来越镇定。她隐约明白，为何寸奔能泰山崩于前而色不变。实在是，见过二公子，其他人就再普通不过。

小十曾说过：“我听过多少话本唱戏，就没见过二公子这般无常的。我猜不透二公子的心思，觉得他要向左走，他忽然飞天了。以为他要去右边，他又遁地了。”久而久之，小十也不琢磨了。二公子的反常成了正常。

二十学乖了，懒得细究二公子的行径，更不去问，他是如何开锁的。出门，她给房间上了锁。不过，这锁，二公子能开，想必其他人也能。这么一想，夜晚大约睡不安稳了。

慕锦说：“寸奔在，小贼来了就是死路一条。”

走出客栈，只见她和二公子。原来，这一趟不是四人同行。

慕锦没有解释，二十也不问了。

雨停了，雾却更浓了。二人没有打伞，发上、身上像是披了一层头纱。

本来，他在前，她在后侧。走了没几步，他抬起手：“给你拉。”

她听话，使劲地拉紧。

又走了几步，他忽地说：“放开。”

二公子昨日才说要她用力拉，又反悔了。二十木然。

慕锦抓起二十的手，分开她的五指，与她相扣：“改成这样，记住了。”

似乎是夫妻之间才能交握，就像之前伞下的百随男子和大霁女子。这一念头瞬间生起，二十变得忐忑，脸上的水珠，不知是雾水还是汗滴。

羊脊架的铺子在两条街外。

二十以为，有名的小吃铺子，顾客一定络绎不绝。然而，只有他俩一桌客人。

铺子老板是一个半头白发的老人，他正在熬汁，握着巨大钢勺的手指崩起年月的皱纹。他离得远，喊道："二位客官，想吃什么？"

"两份羊脊架。"慕锦落座。

铺子普通，更是简陋。

羊脊架是西埠关的小吃。以往，过年前，徐家会省吃俭用十几天，然后攒钱在除夕吃一顿。

爹爹说："一年到头，该吃顿好的了。"

二十连骨头都能啃一晚上。因为，吃了这一顿，要再等一年。

留在二十记忆里的羊脊架，就是过年的味道。铺子汤汁的香气，也是她家乡的熬制方法。

店老板捞起两根羊脊，端了上来："客官，你的。"

二十低闻。酱料里的原味，是西埠关的。和徐家除夕吃的或有不同，也仍有家乡的味道。

才泛起思乡情，她忽然忆起曾经梦见二公子的那场梦。如若噩梦成真，她或许再也回不去家了。

可是……

她偷瞄慕锦，被他逮了个正着。

"在想什么？"他问。

二十连忙摇头。也是想歪了，贵如二公子，多的是如花美眷，哪会将路边野草放在心上。现在无非贪图新鲜。

连十一也说，二公子没有心。

慕锦又问："这和你家乡的，有无不同？"

二十比画："葱蒜酱茶是一样的，放多放少的差别。"

一日一夜的船行，二十学会的是手语。慕锦闲了，教她几句。他太闲，便教了她许多句。

他要的就是和她说话，哪怕她无声。

“我娘亲也是西埠关人，喜欢做菜。”这是第一回，二公子没有醉酒，讲起了娘亲。

店老板又在熬汁了。铺子像是浸在汤汁里，酱香浓郁。

慕锦说：“我娘亲嫁的那个男的，家财万贯，良田千顷，家中每一个角落都有奴仆，轮不到我娘亲做菜。不过，她就是喜欢。比喜欢那男的还喜欢。”慕锦顿了顿，“男的可不是好东西，假意虚情，修建了一座小厨房，将我娘亲骗了去。”

二十轻轻咬一口羊脊架。没想到，不是过年的日子，也能品尝这般味道。

慕锦用筷子挑起她碗里的骨头，说：“我吃过我娘亲做的羊脊架。不过，不多。”

筷子横在二十的碗里，二十吃不了，抬头看他。

见她认真听了，慕锦才继续说：“男的妻妾众多，男儿本色风流，多也就罢了，讨厌的是爱争好斗。小厨房……终究不安全。稍有不慎，便被下毒下药。”

慕锦记不清，自己小时候有多少回险些丧命。为他试毒的人，要么太监，要么宫女。小小年纪的他，眼睁睁看着那些人倒地不起。后来，他的娘亲不再喜欢做菜，只有在他生辰日，才为他煮一碗长寿面。

这一碗长寿面也要试毒。先是银针试，再由太监试，反复确认是否有毒。

试完了，面也凉了。

二十煮的长寿面，和他娘亲煮的一模一样。他从没有吃过如此美味的长寿面。无人试毒，闻着更香。

说到这里，慕锦才吃起羊脊架：“这里的羊脊架，有些像我娘亲做的。也不一样，差了点吧。不过，京城里的那些更加难吃。”

二十怔然。二公子最普通的姿态，或者说，比较不桀骜乖戾的样子，就是他讲起娘亲时。

二公子明眸如秋波临去，清隽胜仙。

“温暖如春”四字放在二公子身上，颇为不妥。可对着这样的一双眼睛，二十第一想到的，便是如此。

她见过他的这一双眼睛，就有胆子在他面前半真半假，数次蒙混过关。

慕锦上一回过来这家铺子，是独自一人。鼻间这个味儿，常让他牵动思绪。若是寸奔跟随，两个男人大眼瞪小眼，颇为骇怪。

于是今日，慕锦拉了二十过来。她口不能言，只能竖起耳朵听。不想听也得听。

慕锦把二十碗中的筷子收回来。

她终于可以回味过年的味道了。

他说：“对了，没听过你讲过你的爹娘。”

二十默然。她和二公子没说几句话就已经哑了，如何讲她的爹娘。

慕锦沉吟：“西埠关的人，少见你这么瘦的。”

十五当初说，二十懂得西埠关小调。慕锦未曾想，那是二十的家乡。

边疆多是高壮女子，她十分纤薄。

二十觉得，自己是家里穷，饿成这样的。邻居家也是，饭也吃不饱，个个瘦骨嶙峋。

“我娘亲跟你一样，小小的。”慕锦的眼睛温柔似水，“不过，我娘亲比你漂亮多了。她是天底下最漂亮的女人。”

慕锦说完，静了很久，直到吃完了羊脊架，才又说：“又聪明，又漂亮。倒霉就倒霉在，被那男的看上了，吃饭睡觉都不踏实。”

慕锦儿时目睹，第一个试毒的人死在了跟前。他或许是震惊的，或许也流过眼泪。

后来第二个死了，第三个死了……

被册封为太子以后，更是危机重重，过个一两月就要在鬼门关走一遭。

年月渐长，心肠越冷。现在的慕锦，别说见别人死，就是他自己死了，他也不会为自己掉一滴眼泪。

二十也是倒霉，一双耳朵再度被迫倾听二公子的往事。

慕锦讲完了，威胁说：“我说的话，不许泄密。”

回到客栈，她一头栽在床上，握拳捶被子。

二十以前脾气好，又爱笑。自从跟了二公子，脾气坏，更笑不出来了。

捶了一会儿，她用被子蒙住脑袋。如果睡一觉，就可以将不该知道的事情抹去，那她的小命就安全多了。

下午，四人同行。

去了东边的雾楼，又去了南边的仙城集市。一日走下来，哪儿都是雾蒙蒙的。

二十本想买些小手信给掩日楼的几位姑娘。

来之前，小六千叮万嘱，让二十的私银藏好：“东西就不用给我买了。除了金银珠宝，我其他都不喜欢。”

不过，十一走了以后，二十越发觉得，终有一天离散西东，相聚时多留些纪念也好。

岭洲集市卖的，无非字画或首饰，不及马总管每月给侍女们派发的精致。

杨桃说：“岭洲没有当地盛产。”

这些东西和京城卖的大同小异。二十就不买了，回了客栈。

寸奔问：“二公子，回房用膳吗？”

慕锦说：“就去客栈楼。”

四人坐在二楼的栏杆旁，着实惹眼。有几名食客正在猜测这桌人的身份。

这家客栈鱼龙混杂，楼下有几个穿相同青袍的门派徒弟，背上一柄长剑，展现浩然之气。

不一会儿，来了一群唱戏班子。当家花旦像是逃出来的，坐下便和后边追的几个人说：“容我喘两口，明日再唱。”

紧接着，又有几个满脸煞气的江湖壮汉，吆喝道：“小二，上两壶白酒。”为首的大胡子男嗓门尤其粗重。

二十见过寸奔瞬间消失的本事，对习武之人十分敬畏，不敢仔细打量。

她在大户人家见的，不是主子，就是奴仆。要说新鲜的人物，就是去匪窝遇上的鲁农等人了。比起名胜风景，客栈的各人各态，更让她觉得好奇。

慕锦见到二十饭也不吃，直向下望。他问："吃不吃鱼？"

二十点头。

他给她夹了一片鱼肉。正是肥美的鱼肚，鲜甜无骨。慕二公子丝毫不觉主子给奴才夹菜有何不妥。

主子不觉不妥，便是妥当。寸奔和杨桃都是训练有素的护卫，耳不旁听。

二十放下筷子，比画："谢谢二公子。"

慕锦笑了："学得挺快，以后你的嘴巴别开口了，就这么张牙舞爪，好玩。"

二十收起手，低头吃饭，脸都要埋进碗里了。

慕二公子不高兴了："我给你夹了菜，你是不是得礼尚往来？"

她立即点头，把一只烤得金黄澄亮的大鸡腿给他。

他仍然不高兴，又把鸡腿放到她的碗："我不爱吃鸡腿。"

她也不知他究竟喜爱什么，只好回了他一片鱼肉。

"勉强可行。"慕锦这么说，便是过关了。

寸奔和杨桃一言不发，低头吃饭，桌上发生的一切都与他们无关。

二十又向下望。

门口进来一名紫衫男子："小二，要一壶好酒。"声音听着悦耳，眼睛四处乱瞟。

二十想，眼睛这么溜，莫非是贼？

紫衫男子瞟完一楼，瞟二楼，抬头对上了她的眼睛。

二十这才仔细看清他的样貌。

长相不差，不过眼神露骨，尤显虚浮之气。脸上堆起的养颜粉，铺得比掩日楼姑娘的还厚，红唇如烈焰。乍看像是唱大戏的，但不如唱大戏的浓艳。

庸脂俗粉大约也是适合用在这男子身上的。

有了油头粉面的男子做比较，二十才明白，二公子和寸奔的朴素，亦是明晃晃动人。

连国色天香的十一都艳羡二公子的美貌。

二十猜不透二公子与自己十指相扣的心思，却觉曾经的噩梦真是自作多情。二公子在天上，她在地上继续挖洞里的泥土。贵为皇子，他向她这卑微的奴仆投来一眼，就是恩赐了。

“看什么？”慕锦顺着二十的眼光向下。

她摇头，继续吃饭。

刚才她观察楼下客人，眼珠子转得顺溜。慕锦看着舒心，没有打扰她。

爱看就看去，楼下那群男的女的，哪个能比得上他的美貌。

粉面男的眼睛，时不时瞟向楼上。

那一桌比武林门派、湖莽汉更招眼，是粉面男见过最出众的一行人。

慕锦生得世贵，气质卓然。

寸奔和杨桃男俊女俏，二十也是清秀佳人。

粉面男将二十仔细打量。她不说话，用手与另外一位俊俏男子比画。

他兴味地勾了勾艳唇，难道这名女子或聋，或哑？身段无骨，纤瘦可怜。这般柔弱娇态，若是到了榻上，可以极大地满足男人的征服心。只是如此念想，粉面男心里蹿起一股邪火，左手拇指在食指和中指上不停地画圈揉搓。他瞥向杨桃，再看二十。

山珍海味是盘菜，白净豆腐同样可以引人垂涎。今晚先将那名又聋又哑的女子当成目标。

口不能言，岂不是连“救命”也喊不出来。光是想象二十无助地被他压制的样子，粉面男心痒难耐。

他将酒一饮而尽，独自勾起一抹亵笑。

吃了晚饭，歇息片刻。

客栈掌柜让人抬了几个大桶过来。

岭洲以仙雾闻名。许多人不明所以，为修仙而来。

客栈掌柜见的客人太多了。有些现下清贫，日后富贵。有些出身显赫，家道中落。总而言之，谁也不得罪，谁都要伺候。富的穷的，贵的贱的，一一招呼。富有富的款待，穷的贱的，睡低廉的柴房也可。

慕锦住的是上等客房，客栈掌柜连沐浴大桶都安排妥当。

客栈人来人往，慕锦终究不放心。于是四人轮流沐浴。

二十是最后一个。她脱衣，浸入水中，舒服地叹了一声气。

二十沐浴，本该是杨桃在院中守候。

慕二公子吃饱了，闲得没事干，坐在院中的长椅，轻摇玉扇，赏花赏景，赏那不见明月和星辰的夜空。

杨桃识趣，退回了房间。

寸奔在房间没有出来。

岭洲的夜幕不及京城那般清亮，万物朦朦胧胧。

慕锦耳边听到了二十房中轻轻流淌的水声。水珠应是从白皙的香肩而下……浮想联翩之时，有扫兴的东西一闪而过。他眼色骤变。

房间休息的寸奔倏地从床上一跃而起。

杨桃武力不及慕锦和寸奔，没有听到。

慕锦仔细聆听来者动静。

那人擅长轻功，速度奇快，自东而来，落在了屋瓦。

慕锦敛起气息，寒眸扫去。

房瓦上，有一夜行的黑衣蒙面男子。他没有察觉树下暗影有人，疾速向前，走的是慕锦这座院落。

此人正是粉面男。他跟客栈小二打听过，那一桌出众的客人就住此院，今晚，更有女子沐浴。想象远不如偷窥来得兴奋。粉面男停驻在二十的房瓦上，趴伏下来，想去掀瓦。

慕锦杀气四现，唤道："寸奔。"

寸奔没有应声，蒙上面，跃出房间，飞到了房顶。

粉面男自认轻功了得，能捕捉到他的动静，可见对方是高手。逃为上策。粉面男脚步轻巧，一跃而下，向东飞奔。

寸奔追过去。

粉面男十分熟悉岭洲地形，窜出客栈，连跳几座高楼，直奔城东。城东雾气更深，幢幢小楼藏在浓雾里。他想借此甩掉寸奔。

然而，寸奔紧追不放。

粉面男的轻功虽然不错，到底输寸奔一截。即将飞过小巷的时候，被寸奔一脚踢下。粉面男摔在泥地，发出一声痛呼。喘了喘气，他盯着前方的寸奔。

雾夜下，蒙面的寸奔寒栗而残酷。

粉面男一个鲤鱼打挺，站起。他也蒙了脸，露出高阔额头和细长浓眉，但眼神犹疑。他又要逃。

寸奔再飞踢。

粉面男重重地撞在巷墙上，这次的痛呼比刚才更大，喘得也更加厉害。他为逃生，主练轻功，内力不足，挨了两下，已伤及脏腑，喘得险些背气。他求饶说：“大侠饶命，大侠饶命。”

寸奔的脚步微微动了一下。

就这么一瞬的时间，粉面男趁机从袖中射出暗器。

寸奔轻松地闪过。

粉面男大惊失色，深知自己不是对手，唯有跪地求饶一途：“大侠饶命，大侠饶命，小的有眼不识泰山，冒犯了大侠，小的知罪，以后再也不敢了。”

寸奔一句话都没有说。

粉面男喊道：“我什么都没看见，那个聋哑姑娘房上的瓦片，我没来得及掀，你就出现了……”

寸奔如鬼魅，停在粉面男跟前。

粉面男只见一道银光如星月。之后，他瞪大了眼。弥留的念头是，他一个行走多年的采花大盗，竟然不知眼前这位姓谁名谁，师承何处。

他死不瞑目。

寸奔来回不足半刻钟。

回到慕锦的身边时，他已经收敛杀气，撕下蒙面黑布：“二公子。”

“杀了？”慕锦轻描淡写地问。

“是。”

“回房吧。”

寸奔退了回去。

一无所知的二十，在热水中卸下了满身的疲惫。她伸伸懒腰，再度舒叹。跟着二公子的好处就是，不必风餐露宿。

木桶溅出了水花。

水声拨动慕锦的耳朵。这女人是不是洗得太久了点？笨死了，没有一点警惕性，要不是他在，身子就被其他男子看去了。

许是夜色朦胧，流淌的水声勾动了慕锦的某些心思。上回，二十在他房中沐浴，他背过身，懒得去看。现在觉得可惜了，那时就该仔细欣赏的。

心中这么想，慕锦的脚步站在二十的门前，移不走了。他望着客房的一层薄薄窗纸，不自觉地把玩长扇。

寸奔连人都杀了，这女人还没洗完。

淹死了？不对，她水性佳，淹不死。

水太烫，热晕了？极有可能。极大的有可能。

是要仔细看看，免得晕在里面。奴才也是人，人命关天的。

慕锦用扇尖在薄薄的窗纸上钻了一个小洞。房里沐浴的是他的女人，他早看遍了，她的身段又不稀罕，比她美的多的是。

他覆眼在小洞，所见即木桶。

不过，桶中无人。

二十披上了衣服，将帕巾捂住湿发。

房里热气弥漫。她拉开门，准备透透气。抬眼却见，慕二公子贴紧墙边，透过窗纸向里看。

开门声响，他转过头。

两两相望。

双双无言。

好半晌，慕锦说：“哦，原来你没死啊。洗这么久，真担心你死了。救人一命，胜造七级浮屠。”他利索地展开长扇，镇定自若地回房去了。

二十的表情山崩地裂，擀面杖也擀不平了。

二十拿了一块帕子，缝几针在窗纸，补上了慕锦戳的小洞。

不放心，终究不放心。转念一想，二人床上滚几回了，二公子不至于再偷窥她睡觉……

二十在床上辗转反侧，半夜不眠。

说来说去，她佩服的还是寸奔，跟在二公子身边多年，一直平静沉稳。至少，她没有见过寸奔失态的时刻。对着二公子，数年如一日，保持心态平和，才是真本事。她这才没几天，就一惊一乍了。以后日子可怎么过？

二十告诉自己，别去琢磨二公子的心思。可脑子里克制不住，仍在细想。想了两下，她拍拍自己的脸蛋。不要想二公子，想也想不通，想了只会让自己失眠。

秋风扫落叶，将二公子当成落叶，扫进角落就好了。

落叶，二公子只是落叶。

二十终于睡着了。

第二天，她摆着一副面无表情的脸，走出房间。

正巧，对面的寸奔推门而出。

她福身。他没有说话，点头示意。

二十出了走廊，才发现，二公子已在院中。她若无其事，低身向他行礼。

慕锦好像也已忘记那事，关切地问："昨夜睡得可好？"

二十比画："好。谢谢二公子。"

慕锦说："寸奔，让掌柜的过来补窗洞。"

寸奔回："是。"二公子知道这窗洞的存在，可见这洞不是外人造成的。不该问的，寸奔永远不会问。

客栈楼早上的食客不少。

四人坐在一楼。

离二十较近的男人甲，包子入口时，说："哎，知不知道？城东昨夜死了一个人。"

对座的男人乙刚把花生抛到嘴里，卡在了喉咙。咳几下赶紧喝水咽下去：“死人？谁呀？”

“不知道。”男人甲说，“早上一个卖菜老伯发现的，尸体倒在巷子里。刚开始以为睡着了，因为没有血迹啊。上前才知道，呼吸没了。”

男人乙问：“报官了没？”

“我经过的时候，还没有报。近日不是有武林小会嘛，也许就是江湖人争名夺利。江湖恩怨，报官也查不到。”男人甲顿了顿，又说，“听说，杀人的是剑客。”

另一桌的男人丙，宿醉乍醒，口齿不清，晃晃脑袋说：“剑客？有一群门派弟子到岭洲了，就是他们杀的吧。”

这边话才说完。

另一边拱门，一群青袍弟子背着长剑走进来。

男人丙的话，尽入他们耳中。

小年纪的青袍少年向男人丙瞪了瞪眼。

“坐下。”为首的青袍男子说，“说话要讲求证据。不能因为我们练剑，便是杀人。”

男人丙本就是信口胡说。

岭洲的江湖莽汉也有用剑的。

男人丙心虚：“结账。小二，结账了。”他溜走了。

茶楼变得有些安静。

角落的莽汉甲插话了：“一剑封喉，干净利落。杀人的应该是一位高手。”

尖嘴猴腮的男人丁笑了两声：“杀了也没事儿。我早上看过，那人后腰有一朵嫣红玫瑰。这不就是采花大盗，香中媚。”

慕锦觉得无聊，正要走人，却见二十听得聚精会神，眼睛向着说话的那几人，灵动了起来。

于是，慕锦也不走了。

“香中媚，善用媚术、媚香。多少妙龄女子曾惨遭其毒手。为了名节，姑娘家不敢声张。香中媚就越发猖狂，他在官府通缉令榜上有名，赏银万两。”男子丁起身，拱手抱拳，“在座若有暗杀香中媚的人，恭喜了，可以提他的项上人头，去领赏金了。”

莽汉甲说："传言这人精通易容术，每糟蹋一名女子，便换一回长相，仅凭一朵玫瑰为记号。这回终于栽了。"

男人丁说："一剑封喉不见血。看起来，有高手到咱们仙城啦！"

二十第一回听起江湖传说，暗自发怵。江湖诸多险恶。幸好，她在灵鹿山逃跑时，遇到的山匪是好汉。

这么想着，她的嘴上忽地被塞了一个小圆糕。

慕锦说："吃你的，别光顾着听。"

二十听话地咬了一口。

慕锦的筷子停在小圆糕上，看着就是他喂了她一口。

他收回了筷子："寸奔，去和掌柜的说，上一壶好茶。"

寸奔起身："是。"

二公子说的好茶，不是客栈的好茶，而是自带的一罐上等茶叶。慕锦的这壶茶，正是提醒自己。

他是何等身份，凭什么他要伺候她吃饭。

四人吃完回房。

院落门前，年纪最小的门派弟子站在那里，殷切的目光正是投向寸奔。

走近了，青袍少年上前抱拳，说："师兄告诫我们，不要惹事，不要多事。但我们习武之人理应惩恶扬善。我昨晚听到瓦上有声，立即走了出来。当时，有两名夜行人从这里一追一赶，向城东飞去。我轻功不及那二人，跟丢了。方才听到香中媚被杀，大快人心。我去年救下一名年轻女子，她因被香中媚糟蹋，险些自尽。我对香中媚深恶痛绝，可惜苦寻无果。"青袍少年说到这里，顿了顿，"感谢这位侠客替天行道。"

寸奔平静。

慕锦淡然。

杨桃也没什么反应。

只有不知情的二十惊讶不已。她想，采花大盗或是相中了杨桃的姿色，被寸奔撞见了。

寸奔说：“阁下认错人了。”他越过青袍少年，进了院落。

二十偷瞄寸奔。寸奔的身姿，在她的眼里更加高大威武了。

走了几步，慕锦凉飕飕的：“天气不好，有人将眼睛当太阳使了。”

寸奔退了退，和二十离远些。

二十低首，不敢再看。

第十章

曾听丁咏志说，他和妻妾都是游山玩水，吟诗作对。谈到兴处了，就花前月下滚成一团。

今日已经说好，四人乘坐船舫，观赏仙城的湖光山色。

然而，二十看向寸奔的眼睛，亮晶晶的，亮得慕二公子不愉快。

山也不想游，水也不想玩，他就想找碴儿。湖光山色直接改成了赌场。

驾着马车去到赌场，寸奔和杨桃留在马车等。

二十这是头一回到赌场。她之所以从刘府卖到慕府，就是因为刘家那不争气的儿子好赌成性，败完了家里半座金山。刘府陷入困境，准备迁离京城，欠了慕家的粮票，就将二十抵粮票了。“十赌九输”这句话，她是听过的。但，也许二公子就是那一赢呢。

和寸奔一样，二十服从命令。二公子去哪儿，她便跟着去。

两人进了赌场。

比起客栈，赌场才是三教九流聚集的地方。

刚一进门，二十就察觉到，里面的氛围与客栈完全不一样。

这里的是赌徒。偶尔有和二公子一样过来凑热闹的，其余大多双眼灼热，在赌桌挥袖呼喊。

赌徒关心的是输赢。对慕锦这样的贵公子，感兴趣的是庄家。

门后两个打手上下打量慕锦。

慕锦也不客气，缠的是金丝腰带，明摆过来送钱的。

赌场欢迎这等富贵人，两个打手让开了路，赌桌各庄家相互交换了眼色。

这种贵公子时常在仙城有见到，就是过来玩的。兜里揣一袋银两，玩完了就离开。赌场贪的是钱，赚了银两便作罢，不会为难人家。

二公子不牵二十了，自己一人大摇大摆地走。

二十到底有些害怕，担心二公子将她甩在这里，她如影随形地跟着他，恨不能攥紧他的衣角。她是第一回见识这般场面。奴仆之间再坏，也不会和这里一样，个个面目狰狞。

慕锦没有看她，手里拿一锭银子，在几张赌桌走了一圈，这儿看看，那儿瞧瞧，选了“押大押小”。

简单的押注，像是全凭运气。

庄家小眼睛，胡子拉碴，摇盅的手非常粗壮。摇了一轮，他将盅扣在桌上：“下注啦，下注啦。”

慕锦将银子押在了右边：“大。”

庄家看了眼慕锦。

其他赌徒也看着慕锦。鲜少有这么上来就是一锭银子的人，衬得旁边的碎银极其寒酸。

庄家左右呼喊：“买定离手，买定离手。”

庄家开盅：“一二四，七。小！”

没有意外，慕锦输了。

二十不认得上面的那“大”“小”二字，也不知规则。

慕锦懒得和她解释，又玩了两轮，仍是输。他笑了笑：“不是耍老千吧？”

庄家横眉，说：“我们开门做生意，讲的是公道。”

“哦。”慕锦又押了一轮。他闭上眼，细听盅里骰子的声响，笑说：“我买定以后，骰子又在里面跳了一下。”

“小兄弟，不要随口胡说，你买定离手，我的双手跟着离开了摇盅。这骰子如何动？”庄家振振有词，脸上堆满横肉，“我们赌场在这里开了那么多年，讲的是公平，讲的是公道。”

“要有公平公道，我上你们这做什么。”慕锦不是来赌博的，他是心情不好撩架而已，“台下有暗格，我买定了，庄家根据我的大小在台下换骰子，对吗？”

多数贵公子不在乎银两，输了便是输了。眼前的这个衣着金贵，却连一点银子都输不起。庄家冷笑：“来找碴儿的？你走错地方了，我们赌场虽然讲究信誉，但也不是任人欺负的。”

二十听慕锦嚣张的语气，就觉得大事不妙。二公子就是这样，任性不分场合。幸好，寸奔在外面，她心里多少安定些。

慕锦忽然转头看她。自从见过那个青袍少年，二公子就没有正眼瞧她一下。这时，他用扇子托起她的下巴，说：“该是你的眼睛当太阳使的时候了，别低着头，睁大双眼，本公子让你知道什么叫能耐。”

“公子请！”赌场的打手上前做了个请的姿势，目光犀利，“公子要是不走，别怪我们不客气了。”

就在慕锦想要大展身手，给二十见识见识他武功的时候，旁边有两个壮汉过来，说：“难怪我在这里输了个精光，居然敢出老千！”

两人大挥砍刀，攻向赌场打手。

慕二公子的心情恶劣到了极点。架是他撩的，凭什么别人先动手？又凭什么还赢了？

他回了客栈，进了房。

其余三人跟随二公子的心情而转悠，各自回房。

休息了两刻钟，二十听见敲门声。

她还没来得及开门，慕锦一脚踹开了。“晚上带你去听说书。”

二十点点头。

话说完了，他没有走，又用脚把门踹到关上。他递过两本话本：“刚刚问掌柜拿的，讲什么武林小传。字不多，适合你。看你这土包子，早上听得津津有味。”小圆糕也忘了吃。

二十赶紧接过。

“自己看，我休息。”慕锦大剌剌地在床上一躺。他翻过身，不想看二十那张脸，没一会儿，又翻了回来，“我跟你讲一个故事。”

二十心中警铃大作，知道越多，死得越快。

慕锦从来都不管她想不想听，说：“慕家有一个丫鬟喜欢寸奔，绣了香囊送他。”

原来是寸奔的故事。二十安心些。她知道，香囊是荷花绣的。

“大霁姑娘送香囊，就是十分喜欢了。我曾说，让他们成就一桩好姻缘。”慕锦问，“你觉得如何？”

二十点头。寸奔一定会是好丈夫。谁嫁给了他，真是三生有幸。

“寸奔到了年纪，是该婚配了。那个丫鬟……忘了叫什么？名字土得很。”慕锦讲完了，闭目休息。

倏地，一个名字窜进他的脑海。丫鬟是叫阿蛮？有听寸奔说过一回。寸奔不喜香囊，给她扣了两月工钱。

但，除了寸奔说起，这个名字是不是还在哪里听过。

阿蛮。

慕锦猛地坐起。

二十正翻着武林话本，心想这可比风月事有趣。抬眼却见，二公子如从地狱归来，眼底阴谲。

她，好像又到了鬼门关……

寸奔仅说过一回送香囊的丫鬟，慕锦能想起“阿蛮”这两个字，已费了九牛二虎之力。

慕冬宁在慕锦面前唤过几声“阿蛮”。

慕锦拿到卖身契时，眼睛掠过一下，那时没有在意。

或许是记差了，应该是记差了。慕锦保持耐心，平静地问：“你在裁缝房是不是被扣过两个月的工钱？”他终究无法问出：是不是给寸奔绣过香囊。

二十不敢撒谎，点了点头。

虽然不是回答绣过香囊，但在慕锦眼里，这回答不就是给寸奔绣了香囊？慕锦更为阴鸷了。

二十见状，连忙要下跪。

慕锦更是火冒三丈，出口的字如同淬了毒："跪什么跪，起来！"见到寸奔笑得跟花一样，在这里就只会跪跪跪，烦。

二十仓皇起身，局促地叠起双手，站到旁边。她卑微得连背都不敢挺直。

寸奔在给她哑药的那天，起了恻隐之心。一个小小的动作放在别人身上，平平常常。但是因为是寸奔，就颇有深意了。没想到这女人能逗得动寸奔。当时，慕锦觉得二十好玩。他留她一命，也是仁慈。以前遇上她这样的知情者，他早就灭口了。

慕锦极力克制怒气，伸手想要抓她。

二十不自觉抖了抖。他一生气就要杀她，她胆子再大也经不住这么吓。她一个手无缚鸡之力的弱女子，努力表达自己的忠心，二公子却不放心。偶尔，二十想去和寸奔讨教几招，如何获得二公子的信任。

她脸上闪过的慌乱，让慕锦的手僵了一下。

她是狡黠的，也是惶惑的，小小的眼珠里印着他的身影，跟见到了黑白无常一样。想逃又不敢，怯生生的。

这是比擀面脸可爱些。但仍不及她的浅笑，以及双眼扑闪扑闪时。

慕锦放下手，命令说："过来。"

二十立即走到他的面前。

他拽起她纤细的手腕，在她尚未反应过来时，已将她推倒。

她跌在床上，黑发散落，吓得苍白的脸在散落的黑发间几乎不见血色。

越是纤弱，他见着越有暴戾。他抵住她的心口："无论你这里过去有过谁，以后都给我死了这条心。"

二十慎重地点头。

他这么压上来，她知道他想做什么，紧紧闭起眼。旁边没找到帕子，只得拉起被子一角，直往脸上盖。

慕锦按住了她的手："想闷死啊。"以前绢帕薄透，呼吸无碍。这被子盖下去，可得捯气了。

二十不盖了。他喜欢美人，她又不是。他若是上他喜欢的美人的床，不就没这么麻烦了。

此趟出行，慕锦不是不想和二十同住。但寸奔耳力好，若有心听，这张床的动静瞒不住他。

慕锦终究不愿二十的声音被听了去，拿被子盖住她的腰，出去了。

慕锦敲了敲寸奔的房门。

寸奔立即开门："二公子。"

慕锦手上的折扇开了一下，迅速收起："进去说。"

寸奔关上门，候在一旁。

那些需要寸奔伺候的行李，都放在这间房，也包括今日的那一罐茶叶。

茶叶来自镇南茶山，收成极少，一年大约两三百罐。因为罕见，所以昂贵。

慕锦上回去镇南城，走特殊门道买了两罐。正是珍贵的茶叶提醒他，他和二十身份悬殊。一个奴仆这一生也赚不到这一罐茶叶的钱。然而，念起她可怜兮兮的样子……他生起火气，有欲有怒，两相交织，燥得慌。

慕锦将视线从茶叶罐移开，转向寸奔。

寸奔耐看，内敛。慕二公子看得目不转睛。

寸奔眼观鼻，鼻观心。

过了一会儿，慕锦问："你对那个女人有什么看法？"

寸奔迟疑了下："二公子是问哪一方面的？"

慕锦抬眼："你还有几方面的？"想求亲的话，没门！

寸奔低首："属下不敢。"

"是你劝我留她一命。"

"是。"寸奔终于决定说出自己的顾虑，"如若二十姑娘安静留在掩日楼里，是没有威胁。"

慕锦听出寸奔话中有话："继续说。"

"属下直言。"寸奔说，"若皇老爷盛世安稳，隐匿二公子身份，也保慕府平安。二十姑娘亦可平安。丁公子说，皇老爷家中动荡。

二十姑娘心善，又是孱弱女子，属下怕的是……”

“嗯。”慕锦知道寸奔所言何意。

朝廷平静，慕锦的日子就安安稳稳，过着无忧无虑的富贵日子。倘若朝廷局势紧张，他的身份一旦暴露，必定危机四伏。

其他的知情者，如寸奔，如关纯良。如若被擒，他们可以做到死而无悔。

二十不是。慕锦想，他和她的命之间，她那颗小脑袋瓜装的是她自己。嘴上讲了心甘情愿，其实心底仍有盘算。只要她的生命受到他人威胁，她就无法守口如瓶。这也是当初慕锦要杀她的关键原因。她没有十足的忠诚，一旦事态对她有利，她会迅速地背叛他。

“二公子。”寸奔又说，“慕老爷让你和二夫人圆房，也是希望，以后要是有个万一，苏家能助二公子一臂之力。通过二夫人表姐的背景攀附皇老爷，多少能掩人耳目，避免你的身份暴露。”

“你这话说得，仿佛见到了老刘管家，我耳边嗡嗡嗡，嗡嗡嗡，响个不停。”寡言的寸奔突然说这么多话，慕锦自问，最近是不是太宠溺二十了。

慕锦因为女人的事找寸奔，这是第一回。寸奔深知其意。

二公子从一开始就对二十格外宽容。所谓的哑药，是绿豆粉、黑米等熬成的。解药则是红豆、薏米等物，原是三小姐的厨房煲药用的。

二公子恶趣味，将其说成毒药和解药。如果二十喝了，她便知，二公子的用意是让她闭嘴。

二十没有喝。她说，不想欠人情，把药洒在了衣袖里。如此一来，要是二公子追责，她可以说自己没喝，而不是寸奔作假。二公子就无法责怪寸奔。

寸奔只是一个听令行事的护卫，她能这般为他考虑，他感到动容。

只是她的小动作哪瞒得住二公子。二公子心知肚明，不过纵容二十罢了。二公子数次逼她出声，她一声不吭。伤她筋骨，她也咬牙忍住。

这一出戏，二十接住了。

二公子因为身世，生性多疑，极少交付信任。二十能在二公子手里活到现在，可见她在他心中有些分量。

寸奔担心的是，将来二十会成为二公子的弱点。二公子这类人，是不允许有弱点的。寸奔几乎不劝主子。今日主子问起，寸奔才提醒了几句。

至于听或不听，就是二公子自己的事了。

“寸奔。”慕锦又看向那罐茶叶，“你说，有没有一个万全之策，可以让一个女人死心塌地追随一个男人？”

“大约是有的。”寸奔答。

慕锦笑了笑：“你和杨桃出去游游山，玩玩水，黄昏后再回来。”

“是。”其实，就算寸奔待在房里，主子的风月，他也是闭耳的。他会将注意力放在更遥远的远方，忽视院落的动静。

然而，二公子生怕二十的声音传出一丁点儿，硬是将寸奔和杨桃赶了出去。

寸奔的谈话都是大局为重。

慕锦就不问香囊的事了。

刚刚慕锦出去时，二十赶紧找了一张薄薄的绢帕，盖脸躺回床上。

慕锦推门进去。

正想着，这个女的不值得他的宠溺。然而见到她一副视死如归的样子。他用四个字打断了自己的思绪，那便是：及时行乐。

值不值得，日后再说。

“我问了寸奔。”慕锦的后半句话迟迟不讲，在故意拖延二十的情绪。

她一动不动，或许心儿提到嗓子眼了。

到了床前，慕锦才说：“寸奔没有成亲的想法。”

她终于点了点头。那是荷花一厢情愿了。

慕锦掀开薄薄的绢帕，仔细观察二十的表情，问：“不难过？”

二十摇了摇头。说句心里话，荷花和寸奔其实不般配。

没有见到她的心碎伤悲，慕锦说不出是喜还是怒。他本想让她明白，她思念寸奔是不自量力，寸奔根本没将她放心上。然而她太平静，二公子的幸灾乐祸一下子被噎住了。

他居高临下地看着她：“你很自觉。”

二十乖巧地抿了抿嘴。

她的唇色很淡，不像掩日楼其他姑娘，抹成红艳粉嫩。一张寡淡的脸，偶尔又有浓繁的明媚。她的眼睛蒙在帕子里，见不到星光，也没有黑夜。

慕锦平静地说：“如果我发现你背叛我，我一定杀了你，再把你的心挖出来煮汤。”

二十心中惊悚。听他的口气，恐怕不止想将她的心挖出。他还要去西埠关挖她家人的。

二公子说话的声调与往日不一样，没有笑意，藏的是刺骨寒风。

她点点头。

慕锦握住了她的肩。想起这女人给寸奔缝绣香囊，到底是意难平，强烈的冲动让他想将她细碎的骨碾压成碎片。

二十不动，她的肩伤没有痊愈。二公子现在扣的是另一边肩膀。她要是双肩垮了，如何是好？

慕锦低问：“想求饶？”

二十点头，用手比画：“求二公子开恩。”

“知错了吗？”慕锦放开她的肩，托起她的下巴，同样的，非得克制才能不捏碎。

又细又弱，他光看着就想欺负了。

二人几乎脸贴脸，灼热的气息烧红了她的脸颊。离得太近，她双手只能侧起，拘谨地比画：“二公子，我知错了。”

慕锦又问：“错在哪里？”

二十想，她错在哪里呢？如何说才能抚平二公子的情绪。

他抬起她的头，露出一截洁白柔和的颈项，隐有幽香。他眼睛恶狠狠盯着，嘴上问得漫不经心：“错在哪里？”

二十不答错在哪里，唯有表忠心，继续比画：“二公子，我以后都听你的话。”

慕锦在她的颈项低闻。不知她用的是什么香囊，香气不重，足够吸引他。他想，寸奔别回来了，今晚在外面过夜算了。

慕锦没有说话，呼吸变得浓烈。

是兽类觉醒的危险。她连连比画：“二公子，我的一切都是你的。”

慕锦看着她的手。她的手语学得很快。简单的，他教一遍，她就学会了，再也不用在他面前唱大戏。他卷起她散落的黑发，缠绕在指间：“一切？”

二十点头。

“一切。”慕锦贴近她的耳垂，“包括你的一颗心。”

她也答应了。

“不仅忠心。”他抬起身，俯视她。

她有些疑惑了。

“我要你那一颗女人对男人的心。”这就是她永不会背叛的万全之策。

二十怔然，这说的莫非是……

她来不及细想，他松了她的系带，笑了笑：“你是我的女人，你的一切当然都是我的。”

二十觉得这话有哪里不妥，又说不上来。

她没有男女相恋经验，却深知男女欢愉。

自从开了窍，二十和二公子契合得很。比起上回，二公子的花招又多了。和她在风月话本见到的画上一样。好在，二公子选的都是他费力的样子。她没有感到难受。担心的是，自己唤得大声了，她刻意压着嗓子，憋得面红，用手捂住了嘴巴。

慕锦拉起她的手，十指紧扣，说：“只有我听得见，不要忍着。”

二公子这么说了，她松开牙关，莺歌不止。

寸奔和杨桃无处可去，在客栈角落喝茶。

一双男女容貌非凡，掌柜的、店小二、路过的，免不了多看几眼。

二人无动于衷，从不交流，自己喝自己的。

客栈掌柜送了一盘爆炒花生，一粒都没有动。

店小二过去给倒茶，哈腰问：“客官，是花生不合口味吗？”

寸奔和杨桃也没有说话，一人夹了一粒花生。

“香。”寸奔说完也没再吃多一粒。

红日平西，霞满仙城。

寸奔放下了银子，离座向外走。杨桃一声不吭地跟在后面。

两人走远了，客栈掌柜才说：“刚开始以为是夫妻，后来觉得像敌人。走了才知道，原来是主仆啊。”

到了药铺。

寸奔看一眼杨桃。她毕竟是姑娘家，独自去买避子药方，终有不妥。他说：“你在此候着。”

“是。”护卫也有阶级。杨桃仅是一名暗卫。换句话说，寸奔是她的主子。

寸奔进去抓药，没一会儿就出来了。他递给杨桃：“回去客栈煎给二十姑娘。”

杨桃恭敬地接过：“是。”

二公子暂时没有延续子嗣的想法。皇室血脉，尤其慎重。临行前，二公子特别交代寸奔，别忘了避子汤的药方。

这边，慕锦和二十云雨方歇。

外面轻巧的步子传进慕锦的耳朵。他下床，穿了衣裳走出房间。他和杨桃说：“去客栈厨房煲药，伺候她给喝了。”

“是。”只有和二十说话的时候，杨桃才像一个开朗的丫鬟。平日里，她是阴肃的暗卫。

岭洲的湖光山色，慕锦没兴趣了：“寸奔，安排一艘船，明天一早去向阳城。”

“是。”寸奔领命而去。

操劳一番，二十又乏又困，听戏也泡汤了。

慕锦宿在她的房中，环住她的身子，像抱了一只猫似的。“你妙就妙在这具身子。”因为弱，因为娇。他每每在撕裂与克制之间徘徊，炙热难耐。

二十犯困，腻在他怀里。

他不知想起什么，忽地感叹：“我的心就是太善良了。”

听了这话，二十眼皮懒得掀。云雨虽好虽妙，但是，如果别这么耗费体力，那就更好更妙了。

慕锦很有精神，拍拍她的背：“给你一个抱着我睡的机会。”

不想要行不行？应该不行的。二十的手搭过去，正要入睡，又被他拍醒了。

“抱紧一点。”松松垮垮，像是他强迫她抱似的。

于是，她狠狠地抱住他。

慕锦又说：“你不是倾城美人。我疼你这么几回，你该谢恩了。”

她点头感恩，迷迷糊糊的。

他这才满意：“睡吧。”

今日寸奔所言，都有道理。当今皇后是太傅之女，朝中根基深厚。萧展当上了太子，詹事府的人自然也是她的人马。当今皇后锱铢必较，是贵妃时，被称为贤妃。

贤她个头就是了。

前皇后去世，皇上对贤妃心有间隙，虽然立她为后，却迟迟不立太子。这些年，萧展极力拉拢人脉。到了成年，百臣进谏，皇上才册封太子。皇上多疑，萧展同样也是，父子之间颇多猜忌。如若萧展知道，四皇子仍然在世。恐怕，又会掀起一阵风波。

慕锦早忘了萧展的模样，两人素来不合。慕锦幼年走过的鬼门关，少不了贤妃的诡计。皇室兄弟之间的亲情，远没有慕锦和慕钊来得深厚。慕锦珍惜“慕二公子”的生活。

慕锦轻拍二十的背。他记得，以前他的娘亲就是这样哄他睡觉。

日子太平，宠她也就宠了。

将来如有万一，再适时舍弃吧。

雾气缭绕的岭洲，朦朦胧胧，不见烈日。

连带的，二十也是迷迷糊糊，在船舱睡了一路，直到靠岸在向阳城码头。

再如何没精打采，二十也谨记，千万别再摔倒了。

万里清空，明净夏日。这就是向阳城。不远的路边，有两株高大的紫荆树，繁花已谢，葱绿的嫩叶尽情伸展。

二十下了船，一下子变得精神起来。

向阳城是出了名的戏曲之都，每年春夏两场雅戏赛。大户人家听戏，有些就是让雅戏赛组请戏班子。

二十对游山玩水兴趣不大，反而乐于听各种江湖轶事，于是，慕锦改道至此。

向阳城不仅戏剧繁荣，说书人、皮影戏、木偶戏也在此扬名。这里的集市和京城大不一样。卖的多是戏服戏妆，玩偶面具，正是适合给掩日楼的姑娘们捎几个小玩意。

二十也是新奇，走三步停一步，怕追不上慕锦，不敢多看，缓慢地向前走。

慕锦怎会不知她的小心思，她一双眼睛停在小玩偶上，流连忘返。他上前拉起她：“走的时候，你再过来看看买什么东西。”

她立即跟上了他。

长长的嵊江岸边，摆的是一个个戏剧台子，吹拉弹唱，好不热闹。大霁东西南北的奏乐，五花八门。江南的悲情，霁东的优美，西北的高亢嘹亮。

走过几个戏台，慕锦耳根疼了。听一出戏可以，这么接二连三地，实在聒噪。他不耐地问二十：“想听哪一出戏？”

二十也蒙蒙的。

四人又向前走了一会儿，忽地，二十听见了西埠关小调，她抬头向前望去。

岸边柳树旁，有一个小小的戏台。西埠关小调有鼓，有埙。比起战乐，这一出戏添了一把琵琶，韵律更有风情。

慕锦转了下长扇，说：“去那边。”

这里戏演了大半。

四人落座，仔细一听，才知台上演的是当年罗刹将军和皇上在西埠关大战百随的一幕。

饰演皇上的小生，画妆唇红齿白，很是俊艳，唱道：“大霁山河，四方奉贺……”

这是二公子爹爹的戏。二十如坐针毡。

慕锦执扇轻摇，笑意浅浅。

寸奔看了慕锦一眼。

杨桃不清楚慕锦身世，只管听戏。

西埠关长大的二十自然听过这一段战史。

皇上年轻气盛，罗刹将军骁勇善战。然而，驻军数百日，军营粮尽援绝了。西埠关的老百姓为国捐米捐粮，这才有了攒沙阵胜仗。

这时，台上演到了皇上向老百姓鞠躬的一幕。

慕锦转眼，将戏班子的人逐一打量。最后，将目光定在了弹琵琶的小姑娘身上。

那一个瞬间，小姑娘对上了他的眼睛，又迅速地移开了。

戏台在沿江尽头，许多人被前方奏乐包围，走不到这里。而且，西埠关小调是战乐，不如其他戏曲悠扬华美。仅有七人坐在这里听完。

落幕了。

戏班主上台喊道："下午的是当今圣上与前皇后邂逅的一幕戏。请各位继续捧场，谢谢了。"

二十低头，不敢向慕锦那边看。

上午，他的爹爹被编成了戏角。下午，连他的娘亲也成了戏中人物。二十不知，慕锦是否又要生气。

戏班主下台答谢，到了四人跟前，作揖说："我们自西埠关而来，唱的是家乡独有的战乐。多谢四位捧场，多谢，多谢。"

慕锦向戏台看了一眼，问："你们戏班子的，都来自西埠关？"

戏班主点头，说："正是，我们这是头一回到向阳城。这里不爱战乐，极少西关戏班。"说到这，戏班主腼腆笑笑。

难得遇到老乡，二十看向戏班主的眼睛扑闪扑闪起来。

这一幕，正好被慕锦见到。若是二人独处，他就要去捏她的嘴角了。他手指微动，克制住了。

弹琵琶的小姑娘也走了过来，福身，说："皇上和前皇后邂逅的故事，姑娘家多喜欢，还请姑娘下午捧捧场。"

听不听，由二公子决定，毕竟这是他爹和他娘的故事。

慕锦看着小姑娘的脸，和二十说："我以为西埠关就你这么小小的。没想到，也有其他姑娘不高不壮。"

小姑娘夹在其他高挺的西埠关女子中间，更加娇小。她听到慕锦的话，面上一红，顿了下，看向二十问："原来你也是西埠关的呀。"

二十点点头。

戏班主笑了："真巧，真巧。诸位下午务必捧场啊。"

琵琶姑娘笑起来，说："是啊，姑娘，下午过来听听吧。前皇后也是西埠关的人，我们那儿，到处都有她的传说，可神奇了。"

慕锦撇了撇嘴角。不就是嫁给了皇上？有什么神奇的。

琵琶姑娘说："我和前皇后在一个县，我从小就听她的故事长大的。"

慕锦看着她。

她似乎察觉到他的目光，侧头抬眼看他，又迅速低头，脸上红晕未散，不知是刚才那一朵，还是又飘起新的。

慕锦淡淡地问："一个县？"

琵琶姑娘抬起了头，说："是的，前皇后是舞长县的，我也是。我和前皇后同一个姓呢，姓甄。"

慕锦目光闪了一下："你们县的姑娘，和西埠关其他女子差得较大。"

琵琶姑娘看他一眼，再移开，转向二十："也不是。地势靠北的女子就壮些，前皇后是南边的。"

戏班主说："我们班子就她一矮个子。"

这时，台上有一人喊着："甄妧妧。"

"哎。"琵琶姑娘应了声。

戏班主说："妧妧，你先去忙吧。"

临走时，甄妧妧看了慕锦一眼。

慕锦也在看她。

甄妧妧转身向戏台走去，脸上红云朵朵，像是被艳阳晒的。

客栈人来人往。免不了有听墙角的。

慕二公子这回不住客栈了。

慕老爷友人在这有一幢别院。老人家爱听戏，每年春夏时间才过来。雅戏赛在下月，别院空置，便邀请慕锦住上几日。

别院已有人打扫干净，换上了新鲜的床褥。

慕锦到这儿，自然和二十同住一室。

寸奔和杨桃的房间在另一侧。杨桃虽说是丫鬟，其实除了上船下船扶几把，平日里作用不大。

慕锦和二十说："晚上你可以尽情地嘶吼了。"

有不祥的预感。二十比画说："二公子，我白日要游玩。晚上可不可以睡个好觉？"

船舱里，二人的手语教学又上一层楼。二十都能举一反三，自创手势了。反正就二公子听，他懂就行。

慕锦质问："我跟你睡，你还不乐意？"

二十哪敢说不乐意，唯有暗自苦恼。

慕锦说："憋太久，我自然时间长些，做多几回。现在每晚同住，不折腾你那么久了。"

早听说纵色之人体虚亏损。二公子这般的，怕是时日不多了。这体虚也许传染给了她，一见到床，她就想躺上去。

吃了午饭，二十又要休息。

才要上床，慕锦问："去不去听戏？"

她比画："听什么？"

"你家乡的。"

二十以为，二公子不喜欢去听自己爹娘的故事："二公子想听，就去。"

"什么我想，你自己没想法吗？"

她想法可多了，可也没胆子说出口。

"在哪儿不能睡？跑来玩，你一天到晚就知道睡。"

说得对，在哪儿不能睡，凭什么他就要在她的床上睡？

二十生出一股闷气。她爬上床，将脑袋埋进了被子里，在里面挤眉弄眼，咬牙切齿。实在忍不住，还握拳捶了几下被子。

见她半趴在床上，慕锦问："你在做什么？"

二十连忙扯下耳环，丢在被子里。她跪坐起来，表情麻木，比画："我耳环掉被子里了。"

他上前抖抖被子，接住耳环，还给她："走，听戏。"

二十又埋进被子捶打。

慕锦就这么看着："你又干什么？"

她从被子里出来，头发稍稍凌乱，脸上一片平静，下了床。

慕锦双手捏起她的嘴角："刚刚在被子里做什么？"

她比画："我耳环又掉了。"

他伸出食指，将她的嘴角往上钩："小骗子回来了是不是？"

不是。二十没有表情，任由他将她脸蛋拉扯。

"擀面杖断了。"他就爱看她蹬鼻子上脸的样子。

慕锦自然地拉起二十的手，走出房间，想起要和寸奔交代一事，先去了另一侧院子。

寸奔住的是竹苑。他正在练剑，行云流水，手持一柄长剑，薄薄的剑身刮起戗风，一排翠竹唰唰作响。

二十看得目不转睛。此刻的寸奔，在她心里正如盛气的修竹，高不可攀。

寸奔转身。

二十正要惊叹他收剑的飒爽利落，忽地眼前一黑，一双手掩住了她的眼睛。

寸奔长剑入鞘，屹立院中。"二公子。"倘若他看不见二公子的脸色，再唤一句"二十姑娘"的话，他也白在二公子身边这么些年了。寸奔当作看不见二十。

慕锦将二十扣在自己身旁："有事。"

"是。"

寸奔离开院子，慕锦才松开遮掩二十眼睛的手。

二十垂首，没见到慕锦脸上的剑气不输寸奔。

这一路，抢劫的，盗窃的，一个没见到。二公子至今英雄无用武之地，怨气难平。

慕锦进了寸奔的房间。

“二公子。”寸奔关上了门。

“在戏班子遇到的甄妧妧，派人查查她的底细。”见到甄妧妧的第一眼，慕锦就起疑了，“非常巧合。家乡、姓氏、身形，简直就是比着谁的样子安排的。”

“是。”寸奔拿出一张长条小纸，“二公子，府里来报，那名探子的接头人去了一间茶楼，之后就没影了，武功不弱。”

慕锦接过纸条，看了一眼。“假死离宫一事，宫中知情人早已自尽，剩下的都是心腹。慕府的马房奸细是哪路人马？”

寸奔说：“尚未确定。”

“我张扬的一回，就是去福寨那日。”慕锦把小纸条放到烛灯旁，小小的火苗拽住纸条的一角，贪心地想要越多，直至吞噬。

“眼下情况有二。一、有人觉得我太嚣张，探探底细。然而怎么查，我不过是慕二公子。二、有人怀疑我的身份。”慕锦顿了下，“太子萧展，六皇子，百随质子五皇子，都在我预料之中。他们查不到当年的线索。因此，这第二点要成立，除非我的棋局中有意外的人闯了进来。”

寸奔问：“二公子认为，太子、六皇子、五皇子之中，谁最能在皇上身边安排眼线？”

“皇上嘴上说彻查，其实心中有数了。”慕锦笑，“还能有谁？东宫太子。”

东宫太子从梦中惊醒。

坐椅子寐了一会儿，乍醒颇为不适，他抚了抚额头，问：“清流，什么时辰了？”

“太子殿下，快到未时了。”清流在门外回话。

萧展起身：“清流。”

“臣在。”清流立即进来，伺候太子穿衣。

“和我出去走走。”

“是。”清流跟在他身后。

萧展刚才梦见了飞龙的钩爪锯牙。太子就是未来的蛟龙，哪里还有伏龙胆敢向他张牙舞爪。

过了一会儿，朱文栋进宫。

萧展走进房间，见到檐牙的雕龙，想起刚才的梦境。“清流，关上窗户。”

清流立即将窗户紧闭。

萧展这才开口问：“父皇那边有什么动向？”

朱文栋说：“回太子殿下，皇上仍在查探奸细。”

“该杀的杀，该断的断。别留下蛛丝马迹。”萧展眉宇之间有些疲倦，狠厉话语说得轻轻缓缓。

“是。”

“慕家和山匪那边如何？”慕锦和那位在皇陵徘徊的山匪，这两日让萧展念念不忘了。

朱文栋说：“慕锦和一名小妾游山玩水去了。”

“这慕二公子，当真惬意自在。”萧展抬眼，“什么样的小妾？”

“一名哑巴。”

“哑巴？”今日，只在这时，萧展才笑了，“癖好也是有趣。”

“慕锦在大婚当日，和妻子苏燕箐生了间隙，就将妻子晾在一边。说是哑巴清静，一直让那名小妾陪寝。”朱文栋喜好劲敌，更愿意讲述寸奔的日常，偏偏慕二公子的事，无非男女。朱文栋语气生硬：“苏燕箐嫁到慕家以后，小病不断，确实伺候不了男子。”

“苏燕箐是不是那谁……”

“苏燕箐正是和昭仪的表妹。不过，苏家和慕家当初成亲时，为的是生意。和昭仪受宠，是两家联姻之后的事。而且，慕锦没有将苏家小姐放在眼里，一贯的嚣张。”

“嗯。”

“从探子的消息来看，慕锦和外人口述的形象无异，是一个只懂寻欢作乐的纨绔子弟。”

“话虽如此，我始终无法放心。”萧展再问，“山匪呢？”

“皇陵的那个山匪，是他们的二当家，名叫林季同。”朱文栋说，“福寨的人嘴巴不严，将林季同的身世道了个详细。林季同体质较差，一年多前，晕倒在灵鹿山路上，被山匪头子捡了回来。他读过书，有些文才，被提拔成了二当家。山匪早就想盗墓了，林季同对八卦阵法颇有研究，被派往钻研皇陵的玄妙。”

“精通八卦阵法？”萧展低眸，“他是什么来历？”

“福寨的人说，林季同来自上鼎城。”

“上鼎城。”萧展思索片刻，说，“我曾听父皇说起，他当年和百随大战，身中数箭，正是在上鼎城医治的。”

“是，那里医者居多。”朱文栋想起一事，“臣忆起，慕锦小时候也是去上鼎城治病才痊愈的。”

这事不是秘密，慕老爷为子寻访名医，京城皆知。

萧展问：“他是什么病？”

“早产体弱。”

“皇上、慕锦、林季同……这三人都去过上鼎城，也都出现在灵鹿山上。”萧展揉了揉太阳穴，“慕家那边，能不能策反一个人，为我们效力？丫鬟、仆人、甚至，他的小妾亦可。”光凭探子一人，不会再有进展。萧展隐约察觉，慕锦是一个对手。这种未见其人的莫名敌意，许久不曾出现。许久，许久。想起今日的噩梦，萧展略感烦躁。

朱文栋回：“臣这就去办。”

“去吧，今日先这样。”萧展睡得晚，起得早，有些头疼，“对了，慕锦游玩去了哪儿？”

“昨日在岭洲，今日去了向阳城。”朱文栋如实说，“寸奔武功深厚，探子不敢近身。”

“盯着，及时向我回报。”

“是。”

慕锦和二十到了那棵柳树下。

戏班子有三人正在摆凳子。

戏班主过来招呼："谢谢二位捧场，太感谢了。来，请这边坐。"

两人坐下。

戏班主说："这场戏不是上午激昂的战场，讲述的是儿女情长。台上简陋了些，但意境是诗情画意。"

慕锦问："你们是如何装扮前皇后？"

"西埠关舞长县有一尊前皇后的雕像。我们是依照雕像的样貌化妆的。"戏班主解释说，"一场战场大捷、一段儿女情长，这是当年圣上在西埠关允诺过的戏。至于其他的，我们不知，不敢。"

慕锦又问："能相像至几分？"

"这……八分总是有的。"戏班主招了招手，"妩妩的妆化好没？好的话出来一下。"

"来了。"裙摆飞舞，甄妩妩迈着轻盈的步子走来。她披一件米白斜襟宽袍，衣上沾了蛋黄的污渍。袖子和腰上坠下几根残破的丝线。脸颊上的米白颜粉，遮掩了所有的红晕。

楚楚动人，可怜兮兮。

二十偷瞄慕锦，慕锦直勾勾看着甄妩妩。

甄妩妩被慕锦直白的眼光看得低下了头，双手无措地揪着腰上的丝线。

戏班主在旁说："这件衣裳也是依照雕像缝制的。妩妩脸上的妆，是不是和上午不一样？这都是我们戏班子的招牌，演得逼真，演得神似。"

慕锦收回了视线，展开扇子，应了一声："嗯。"

二十暗想，莫非甄妩妩的装扮真和前皇后一样？

这下可好，二公子无须再抱着她来思念娘亲了。只是，她的利用价值又减少了一项。为四皇子做奸细，应该是被派往皇宫。进去那地方，就一辈子也出不来了吧。

二十胡思乱想，眼睛定定向着戏台，却没有将台上一对男女的情意看在眼里。

入神的反而是慕锦。初初，他轻摇长扇。到了后来，扇子越扇越快。

慕锦现在明白了，为何当今皇上仍然在位，却允许民间编排他的故事。

因为这个故事是假的。

世人皆知，当今皇上在战场上遇到一个小姑娘。台上演的也正是这样的戏码，金戈铁甲的皇上，及时抱住了危在旦夕的小姑娘。然而，仅有少数人清楚，皇上和小姑娘相遇之时，身负重伤。不是皇上英雄救美，而是前皇后捡到了奄奄一息的皇上。

皇上大约觉得，真相有损他的尊严，于是让这些戏班子将假故事传出去。

无耻！慕锦鄙夷。

台上那男子花言巧语，逗得小姑娘盈盈一笑。

太无耻了！慕锦合上扇子。

也在这一瞬间，他又明白了什么，再度展开了扇子，倾听男子的对白。

谢幕时，甄妧妧向慕锦投来一眼。

二十偷偷瞄向他。

他回望甄妧妧，笑了笑。

戏班主过来问："姑娘听得如何？"

二十点点头，其实她神游太虚了。

戏班主作揖："谢谢二位捧场。"

慕锦递去一锭金子："不知能否和甄姑娘私下聊聊？"

戏班主两眼发直，双手抖了抖："这……这……"他掌心有汗，在大腿两侧搓了搓，说，"待我问问妧妧。"

甄妧妧犹豫地答应了。

这是第一回，慕锦遣二十离开。

她脚下溜得飞快。

"站住。"慕锦缓缓地开口。见她这东躲西逃的样子，他无名火又起。他堂堂二公子，再往高说，俊美绝伦的前太子，给她见几面，居然不乐意。

他呵斥："在这儿倒茶。"

二十的步伐变得沉重，回到了他身边。这普通的茶梗，二公子肯定不爱喝。

慕锦一左一右，分别坐着二十和甄妧妧。他笑看甄妧妧："甄姑娘，你能否讲讲舞长县？"

甄妧妧疑惑："啊？慕公子想知道我的家乡？"

"嗯。"慕锦没有去过西埠关。他曾勾画过那里的山川河流，担心的是，真正的西埠关没有想象中的美丽。

"这……"甄妧妧看向二十，"姑娘，你是西埠关哪里人？"

二十比画一个五，一个三。

甄妧妧惊讶："五三县？"

二十点头。

甄妧妧更惊讶的是："姑娘的嗓子……"

慕锦说："声音被猫叼走了。"

二十任由他说。

甄妧妧说："舞长县，就土土的。到处都是土啊泥的，一幢幢房子老远老远的……在南边有一座飞流瀑布……"

慕锦眼底隐现薄暗。

看二公子像盯猎物一样盯着甄妧妧，二十托起腮。

二公子对娘亲尤其执着，醉酒时，不停在她耳边讲"我娘亲"，她是有些同情的。可他把她的同情心劈走了。

二十失神，没听几句甄妧妧的话，等回神，甄妧妧已经要走了。

甄妧妧抬眼羞怯地看向慕锦。

他回之一笑。

奇怪了，二公子的笑容，二十见得多了，怎的觉得他这时不一样？

他在其他人面前，大多是气定神闲的。唯独对她，古怪得很。她几乎忘了，以前的二公子从来不会气急败坏。哪怕生气，他也笑意浅浅。

二十更发现，自己被传染了这份古怪。三小姐曾赞她心灵手巧，云淡风轻。丫鬟们说她逢人带笑，慈眉善目。如今，整日不是被二公子吓，就是被他气，她脾气变坏了。

二十给自己敲响了警钟。

“寸奔。”

“二公子。”

难得，慕锦又到寸奔房中了。他拿了几本话本，径自坐下。

二公子最近沉迷话本，尽挑画多字少的。给谁看，不言而喻了。

现在的这几本多是文字，可见，不适合二十。

静了许久，慕锦抬眼，见到寸奔的长剑，想起了竹苑的那一幕。

慕锦开口说：“我那日说，一个女人忠心耿耿追随一个男人的万全之策，便是爱情。”

寸奔自然知道。

慕锦说：“她爱上我，才能死心塌地。”

寸奔这时才明白，这些是风月话本。

是，也不是。

皇上讲一堆鬼话，把小姑娘骗回了宫。虽然无耻，可是奏效。

慕锦放下风月话本，问：“寸奔，你道我长得如何？”

“二公子一表人才，器宇不凡。”寸奔面不改色。

“古人高明，将男女风月写进兵法书中。”慕锦“哗啦”一展玉扇，“我没想到的是，我慕二公子有一天也要施展美人计了。”

房中的二十努力调整自己。

试想，如若二公子是其他男人，她的姿态都是平和淡然。

她对陈副管家，对裁缝师傅，对寸奔，皆是如此。

比起这些男人，二公子地位更高，她更应以礼相待，而非腹诽心谤。万万不能让二公子成为她生活里的特殊存在。

二公子仅是一名主子。陈副管家也是，裁缝师傅亦是，寸奔更是。

回到以前淡然处之的徐阿蛮。

二十坐定了，给自己倒水，慢条斯理地喝了一杯又一杯。

门外的慕锦又翻了几页话本。

谨记：体贴入微，关怀备至。这么一想，昨天在客栈是把她折腾得过分了。

他将话本丢到草丛，敲了敲门。

二十不去开门，等了一会儿。

门外仍在敲。

二公子没有这样的耐心，肯定不是他，该是杨桃或寸奔。

二十笑意盈盈，门一开，见到了笑吟吟的慕锦。

慕锦：怎么笑得跟朵花似的。

二十：二公子怎中邪了一样。

双双低了头，再抬起时，慕锦笑意淡了，二十敛起笑容。

“遇上什么喜事了？”慕锦给二十倒了一杯水，“刚刚笑得这么开心。”

二十跟着坐下，平心静气。

慕锦好声好气地问：“晚上出不出去玩？”

有一绺发丝掉在了二十的脸颊旁。

他以前见到从不给弄，现在不一样了，将她那一绺发丝别到耳后。

冰凉指尖刮过二十的耳朵，她微微躲了躲。

他收回了手，和声说：“向阳城的夜晚很热闹，这里很多外来人。戏班子几乎都是各地赶来。也有官爵商贾坐船到此听戏。这里白天是戏班子表演，晚上轮到路人集会。可以玩木偶戏，皮影戏，要有兴致，你上台去唱大戏也行。”

二十看向他。二公子素来微扬的语调，变得平平缓缓，如同用另一座悬崖的巨石填满这一座悬崖。

慕锦继续说：“这里有许多新奇有趣的东西，你平日里待在府里，少有出来。这次难得的机会，我带你去逛逛。以后我们再去江南，北境，或者西埠关走一走。长了见识，人也跟着活泼。”

她握起水杯。

“你知道了我的许多故事，这是上天的安排。冬宁说的是，上天有好生之德。只要你不背叛我，我一定留你性命。”慕锦笑看她，“你这双眼睛，跟一只受惊的小兔子，我于心何忍。”

她再喝了一口水。一个三番五次将她丢到鬼门关的男人，大言不惭地说出“于心何忍”四个字，又于心何忍？

“如何？晚上一起去夜会？”慕锦柔声征求她的意见。

二十好半晌没有回应。

二人同去听戏时，二公子还是张狂妄行的样子。听完戏，与甄妧妧聊了一番，回来则变成温润公子了。

慕锦轻捏起她的脸：“说话，跟我说说话。”

二十鼓起勇气，比画：“二公子，我今晚想早些休息。”她观察他的脸，以前听到这样的话，肯定又晴转阴了。

他微笑，说：“是我疏忽了，今晚你好好休息。”

她感激地倒一杯水给他，比画：“谢谢二公子。”

慕锦又说了一堆话。

二十左耳进，右耳出，只是时不时看他一眼。

想起了三小姐说过“相由心生”。

二公子最逼人的，一直都是他的心相。生性狂傲，眉尾藏剑。现在将蜇剑硬生生弯成了拂尘，反而不如平日，俊得诡谲，俊得悖戾。

二十今日思绪无法集中，听二公子柔风细雨地跟她说话，她开始失神了。

好不容易，二公子终于温柔够了，走了。

二十骤然惊醒。刚才，慕锦捏起她的脸，她不觉得疼。她怀疑身处梦境，自己再狠狠地捏起。

疼得厉害。

不是梦，二公子真的中了邪。

二公子的便宜，不占白不占。正好可以过一个清静的夜晚，二十欣喜不已。

她不知道的是，慕锦才走出去，脸色就沉郁了。他说得口都要干了，她一句也没听进去。

情情爱爱果然烦人。

第十一章

第二日，慕锦十分温柔，问二十要不要继续去哪里逛逛。

二十比画："想和杨桃一起，去看看哪里有女儿家的东西。"

"哦。"慕锦仍然笑。这女人得寸进尺的性子，到底没有变，"杨桃，陪她去逛逛，她想去哪儿就去哪儿，她想买什么就买什么。她就是要把一条街买下来，我也答应。"

二十看他笑意和煦。暗想：这邪门儿，一撞撞两天。

昨夜不见二公子，今天白日也不见二公子，她感觉被幸运砸中了脑袋。

二十与杨桃去了集市，想着挑些小玩意给掩日楼的姑娘。

街边有一热闹的杂耍班子。大霁国的杂耍班子，一般是小个子的多，灵活体轻。这一班子，竟有几名百随人。百随男子五官深，眉弓高，比普通的大霁男子高大，引得众人围观。

杂耍班主说："这几位百随男子，到大霁国呢，一是展示百随的杂艺。二呢，是过来讨个大霁媳妇的。"

围观人群哄堂大笑，想起小九也是招了个百随夫婿，二十跟着笑了下。

有人说："虽然大霁女子多，但我们也是旱的旱，涝的涝。富贵人家哪个不是三妻四妾。我们穷的，一样有光棍。"

一个粗嗓男子说：“你们可以收了失贞女子，反正你们百随开放嘛。”

二十看了粗嗓男子一眼，长得肥头大耳的。

有些女子失贞是无奈，二十便是。

十五也是，生在青楼，困在青楼，除了卖身别无他法。

杂耍有一名百随人说话了，口音重，讲大霁语比较生硬，他说：“女子失贞未嫁，错不在女子，是男儿没有担当。”

人群里静了一下，不少男人嘘声四起。

杂耍班主瞪了那位百随人一眼，向人群作揖：“抱歉抱歉，这人口无遮拦，敬请见谅。”

道歉虽然出了口，围观的人群散了不少。

杂耍班主又瞪过去一眼，说：“今天中午别吃饭了，你就说话说饱吧。”

这名百随男子表演的是吃火吐火，吐出的火足有三尺远，正冲二十的方向。

二十不知那是真火还是假火，火势凶猛，她连忙退了退。

杨桃立即上前一步，挡住二十。她目光犀利，瞪着百随男子。

百随男子惊慌，双手在空中一扫，火灭了。他忙问：“姑娘没事吧？”

杨桃回头看二十，二十摇头。

百随男子深深鞠躬：“对不起。”

杂耍班主敲了一下百随男子的头，斥责道：“走这么前干吗？吓到人了。”

百随男子挠挠头，歉意笑笑，眼睛在二十和杨桃脸上溜了一圈，定在杨桃的脸上。

杂耍班主连连道歉：“姑娘抱歉，没伤着吧？”

“怎么是看着人喷火啊。”杨桃怒道。

百随男子上前，又鞠躬：“姑娘，对不起。”

杨桃悄声说：“二十姑娘，杂耍太危险了。你想看就退远点。”

二十再退了两步。

百随男子似乎想再上前，被杂耍班主揪回去了。

一面之缘，二十记得模糊。模糊也没关系，她和他本无交集。

晚上再出来，二十在嵊江遇上了这名百随男子。

他惊艳于杨桃的美貌，黝黑的脸上满面笑意。

二十正在想，他意欲为何。没想到百随男子忽然上前求爱，当众唱起了求爱歌谣。

二十知道百随民风开放，却没见过这么大胆的，她怔在当场。

杨桃皱眉，拉起二十的手："二十姑娘，走吧。"

慕锦说让二十随意游玩，他不放心，时近时远地跟着。他这时见到，有一高大男子挡住了二十的去路。男子张开双臂，嘴里在说些什么。

江边嘈杂，听不清晰，越来越多路人围观那个男子。

慕锦疾步而去，走得近了，听到了百随男子的歌谣。

这首歌谣本是百随语，男子到了大霁，自己译成了大霁语。

慕锦听到的是那一句："我敞开胸膛，夜夜等你爬上来。"

温柔的二公子，险些崩了脸色，心中重复三遍"温柔"，才挂上了浅笑："杨桃，何事？"

"二公子，我也不知道……"杨桃说完，低下了头。

二十比画："二公子，你听他在唱。"

有耳朵的谁听不见他在唱，唱得难听，跟流氓一样。慕锦拉过二十的手："走，我们去江边走走。"

二十和慕锦一起的时候，杨桃不得跟上。杨桃站在原地，正好百随男子的歌谣唱完了。

他向她笑笑。

她冷下脸，见到前方同样被主子抛下的寸奔，她走了过去。

慕锦陪着二十走在岸边，说："以前从未将杨柳与女子对比，现在这么掐着你的腰，远望岸边的柳树，又细又柔。"

二十很僵硬，不纤柔。她比画："二公子，你这两日心情很好？"

好什么好，当然不好。说这些牙酸的话，不过是因为女子爱听。

话本有讲，女人喜欢柔情蜜意，越是虚情假意，越是深信不疑。

慕锦转眼看二十，说："是啊，有一个问题困扰我许久。我想杀了你，不杀后患无穷。一直没有想通不杀的原因。我曾思前想后。我喜欢倾城美人，你不是；我讨厌聪慧女子，你却是。直到我看了皇上和前皇后的那一出戏，才明白，世间有一个延续了千年的传说。它没有缘由，来不见影，我甚至感觉不到它的萌芽。也不知谁在浇灌，有一天，它就长成了参天大树。我想要连根拔起，可它的根扎于脆弱的心底。我必须将自己的心掏出来才能斩断它。我斩还是不斩？"

二十惊疑，慕锦知道，她被唬住了，看这目瞪口呆的样子，傻兮兮的。

二十听求爱歌谣时，受了一击。慕锦的话，像是数道雷电劈到她身上。

他这些话，二十该是不信的。

但是，皎洁月光映照下，他的双眸真挚情长。二公子见了甄妧妧以后就性情大变。二十暗想，甄妧妧是不是习得西域蛊术？然后……蛊术出了岔子，对象错了。

江边灯火不明，正经的姑娘家没几个会大晚上跑这里私会。

二公子卸不下骨子里的妄为，肆意搂起二十的腰，在柳树边风花雪月："你呢，对我如何？"他低柔询问。

二十陷入沉思。

二公子的问话就在眼前。十五的问话响彻耳畔："二公子是不是喜欢你？"

别是成真了吧……那怎么办？回不成家了？不对，她知道了他的身世，天天游走在生死边缘，早没有回家一说了。

看着嵊江安静的江水，二十乱糟糟的脑子忽然灵光一闪。如若二公子喜欢上了她，她就不会三天两头地跑鬼门关了。他是不是喜欢不要紧，这个中邪的喜欢就行。

她比画："二公子，我的一切都是你的，心也是你的。"这些难以启口的话，用手语讲出来，她脸不红气不喘。

慕锦看着她。正常女子示爱，应该羞怯闪烁。大约如甄妧妧那样，红晕宛然，看他一眼，再目光游移，再看一眼，又再飘走。

眼前这女人苍白的一张脸，眼也不眨一下，直勾勾盯着他，谁信她是在示爱。

二十终于眨了眼，比画："二公子以后别吓我了，我胆儿小。"

"就你这胆儿，足够捅天了。"慕锦忍不住讽刺一句，说完才想起要温柔。

二十偎依在他怀中，慕锦搂着她。

她该明白，爱情比忠心更能保命。若不然，有一天，他终会杀她永绝后患。

二人手牵起手，往别院走，似有万般柔情蜜意。

有几位富贵人家的小姐，脸罩一层面纱。迎面而来，掀起长睫，向慕锦投去羞怯的眼光。

每当这时，慕锦就转眼看向二十，为她扶金簪，为她理发丝。

不知情的，以为这是一位深情款款的好夫婿。

到了别院。慕锦倾身在二十耳边低问："今夜我可以宿你房中吗？"

二十可不认为，他躺她的床上是为了和现在一样，牵她的手，搂她的腰。她偷偷瞄他，二公子问话时，满脸温柔。她便比画："我可以选择吗？"

慕锦笑了笑："两厢情愿，方有敦伦之乐。"

二十正要摇头。

"不过，"他又说，"相隔日子久，下次又要多几回。"

她便算了。

今日听了百随男子的话，二十更加坦然。反正和二公子纠缠，她也有美妙时刻，而且睡得更香。

她和他商量，今晚一回就好。

"嗯。"他应了。

话本上说，适时亲亲女子，可助兴。慕二公子从来不亲，他这夜吃大白米团，吃得津津有味。

二十这次，没有倒头就睡。

大白米团上有浅浅的一个印。

二公子这样叼着不放，还是第一回。莫非他是迷恋起她了？

她闭上眼睛，听见慕锦说："再给你一个抱着我睡的机会。"

二十立即狠狠地抱住了他。她不懂男女之间深情如何，只想，若是二公子将她疼进了心坎里，她这条小命就保住了。

小十曾说过一个红颜祸水的故事，讲的是，一个男子爱美人不爱江山。男人疯起来，简直失去理智。

慕锦的下巴枕在二十的头上，低嗅她淡淡的发香，夹杂她这个人的味道。不是香囊的气味，走近了凭味道就能认出她。这女人若是将他装进心里，他就不必在杀与不杀之间犹豫了。

二人紧紧相拥。

太子终于不去那家茶铺喝茶，去了另一间常去的茶园。

啜一口，他说："这才能称之为茶。"

李琢石喜欢粗茶，越是稀罕的茶叶，她越是不爱喝。她叫了一壶开水。

"琢石，你要习惯我的生活。"萧展右掌抓住了她的左手。

她抽出手："在东宫能喝水，这里为何不能喝？"

他温和地笑："我说不过你，你面前我总是投降的。"

二人静了一会儿，朱文栋觉得到了自己说话的时刻："太子殿下，向阳城有了一个新发现。"

"说。"

"有一个来自西埠关的戏班子，编的戏是皇上和前皇后邂逅时的。"

萧展抬眼，声调下降："谁给的胆子？天子的故事也敢编？"

"是当年皇上在西埠关允诺的。戏有两场，皇上鲜衣怒马的年纪。关键的是，戏班有一个名叫甄妧妧的女子，和前皇后长得十分相像。同一家乡，同一姓氏。太巧合了。"

"哦。"萧展放下茶杯，"像到何种程度？"

"约莫有八分。"朱文栋说，"探子回报，甄妧妧身形纤弱，上了妆五官像极了前皇后。戏班子打出了小甄的名号。"

"小甄"是当年皇上给前皇后的爱称。

"这名字要是让皇上听见，能惹出事了。"萧展用杯盖轻轻地磕扣玉杯，发出清脆急促的"叮叮"声。

朱文栋又说："慕二公子也去听了他们的戏。之后，和甄妧妧单独见了面。"

萧展冷眉飞起："单独说了什么？"

"甄妧妧回来和戏班主讲，聊的都是起西埠关的风俗民情，和戏里皇上台的对白。"朱文栋又生硬了，"慕锦对男女情爱起了兴致。"

情爱二字，让萧展看了李琢石一眼。

李琢石低头喝水。萧展和朱文栋说话时，她一直沉默着。

萧展说："继续说。"

朱文栋说："慕锦和这位女子聊完，去文屋买了几本风月话本。"

"风月？"萧展失笑，"这慕二公子着实逗人。听你这么说，他一天到晚没有正事。"

"是的。"这本就是慕二公子的形象，不足为奇。

一个纨绔子弟，自己对他莫名敌意来自哪里？萧展抬眼："你派人去上鼎城查查林季同以前的事。父母是谁，师从何人。"

"是。"

萧展又说："把这名小甄给杀了。"

"为什么？"李琢石蹙了下眉，插话说。

"她长了那一张脸，便是过错。"萧展说，"皇上至今留存前皇后的画像。我母后每当想起那一张脸，纡郁难释。"

萧展转向朱文栋，说："派暗卫去。任务倘若失败，格杀不论。"

"是。"朱文栋应声。

李琢石这时看了萧展一眼，杯中水被她一口饮尽。

朱文栋说："慕府也有一发现。陪同慕锦出游的那名哑巴，有些蹊跷。"

萧展品茶，问："如何？"

"这名哑巴本是慕三小姐的丫鬟，被慕锦强占，才收到他房中。没有名分，后来伤了嗓子，变成了哑巴。慕锦在人前三番五次伤害她，更有甚者，他尚未查清偷情小妾是谁，就误会这名哑巴偷情，将她丢在了水中，险些丧命。我想，她对慕锦，应该怨念颇深。"朱文栋迟疑了下，"不如派人去探探她的口风？"

"不。"萧展放下玉杯，"她原是个丫鬟，这些普通女人不大聪明。她和慕锦日夜相处，没有一定的机智冷静，当了奸细也容易露馅。其他小妾与慕锦见不到几回，由她们去跟这个哑巴套话，更安全。"

"是。"

朱文栋离开后，萧展笑着看向李琢石，笑得耐人寻味："琢石，你也该看看风月话本，这样才能体会男女妙处。"

李琢石僵了僵。有时，她觉得萧展间歇性失忆，明明是他在二人缠绵之时呼唤别人名字，她才厌恶风月。这时见他眼眸含笑，她不说话了。

他一人爱演独角戏，就演去吧。

"对了，琢石，有一事。"

李琢石回眼看他。

"你喜不喜欢看戏？不去向阳城走走？"萧展笑。

第二日。

白天，甄妧妧远远见到逛戏场的二十，跑上前邀请二十来看戏。

盛情之下，二十没有拒绝。

温柔的慕锦没有来，二十身边跟着杨桃。

甄妧妧对慕锦的直白眼光，念念不忘。他那样眷恋的眼神，她以为这位公子相中了她。可那日聊了天，他没有再找她，也没有来看戏。

甄妧妧知道二十是慕锦的女人。大家公子本就三妻四妾。甄妧妧跟着戏班子走南闯北，若是能找到一个男人依靠，哪怕是做妾，也比戏子好上几倍。况且这个公子贵气俊逸。

戏唱完了。

甄妧妧和二十说：“姑娘……能不能说几句私下话？”二十的衣裳一看就是上等的料子，甄妧妧很是羡慕。

虽然二十觉得，她一个哑巴能聊什么私下话，但看着甄妧妧期盼的眼睛，二十点了头。

二人去了戏台后的房间。杨桃在外面守着。

房间摆了乐器，戏服，凳子，极窄极拥挤。

甄妧妧领着二十，站到后门边。

甄妧妧知道二十说不了话，选择了是非问句。问：“姑娘，你是那位公子的女人吗？”

二十点头。

甄妧妧再问：“公子的女人多不多的？”

走了许多。二十比了一个手势：六。

“哦。”甄妧妧松了一口气，低声说，“不少了……不在乎多一个吧。”说完，她看着二十。

二十瞪了瞪眼，明白了甄妧妧的意思。这个姑娘胆大，直接询问，也不怕二十嫉妒。

二十不知慕锦对甄妧妧何意，她还没将他收服，要是他有了新欢，岂不是要一刀把她灭口了。

二十正犹豫如何回答，转头见到窗户那边，忽然垂吊下一张人脸。

五官倒立，分不清是死人还是活人。

男子翻转，五官正了过来，是一张不起眼的国字脸，嘴唇抿得很紧，手上拿着一把短匕首。他坐在窗上：“甄妧妧，你死期到了。”

甄妧妧睁大眼睛，惊恐得忘了躲闪。

二十立即拉起她向外跑。

男子追了过去。

路上仅有一名紫衣女子，背一个长包袱，听见甄妧妧的呼喊，她回头，露一张英气脸庞。她见到男子紧追两名女子，话不多说，解开长包袱，抽出一把长宽利剑。

二十和甄妧妧手无缚鸡之力，如果男子在混战中突袭二人，就麻烦了。二十眼观巷道，拉住甄妧妧，疾步走到墙角水缸边，蹲身躲起。这样的话，男子要过来抓人，多少有些障碍，可以拖延时间。

紫衣女子看向二十。

如此惊乱的场景，这女子躲得十分迅速。虽然满脸惊慌，可是比起甄妧妧，已经够冷静了。

“二十姑娘。”杨桃追了过来，她和紫衣女子同时攻向男子。

男子向上一跃。

紫衣女子跟着跃起。

杨桃没有追。她到了二十的面前。比起杀敌，二十的安全才是杨桃的首要任务。

直到紫衣女子手臂受伤，杨桃才加入战局。

二十这时才知，原来杨桃也习武。

紫衣女子逮住时机，利剑戳中男子右肩。

男子左手多了一把小匕首，横臂一扫，划过她的右腰。

她偏了身子，这一刀刺得不深。她沉住气，举剑向男子。

男子想逃，犹豫的一刻，被杨桃擒住了双手。

杨桃踢他一脚跪下，冷声质问：“你是什么人？”

男子面无表情地说：“杀手。”

杨桃再问：“受何人所托？”

男子答：“江湖规矩，无可奉告。”

杨桃狠狠地向他的左脸挥了一拳。

甄妧妧走出来，抖身子说：“他……说了我名字……想杀……”

男子说：“招摇撞骗，死有余辜。活不过雅戏赛。”

杨桃正想问多几句。

男子嘴角渗血，头歪下了。

杨桃大骇。她是暗卫，知道这是什么意思。他们随身携带毒药。任务失败，回去一样是死，服毒反而不受折磨。杨桃丢下男子，赶紧走到二十身边，扶住她：“二十姑娘，没事吧？”

二十低下眼，没有再去看男子的尸体。

甄妧妧哪里见过死人，今日这一劫，三魂七魄都吓走了，她恐惧得跌在地上。

杨桃问："你可知，为何要杀你？"

"雅戏赛……招摇撞骗……"甄妧妧连连摆手，"这不关我的事……"她一脸惨白，索性全招了，"我不是和前皇后一个家乡的，我没去过舞长县，我家乡不在西埠关，我更不姓甄。是戏班主说……他说我长得与前皇后很像，才喊我进来唱戏。我没见过前皇后的雕像，我自小无家可归，凭唱戏维生，我就是图一口饭吃……"

紫衣女子背起包袱，就要走人。

甄妧妧爬了爬："你……上医馆治一治吧。"

"医馆在哪儿？"紫衣女子问。

二十看一眼，这才认出，原来紫衣女子是南喜庙解签的那人。

李琢石转头，对上了二十的视线，她皱下眉："是你。"

这天的事，让二公子的温柔烟消云散了。他和杨桃说："回京自己去领罚。"

"是。"杨桃退下。

寸奔回来，和杨桃迎面而过。

她没有表情地向他行礼："寸奔公子。"

寸奔平静地回应："嗯。"

他进了房："二公子。"

"寸奔。"慕锦坐在太师椅，惬意地问，"你要暗杀，当是如何？"

"月黑风高，一刀毙命。"寸奔杀采花大盗便是如此。

"那个死了的杀手。"慕锦说，"暗杀甄妧妧易如反掌，却没有选在甄妧妧落单的时候。"一个杀手，留下满满的破绽，没有道德操守。

寸奔讲起自己所闻："杀手是另一戏班子派来的。戏班子有一中年人坦白，是他请的江湖杀手。他解释，杀手急于拿钱，觉得甄妧妧是一介女流，想杀就杀。"

杀手的言行举止，正说明他不是一个老练的杀手，与寸奔的描述相符。

慕锦不信。看向窗外的竹林，盯在竹根处：“杀手的尸体是如何处理的？”

“尸体被义庄的人拉走了。我去了义庄的停尸房，没有见到如杨桃所述，服毒自杀的尸体。”翻查尸体，寸奔说得轻描淡写。

“有些蹊跷。”慕锦问，“那个路过的女子，李什么的，是何底细？”

“自称李石，京城李氏染坊的五小姐。”

“何时离京？何时抵达这里？”

“昨日从京城乘船，今日午时到的向阳城。”

向阳城离京城不远，比岭洲更近。

“查查她。怎就那么刚好，去了一条无人经过的巷路。杀手的手法，像为了故意让谁英雄救美。”慕锦又想，他今日怎么就那么听那女人的话，没有跟上她。有他在，哪轮得到别人救美。

“是。”

“从暗卫调人过来，找找尸体去了哪里。”慕锦低眼看着锋利的扇尖，说，“死不见尸，恐防有诈。”

“太子殿下，暗卫的尸体已经处理了。”在东宫，朱文栋议事只在太子的书房。

“嗯。”萧展又在椅子上假寐。昨夜李琢石不在，身边没捞住人，他睡不安稳。

“太子殿下，臣有一事不明。”

萧展睁开了眼睛：“嗯？”

“原本已经定了一个暗卫过去，为何突然又换这一个？他受过重伤，经脉俱损，活不过这个冬天。强行接脉，再去暗杀，身手不灵活，又容易留下线索。”朱文栋不得不在其他戏班子安排一位买凶人。

“是冒险了，若是平时，我肯定不会派这样的人过去。但——”萧展坐直身子，“琢石心善，不想伤及无辜。换一个将死之人去送死，她良心上比较过得去。”

“是。”又是因为李琢石。朱文栋心有怨愤，面上不露声色。

“甄妧妧不过是普通女子，派一个武功高强的暗卫杀她，反而疑心。”萧展起身，“就当是请的不高明杀手，反正死无对证了。”

“是。”朱文栋想了想，再问，“太子殿下，甄妧妧杀还是不杀？”

“琢石为她求情，不杀了。”萧展顿了顿，看向宫殿飞檐，“妇人之仁。”

这一句，不知是说李琢石，还是说他自己。

第二日。

二十问慕锦要钱，给众姑娘一一买了小礼。

回程，遇上了李琢石。

李琢石的伤势已经无碍，住在客栈修养。

甄妧妧将她视为救命恩人，这天过来陪她去医馆换药。甄妧妧说：“大夫说，再换两天药，伤处就可以愈合了。只是……不知会不会留疤。”

“没事，我自幼习武，这是小伤。”李琢石换上了裙装，削弱了眉宇的浩气。

对练武的女子，二十非常敬仰。这两日，二十见杨桃的眼神也是闪亮亮的。

杨桃担心，二十姑娘的眼睛若是再亮几天，自己就不是领罚那么简单了。

寸奔和杨桃的潇洒英姿，二十都已见过。而二公子的，二十只在灵鹿山那回，看他花拳绣腿了一番。

“过两天，我就离开向阳城了。”甄妧妧又说，“那事以后……戏班主说不去雅戏赛了。这两日将新戏唱完。二十姑娘，你过来听听吧。李姑娘也去。”

二十答应了。在向阳城，不是听书，便是听戏。二公子不知何时才启程，她就用听戏打发时间了。

甄妧妧在台上唱戏。

二十和李琢石坐在台下。

杨桃立在一丈外。双目炯炯，四处观察。

这回，甄妧妧演了书生小姐的故事，男女情戏百转千回。

演到一半，李琢石捂了捂腰间的伤。

二十连忙挽她一下。

二人本坐得有些距离，这一挽就坐到一起了。

"谢谢。"李琢石微笑。

二十乍看觉得，李琢石不大理人，接近了知道，英气姑娘比傲气二公子亲切多了。

台上的戏码，二十这几日听了不少。男的不爱女的，或是女的不爱男的。总而言之，这些戏要唱下去，得有一方不喜欢另一方。这要是两相情愿了，便到了大结局。

今日甄妧妧演的这出戏。男方另有心上人，女方嫁了过去，日日郁郁寡欢。甄妧妧凄苦唱："郎心如铁。"

李琢石呢喃一声："郎心如铁。"

二十点了点头。这么说，二公子就是铁锤。

李琢石忽地问："这出戏，结局如何？"

二十不知。若是小十，大约能自己编几个结局。

李琢石说："我没听姑娘开口说过话……"

二十指指自己的嗓子，摆手。

"是受伤了吗？"

二十笑笑。算是吧。

李琢石又问："如何伤的？外伤还是内伤？我认识一位大夫，我曾经伤及脏腑，就是他给救回来的。"

二十还是笑，摇头。

静了一会儿。

戏中，甄妧妧黯然神伤。

李琢石忽然笑了。"有时候觉得自己是那戏中人。戏中人多愁善感，惹人怜惜。"她笑意淡了，"自己哭的时候，连温暖的角落都找不到。"那座孤冷的东宫，没有一个角落是暖的，哪怕萧展温热的胸膛。

二十见李琢石有些怆然，心有不忍，握了握她的手。

李琢石泛有愁思，英气淡了许多："姑娘，你可曾有喜欢的人？"

应该没有。二十亲近的男人只有二公子。

二公子脾性糟糕。花苑和掩日楼多少美姑娘，没一个喜欢他的。大家贪金银首饰，就是不贪二公子的心意。或有贪过的，早已幡然醒悟。二公子没有心，没有情。

自己要收获这样一个男子的心，前路坎坷。

二十摇了头。

李琢石讶然："姑娘不是贵公子的小妾？听甄姑娘说，你家公子生得十分俊俏。"

二公子再俊俏，也是个铁锤。二十点了点尾指。

李琢石看不懂。

二十点了五个手指头，一二三四五，尾指过后，隔空又点了一下。

李琢石仍然不懂。她猜测："姑娘在公子府上无名分？"

二十赶紧点头。何止是无名分，二公子心情坏了，还会把她丢去喂鱼。

"姑娘在他身边快乐吗？"

二十不作回答。她在二公子身边学会了苦中作乐。表面上听话，心中狠狠诋毁之。

戏台上，哭求书生的千金梨花带雨。

"姑娘无奈。"李琢石说，"我从小觉得，哪有女子不如男，努力想要证明自己。到了现在，我仍然不如男子。"

李琢石的神色太悲伤了。二十又去握握她的手。

"我发现，不被情爱所困的女子，才能海阔天空，天高地远。"李琢石看向二十，"姑娘，我真羡慕你。"

二十指指自己，一脸惊讶。她只是个依附男人而活的小女子罢了。她才羡慕李琢石，能文能武，遨游四方。

"你在贵公子面前，也能守住自己的一颗心。"李琢石拭了拭眼角的湿润，"见到你，我希望可以成为你。"

原来……不懂情爱也能被人艳羡。

李琢石看一眼侧后方的杨桃，低声问："你既然不喜欢那位公子，可曾想过离开？"

二十沮丧地摇头。

李琢石笑了笑："我盼天下女子有自由的珍贵，不被风退，不被雨击。因为……我这样的女人太惨了，不希望别人步上我的后尘。"

二十想，或许又是一段如戏里一样的苦恋吧。

李琢石声音更轻："姑娘若想新生，我有办法送你走。你有一颗自由的心。自由，才能舍得。"

二十怔了下。

"我走南闯北遇过不少姑娘。"李琢石递过来一块玉佩，"许多的，要么被男子伤害，要么被自己伤害。我住京城南锗巷十八号，你日后想离开，可以拿这块玉佩找我。我一定给你安排，我不怕大户公子。"

二十感激，但没有接。

李琢石放在了二十的手心，转眼看着戏台，说："我没给你讲我的故事。我喜欢的男人……心里的是我姑姑。"

二十又怔住。

"辈分是我姑姑，其实就大了我五岁。我和姑姑……长得有些像。"

之后，李琢石很久没有说话，直到落幕，她恢复了利落的眉目："我正在学习舍得。舍得的那日，我也自由了。"

李琢石不停说起"自由"，勾起了二十的向往。

自由了，可以说话，可以欢笑。

李琢石在南喜庙里，问的是官运，可见她有官场的背景。

才这么一想，二十就沮丧起来。再大的官，也扛不住四皇子的追杀吧。

正这么想着，身后响起了四皇子的声音："在这儿傻站什么？"

二十转身，背起了手。

"什么东西？"慕锦早见到了，环住她，一手绕到她的背后，抢过玉佩。

刚摸到，慕锦眉眼弯弯，莫非是她买来送他的小东西？仔细一看，这是一块上好的白羊暖玉。

不是她买得起的。

慕锦的笑意顿时变浅。

这女人买了一堆东西送他的侍女，就是没有他的份。但是，骄傲的二公子不稀罕她的小礼。

“谁送的？”慕锦懒得再装温柔，恢复了上扬的啸傲。

二十比画：“救人的李姑娘送的。”

“女人之间送什么玉佩？”

二十抱起他。听戏几日，她有样学样，施展起美人计，二公子要想生气了，就这样撒娇：蹭蹭他。

果然，蹭得慕锦舒服了，他把玉佩还给了二十，说：“李石身份不明，别跟她接近。”

京城确有一李氏五小姐，可是民间传她足不出户，长什么模样，谁也不知道。

二十没有摇头，也没有点头。

慕锦当她默认了，问：“这几日，听戏听得如何？”

她比画：“全部戏班子走遍了。”

“那换下一个地方。除了听戏，你喜欢什么？”

二十继续比画：“我和李姑娘约好了，明日再去看甄姑娘的戏。甄姑娘演完这一出，就要走了。”

“你对女人这么上心？”慕锦想想不对，二十与掩日楼的姑娘情深意切。戏班子的甄妧妧，又加上李什么，没几天就熟络起来。

他一个天天与她睡一张床上的主子，反而讨不到她一个好脸色。

慕锦把二十强搂在怀中：“罚你晚上两回。”

二十学乖了，腻在他胸膛，这晚把二公子伺候得服服帖帖。

迷乱中，分不清是谁中了谁的美人计。

二十和慕锦相拥而眠，临睡想起情伤难释的李琢石。

二十暗叹，自己这样大字不识一个的女人，可以保命就谢天谢地了。她再不识货，也知道那块玉佩是宝物。明天还回去吧。

不过，二公子无情无心，她又不是倾国美人。他何时才会爱上她？爱上了又能宠她到几时？倘若，他将来给她讲更大的秘密，讲完又翻脸不认人……

自由……在二十的心中落了根。

二十没有将玉佩还给李琢石。

不是二十不想还，而是她的玉佩被抢走了。

早上，她坐在窗旁，学起小六，一手托腮仰望，另一手捻着那枚玉佩，她低头看几眼，再眺望高空。

慕锦进来见的就是这幅情景。他如何折磨她，她也不曾露出这般思量。

一个玉佩竟然勾起了女儿家一样的愁云。

二公子期盼已久的救美被抢了，李什么又给他女人送玉佩。听杨桃说，李什么穿得跟男人一样，怕不是有男性癖好？

慕锦生起心火，一把抢过二十的玉佩。“不就一块白羊暖玉。”他二指夹住，“你想要，我给你十个二十个。”

二十要抢回来。

他举得高高的：“抢不到，你抢不到。”

怎的有男人这样欺负矮个子女人的？二十伸手，跳着去抓他的手。他人高胳膊长，她使劲蹦也蹦不上去。真是气死她了。嘴上喊不出口，只能心里说，谁要他的十个二十个，他送的又不能助她逃跑。

二十差点绷不住脸色了，跑床上蒙起被子，狠狠地捶打。才说好要平静，可这般恶劣的男人，谁能忍得住不生气的。

发泄完了，二十扔掉被子，整理头发，再扶扶玉簪。平顺呼吸，她是淡然处之的徐阿蛮。

慕锦到了跟前。

第一次，她觉得男人长这么高，实在讨厌。

不过，他手已经放下了。

她逮住机会，迅速地抓他的手。

他比她更快地抬起：“这是我的了。”

这是李姑娘送她的，怎成他的了？二十又想蒙被子。

“你是我的女人，只有接受我送的东西。”慕锦说，“那个李什么，男不男女不女的，谁知道底子里究竟是什么。八成是男扮女装的登徒子。”

天蓝得跟湖水一样，竹子绿得如同小六喜欢的翡翠。不能为了二公子，让自己和这样美好的世间置气。

慕锦收起玉佩：“走，吃早饭。”

吃什么吃，气都气饱了。

二十坐着不动。

慕锦说：“我数一二三，起来吃饭。”

他数他的。她看着窗外美景。

慕锦连一二三也懒得数了，低身抱住她的腰，把她提了起来。

二十吓一跳，扭腰甩了甩，跷起小腿乱晃，也没甩掉。

“让你不吃饭？不吃饭的人就像你这样，跟小猫一点重，轻轻就把你拎起来了。”慕锦抱着她转了一个圈。

二十双脚凌空，慌得双手环住他的肩膀。然后，她伸手探进他的衣襟。刚才他好像把玉佩藏这里了。

“你动什么动？昨晚上不够？”话虽这么说，慕二公子任由她占他的便宜。

二十探了一阵，没有找到玉佩，就这么被抱出了房间。她挣扎想下来，捶了他几拳。

他不放手：“你很久没有给我捶背了，我想念得很。”

二公子真是越来越无耻了。

才到转角，撞见了寸奔和杨桃。

主子如此嬉戏，两人没有一丝尴尬。双双面无表情：“二公子，二十姑娘。”

慕锦笑着放二十着地。

二十低头，丢大脸了。全是二公子害的。

吃完了，二十心有闷气，回房捶被子去了。

慕锦和寸奔、杨桃留在房中。

“二公子，向阳城钱庄的管事回报，没有找到杀手尸体。义庄的人说，尸体拉回去没多久就不见了。”

调遣京城护卫，一来一回耗费时间，寸奔联系了慕家在向阳城的钱庄。管事一听二公子命令，立即派人打听。

“不见了就证明了有诈。”慕锦问，“李石的身份，京城回消息了没？”

寸奔答：“还没有。”

“杨桃。”慕锦问，“昨天听戏，李石有没有说什么？”

“她讲起自己的故事，是一场苦恋，以及对世间女子的厚望。”杨桃回忆，“不过，李石给二十姑娘送玉佩时，话语含在齿间，说得十分模糊。怕她发现我在窃听，我没有上前。我注意了二十姑娘的手势，二十姑娘没有说什么不该说的话。”至于喜不喜欢主子，这是二十姑娘的自由。杨桃也就没报这事。

“你跟着。别跟太紧，就装作一个普通的丫鬟。”说完，慕锦挥挥手。

“是。”杨桃出去了。

静了一会儿，寸奔说：“二公子，李石接近二十姑娘，是另有企图。”

“嗯。”慕锦想的不是企图，而是其他，“李石要接近我的女人，有的是其他方法，为何要冒险派杀手过来？”

寸奔知道主子有答案，没有出声。

“那天发生的事，其实是两件事。暗杀甄妧妧是其一。凭甄妧妧的样貌，在雅戏赛应该声名鹊起，以后传到京城，传到宫中，若是皇上知道有神似前皇后的女子，就会招进宫。”慕锦越说越冷，“为了杜绝后患，萧展一定会杀了让皇上感兴趣的平民。可是现在，甄妧妧吓得不去雅戏赛了，也不敢再扮前皇后。传不到宫里，就无法威胁到皇后。因此，甄妧妧不必死了。李石的出现，是另一件事，冲我女人来的。”

“只是不知何人，将两件事牵在了一起。牺牲了一个暗卫，却保住了甄妧妧。”寸奔说，“二公子，若对方有备而来，杨桃一人恐怕难以胜任。需要加派护卫保护二十姑娘吗？”

“不。”慕锦摆手，“李石救人，说明她并不需要取人性命。现在皇上与萧展斗得激烈，杀手和李石大约是萧展设的局。我们要谨慎行事，免得卷入皇室纷争。那探子进府多久了？”

“有十几日了。”

慕锦笑笑：“萧展居然还没对我放下戒心。”

“属下觉得，太子紧追不放，或许有所发现。”

“儿时，师傅给我做过推骨术，我长得既不像皇上，也不像娘亲。无人认得我。倘若，萧展知道我是四皇子，以他的谨慎，一定会亲自前来确认。他只是派手下过来，说明我对他没有足够的威胁。”慕锦说，“无论他如何试探，始终要让他相信，我只是慕二公子。所以，该玩的玩，该乐的乐。向阳城逛得差不多了，明日去平山。”

“是。”

二十和李琢石又去听戏。

见了面，二人落座。

李琢石仔细打量二十，说：“昨日才知，你住的那座别院，是京城大名鼎鼎的慕老爷友人的。”

这些事，二十不清楚，二公子安排时不会和她解释。

李琢石轻声问：“那么，你的公子就是慕公子了？”

二十点头。

“是大公子还是二公子？”

二十伸出二指。

“原来是二公子。”李琢石微笑，“我曾在京城目睹他的英姿。”

二十讶然。二公子还有“英姿”？

“以往听家父说，慕二公子品行不端……我们听信了小人言。”李琢石有些羞惭，“前一个月，慕二公子上灵鹿山为百姓剿匪。实不相瞒，我前两年行事鲁莽，狼狈地输给了山匪。我……万般钦佩他鲜衣怒马。那日的一列护卫，让我刮目相看。没想到，你家公子有枭雄气概，我的玉佩送得是多余了。”

二十那天经历了许多事，被二公子裹在红披风里了，没见过英姿的二公子。

一旁的杨桃竖起了耳朵。

李琢石看向杨桃："丫鬟也武力高强，慕府真是藏龙卧虎。"

"回李姑娘。"杨桃说，"家父曾是国兵，我自幼习武，家父退役之后，承蒙二公子收留，我就当了丫鬟。"

李琢石点头："我在京城听说，慕二公子收了一批国兵，当时觉得误传，没想到……"见到二十有些茫然，李琢石问，"二十姑娘，没见过那群国兵吗？剿匪那日，街上百姓传开了。"

二十摇摇头。四皇子肯定有护卫队。

李琢石观察二十的神色。二十的茫然是真的。莫非连近身侍女都不知道那群护卫？可杨桃的功夫，不是普通国兵的身手，分明经过特殊训练，招招夺命，像是……杀手。

李琢石认同了萧展诡异的直觉。越是查不到护卫的藏身之处，慕锦越是可疑。

听戏完毕，二十让杨桃代为转述，明日将离开向阳城。

李琢石心里有了计量。杨桃在场，她不再说其他，道："二十姑娘，他日有缘，自会再见。"

萍水相逢的几人，就此别过。

夜晚，慕锦搂着二十，说起平山的传说。

二十迷糊，听了没几句睡过去了。

清晨，腹中有些不适，她悠悠转醒。

说是倒霉吧，明日就要远行，二十突然来了癸水。又是幸运，二公子没有在她肚子播种。二十难免担心避子汤的药效，有时觉得是不是要多喝两碗三碗。这下癸水来了，她安下心。

不知是不是水土不服，以前顺顺当当的癸水，今日让她坠痛难受。二公子昨日说了，要在辰时出发，否则到平山就是半夜了。

二十在肚子上垫多了两条帕子，揉了揉就出门了。

从向阳城去平山，不走水路，换了一辆大马车。

二十始终不适，不时地抚抚肚子。

慕锦懒洋洋地靠在软垫，说："你好久没有过来捶背了，过来。"

二十听话地捶背。

睡得晚，心情紧张，早上吃得少，几重压力之下，二十越来越难受，光坐着就腰酸腹痛，捶背的力越来越小，速度越来越慢。

慕锦睁开眼睛："干吗呢？早上让你吃，你不吃。才捶几下就没力气了？"

二十费劲地捶他，岂料阵痛袭来，她脸上血色顿失，嘴唇泛起青紫，眉头蹙成了麻花。

他察觉到不对劲，猛地抓起她的手，冰冰凉凉的。他坐起："怎么了？"

二十坠痛不已，咬住了下唇。

慕锦整日在想各种手段，把这平平坦坦的脸蛋给撕开。这时见她不再板着一张脸，却不满意。他捧起她的脸颊，发现她沁出了冷汗："不舒服？"

二十想板起脸，无奈疼痛逼她流露出了一丝脆弱。

"着凉了？"慕锦探向她的额头。

见她捂起肚子，他一把抱起她半躺，他伸手放在她的肚子上，揉了揉："是不是吃坏东西了？"会不会那个李什么给下毒了。这念头一闪而过，慕锦也沁起了汗。

这也不好解释。二十摇摇头。脸色实在是惨，可怜兮兮的。

"寸奔，去医馆！"

"是。"寸奔扬起马鞭。

"杨桃！进来。"

"是。"杨桃急慌慌地进来。

"有没有帕子，给她擦擦汗。"慕锦抚过二十的脸，"说话，什么时候了，也不知道喊疼吗？"

杨桃有经验。见二公子捂着二十的肚子，问："二十姑娘是那里痛吗？"

二十点了点头。她身强体健，以前癸水从来不疼。这月恐怕是被二公子折磨成这般痛苦的。

杨桃说："二公子，我来照顾就好。"

慕锦看着二十惨白的脸："那里痛是指哪儿痛？"

杨桃噎住了。

大霁有言，癸水是阴水，于男子不吉。尤其这些尊贵的主子，那更是见不得的。杨桃不知如何说好。

既然杨桃知道病因，可见不是被下毒。慕锦缓和过来，问："你们打什么哑谜？"

二十缩了身子。二公子平时看着挺聪明的，关键时候却回不着神。他的大掌抚起她的肚子，是比她自己抚更舒服。但这是女儿家的私事，哪能轻易告知。

他面不红气不喘，命令："杨桃，说。"

杨桃微微脸红，直言说："二公子，二十姑娘是癸水来了。"

"哦。"慕锦神色自若，"出去吧。"

杨桃听令。

二十想，二公子这下要放开她了吧。他却没有，大掌将她的腹部捂得更紧，她感觉有一股暖流从他的掌心传来。

慕锦搂紧了二十，轻声一句："你也有疼的时候。"她不是中毒，他放心了。

二十扁了扁嘴。

"休息吧，不是说要休息。"慕锦笑了下，"眼睛瞪那么大，没见过美男子啊。"

二十赶紧闭上了眼。说来也是奇怪，自从他大掌将源源不断的热度传给她，她确实舒服许多，冷汗止住了，抽搐般的疼痛缓了过来。

"我娘亲也有这毛病，以前用巨石暖玉烘着就没事了。"他没有暖玉，唯有运用内功，给她渡了渡气。

二十此时也顾不上什么淡然、平静了，无力地倚着二公子，休息养神。

就在这时，慕锦觉得，有一位姑娘知道他的身世也不是坏事。在姑娘面前，他才能说起他的娘亲。寸奔再忠心，慕锦也不会跑去跟他絮叨自己的童年。

偶尔，二十纤细的身子，会和慕锦记忆中的娘亲重叠。明明长相不一样，可是她调皮时，她冷静时，她胆大时，给他一种怀念的感觉。譬如现在，她疼得冷汗直冒。

慕锦忆起，儿时的娘亲同样有过这般痛苦。

他的娘亲，原来日子过得好好的。临盆在即，在御花园摔了一跤，险些胎死腹中。难产大出血，她的身子日渐衰败。他当上了太子，她更加心事重重。她走之前的那两年，每个月要疼上一回。只有他陪在娘亲身边，为她抱玉烘暖。

他小时候不懂，为何娘亲痛苦时，皇上从来不出现。

长大了方知，皇上是九五之尊，阳爻称九，乾卦六爻，至刚至阳。女子癸水是阴水，颇有忌讳。

去他个阴水。

慕锦从来不和人讲自己的童年。于是，慕老爷对外宣称：慕锦失忆了。

久而久之，慕锦觉得真的失忆了。儿时的片段，再也想不起来。

唯有某个瞬间。二十的身影会挑动他深藏的记忆。告诉他，那些过去从未离他远去。

“你一定不能背叛我。”慕锦抱紧了二十。

马车返程，慕锦到了医馆。

大夫给二十仔细把脉，说：“姑娘体质不弱，但寒湿凝滞。是不是膳食寒凉？”

慕锦正想，膳食都一样。

杨桃机敏地想起一事，上前说：“大夫，我家姑娘近日有喝避子汤。”她递了药方过去。

大夫接过，看一眼：“避子汤性味偏凉，偶尔饮之无碍，不宜长期食用。”

“谢谢大夫。”慕锦横腰抱起了二十。

四人回了别院。

二十躺在床上，半梦半醒。

中途，杨桃熬了大夫开的止疼药方。

慕锦扶着二十，亲手喂她。

二公子终于有让她舒心的时候了，她伸手将他抱住。

“怎么这么乖？这么乖都不是你。”话虽如此说，慕锦十分享受她的拥抱。他给她拨了拨头发：“宫中有一秘术，皇上宠幸妃子后，由宫女为妃子推拿，泄其龙种。”

二十蹭蹭他的胸膛。

慕锦说：“以后少喝避子汤。”

她点头。也许是迷糊了，她竟然听得二公子像在怜惜她。

第十二章

“琢石未归。”萧展瞥目高空，“这座东宫孤迥寂寥。”

清流不敢应声，因为只有主子可以说宫殿寂寥。

这时，门外一人传话：“太子殿下，朱文栋求见。”

“让他进来。”萧展回到了书房。

“臣参见太子殿下。”朱文栋行礼。

萧展问：“琢石何时回来？”

“臣不知。”朱文栋不关心李琢石的去向。

太子赐她太子妃的身份，是因为觉得她可用。萧展的心腹没有将李琢石视为真正的太子妃。

奴才听令主子，李琢石的这般处境，某些程度上可以说是萧展默许的。萧展开口：“今日来，所为何事？”

“回太子殿下，上鼎城的探子回来了。”

“说。”

“林季同无父无母，是一个孤儿。大约七岁或是八岁，被城里一个性情古怪的林大夫捡到，跟在林大夫身边学习医术，易经八卦也是林大夫所授。”

朱文栋说：“林季同是早产儿，体质孱弱，有气喘，时不时咳嗽，性子乐善好施，常给当地穷人义诊。”

“性格古怪？”萧展回忆，“我曾听皇上讲，他到上鼎城求医时，也是遇到了一个脾气暴躁的大夫。大夫和前皇后有交情，这才答应为皇上医治。”

朱文栋表情严肃：“太子殿下，林大夫名为林意致，和皇上遇到的大夫，会不会是同一人？”

“是的话，太巧了。”萧展若有所思，“上次你说，慕二公子也因体弱去上鼎城求医？”

“正是。”

“那时，慕二公子什么年纪？”

“约莫八岁。与林季同到上鼎城的时间一样。”

“寻的哪名大夫？”

“林意致在当地是出了名的神医。慕老爷千里寻医，寻的正是神医。”

“林季同，慕二公子，同是早产体弱，同是八岁上下，同是一个大夫医治。”萧展缓缓地说，“唯一不同的是，一个至今气喘，一个活蹦乱跳。”

何止活蹦乱跳，听朱文栋的形容，慕二公子没有半分体弱的样子。

萧展闭了闭眼，觉得心悸胸闷。巧合重叠太多，多到他不得不生疑。他挥挥手：“先退下吧。”

“是。”朱文栋离去。

萧展揉揉眉心，接着去了皇后宫殿请安。再问起西埠关一役，为皇上医治的大夫是谁。

“那大夫名叫林意致，是甄皇后的旧友。皇上伤愈即下令，林意致一生不得离开上鼎城。”说到这里，皇后拂拂右肩，“怎的问起这事？”

萧展说：“今日想起琢石负伤，有些担心。改日带她去一回上鼎城。”

“林意致没有医德，常常见死不救。除了听甄皇后几句，其他人的话都听不进。”说到这里，皇后忽地笑了，“林意致医术高明又有何用？救不回甄皇后。那女人摔一跤就把身子摔破了。”

萧展笑了下，没说话，不一会儿离开了。

日光倾泻，长长的连廊幽雅宁静。萧展没有感觉温暖，反而跟扑进一场冰雨似的，嘴角狠狠撇低。

回到书房，他坐着抚额。

林意致、慕锦、林季同，诸多巧合？一个念头一闪而过。

慕锦和林季同求医那时候，宫里有一个八岁的小男孩，在大火中丧生。

四皇子死得面目全非。

萧展想，面目全非，意即，无法鉴别尸体是不是四皇子。

巧合得很。对前皇后俯首帖耳的林意致，医治了两个和四皇子一样年龄的男孩。

其中一个焰如烈日，有一支神秘的精锐护卫。这嚣张的性情……岂不是像极了四皇子？

萧展身子前倾，猛地扶住椅子，掌心深深陷进椅子雕刻的龙纹上。

好一会儿，他才觉得疼了，用另一手揉着这手的掌心。

萧展仰望宫殿橑檐："清流，琢石仍在向阳城？"

"回太子殿下，是的。"

"我也去向阳城听听戏。"萧展想笑，牵动嘴角，却弯不起来。

第二日。

在客栈见到萧展，李琢石十分讶然。慕锦再可疑，不过一商人，何至于太子离宫。

萧展拉过她的手，说："对慕锦，我无法卸下心防。处处有巧合，处处有存疑，处处没有真凭实据。"

李琢石问了一句："太子殿下这几日睡得可好？"

萧展温和一笑："你不在，睡不好。"

"太子殿下是疑心难眠。"他一天天的，除了算计还是算计，如何安睡？她想抽回手。

萧展抓得更紧："若是从前，我大可挟持慕锦亲信或是动用官兵剿匪，擒拿林季同，逼问真相。可你不愿滥杀无辜，我只能暗中查探，耗时费力。事到如今，仅仅死了一名本就活不过今年的暗卫。”

她抬头看着他。

他似是情深万种：“琢石，遇见了你，我已经将一生的良心用尽。”

李琢石不说话，别扭地依在他身边。太久了，他这样伪装爱意太久了。四日前，她传书给他，告诉他，她受了伤。他未曾问过一句伤势。

萧展安静了一阵，问：“那名哑巴小妾是否蠢笨？”

“不。”李琢石推开了他，“她冷静沉着。”

“和慕锦关系如何？”

“无情无爱。她想离开慕府，但颇有顾虑。我希望助她一力。”

“有什么明显的弱点？”

“心地善良。”

萧展笑了：“你终于知道善良是弱点了。何时改正？”

李琢石看了他一眼：“她应该不知慕锦护卫的事，放过她吧。”

“放心，我不杀她。我想见见她。”萧展说，“慕锦疼爱她至今，可见有一定的信任。信任的建立是一生一世，摧毁仅需瞬间。只要我们敲开一下，断了这女人和慕锦之间的那一根线，她日后就能为我们所用。”

“若是他们之间牢不可破呢？”二十虽然没有爱意，可也不曾透露半分自家公子的私事。李琢石觉得，二十恐难被太子所用。

“不会的。”萧展从来不相信牢不可破的关系，包括他和他的父皇、母后。他一路走来，唯一不怀疑的只有一个人，就是他自己。

“太子如何断定？”

萧展笑了，没有回答。拉过李琢石，搂住不放。

皇上多疑，皇子多疑。生在那一座宫殿的人，哪个不是时刻提一颗心在走。御花园那座荷花池，历年来沉淀了多少连名字都早已被忘记的宫女太监。

慕锦一定生性多疑。因为，他是萧展的兄弟。

昨日，二十躺了一天，舒服多了。这天下午，她又出去听戏。

临出门前，慕锦拉住了她，逗她说：“不邀我听戏？”

二十勇敢地摇头。她自省，这是恃宠而骄了吧。

这宠爱正是慕二公子给的。他捏一下她的小脸蛋：“去吧。”

她转身要走。

他再拉住，托起她的下颚，逼她抬头。他细看她的眉眼，就是和以前一样的。但……“你上了什么养颜粉？”

二十摸摸脸，比画：“和以前一样。”

“哦，去吧。”

她和杨桃出了门。

慕锦看着二十柔细的背影。

所有无法和慕二公子媲美的女子，在他眼里，都叫平庸之色。可是，怎这阵子见她，越来越漂亮了，眉目清秀可人，有一股说不出的风情。他有时看着，移不走眼睛。连在床上，偶尔也想将她脸上的绢帕拿开，仔细看看她为他愉悦的样子。

或许是眼力疲乏了。回去要上掩日楼见几个大美人儿，养养眼。

寸奔无声无息地出现在慕锦身后：“二公子，京城传消息，太子离京，到了向阳城。”

“知道了。”慕锦看着二十身影消失的雕花园门，“这是最后一次给她机会。如若背叛……”“杀无赦”三个字哽在喉间。

“是。”可这机会太冒险。寸奔后半句话也哽在喉间。

二十这回去了茶楼听书。

未曾想，有朝一日，她过上了听书看戏这般富贵人的生活。

说书人醒木一拍：“书接上文。上回书说道，采花大盗好色成性，无名剑客替天行道。二人大战了三百回合。”

原来，寸奔的故事已经编成了戏。二十听得入神。

“二十姑娘。”一声叫唤让她回神。

李琢石今日穿回了比甲，少了女儿家的娇气，飒然生风。“你昨日不是去平山了？”

“回李姑娘。”杨桃解释，“临时有事耽搁了。”

二十笑了下，转眼见到李琢石身后的萧展。

萧展款款眼神先是落在李琢石身上，再转至二十。原来慕二公子喜好这般清秀佳人。

李琢石给双方做了介绍。四人坐在一桌听戏。

出门前，寸奔叮嘱过杨桃："记住，寸步不离二十姑娘。"

杨桃谨慎，时刻留意萧展和李琢石。

李琢石说起评书故事，二十要么点头，要么摇头，要么浅笑。

萧展说话了："我学过基本的手语，姑娘若想要聊天，可用手语。"

二十略惊讶，比画说："公子因何学手语？"

萧展蹙起了眉："姑娘的手语哪里学的？和常用的不一样。"

二十明白了，这些手势恐怕是二公子杜撰的。也就是说，其他人看不懂，她只能和他交谈。这是二公子做得出的事。二十懒得计较了。

相互手语不同，聊天也就作罢。

席间，有一黑衣男子神色匆匆。

二十见他背上一柄长剑，正猜是否江湖人士。

他到了跟前，弯腰在萧展耳旁低唤："太子殿下——"

萧展冷眉一横。

男子立即改口："公子。"

已经晚了，二十听见了。她吓得赶紧低头。她和萧展相邻，男子正是站在二人中间。坐对面的杨桃没有听见这声低唤。

苦了二十。这些大人物怎么回事？一个个说话不分场合的。太子……那不就是四皇子的兄弟？这等身份被她知道，不会又要灭口吧。

"姑娘是不是听见了？"萧展倾身，在二十耳畔问。

她一脸无辜，装作没听见。

"别装傻。"他笑得莫测高深，"我们要借一步说话了。"

二十别无他法，只得和他借了一步。

听完说书，四人到了客栈。

二十无奈听到了萧展的身份，她不想连累杨桃，让杨桃候在院外。

二十跟着萧展和李琢石进去房间。门关上了，她战战兢兢地跪下。萧展“太子”之名不知真假，万一是真的，她有十条命也不够死。

二公子虽是四皇子，却无官家权势，太子比二公子危险百倍。

萧展先是和善一笑：“我到此是奉旨微服私访，只要你隐瞒我的身份，我不会伤你。”他拿出一枚龙纹金牌。

二十知道，金龙是皇室象征。她连连点头。一定隐瞒，一定隐瞒。只是……二公子那里，说或是不说。

“倘若你泄密我的身份，便是违抗圣旨，株连族人。”萧展语气骤冷，“你家住哪里，我一查便知。”

二十磕头。一定不说，二公子也不说。

“听琢石说，你想离开你家公子。”萧展又变得和善，“如果你保密，我就助你离开。”

二十脸色煞白，连忙摇头，她二指做出走路的手势，再用另一手扣住，表示自己不愿走。

李琢石以为二十畏惧太子威严，和声说：“二十姑娘不必害怕，太子让你走，十个慕家也拦不住你。”

二十赶紧摇头。慕家是拦不住，可二公子会追杀她到天涯海角。

“我是可怜你，一个小女人被困在贵公子身边，也无名分。”萧展眉目泛冷，“莫不是，姑娘认为我堂堂太子，怕你家公子不成？”

二十又连连摇头。

离开，二公子不会放过她；不走，又成了轻视太子威严。

她得罪了两个得罪不起的大人物。

二十魂不守舍地回到别院。

杨桃将今日一事禀告慕锦。

慕锦当下脸色就黑了，走到二十门外，百般忍耐怒气，进了房间。

二十赶紧板起脸。

他轻问：“今日为何见陌生人，不带杨桃？”

二十比画说：“李姑娘和我说些悄悄话……”她觉得自己这借口太拙劣了。

果然，慕锦说：“杨桃亲眼看着你和李石、李石的男人一起进去。”

二十咬唇。太子说的株连族人，她惹不起。比惹二公子还惹不起。

慕锦拧起她的下巴："你和他们说了什么？"

她摇摇头，比画："二公子，我什么都没说。"

"李石身份可疑，让你别接近，你不听。现在居然关起门说话了。"

二十学着以前一样，想去蹭他。

慕锦闪过："这招不灵了。你有癸水，伺候不了我。"他的手很冷，眼神更是凉薄，"你若是背叛我，我一定杀你。"

二十点头。她再也不敢恃宠而骄了。

"那我现在可以杀你了吗？"慕锦问。

二十猛地抬起了头。

慕锦敛起了所有的表情，眼珠子黑压压的，光一个眼神就似乎扼紧了她的心跳。

二十摇摇头，比画说："二公子，我没有背叛你。"说着，她又想要下跪磕头。

慕锦及时伸出一脚，抵住了她的膝盖："不是跟你说过，别动不动就下跪。"

二十弯着身子，不敢直立，长睫颤颤地抬眼。

二公子以前的杀气是张扬的，现在十分沉滞，隐藏得极深。

今日之事，说或不说，衡量得失在太子和二公子的权势上。她如果将太子的真实身份泄密，就是违抗圣旨。

先不说二公子会不会护她。就算是护，无论二公子曾有过如何尊贵的地位，如今只是一介草民，怎么斗得过太子。民不与官斗。太子说的是让她保密身份，没有其他条件，她只要不说，就是听话了。

她确实没有背叛二公子。

慕锦眉泛刀锋，盯着她，冷冷地问："你今天和他们独自谈了什么？"

二十抿了抿唇，比画说："二公子，我没有讲你的事。"

"你是不是至今都不知道，'忠'这一个字如何写？"慕锦走上前，逼近她，"我说过，其他知情者是我的心腹，但你不是。你的忠心无法令我信服，我如何留你性命？”话和她讲过多少遍了，她怎么就还没有对他死心塌地。

两人距离过近，二十感觉到的不是以前搂抱的亲昵，而是步步逼人的严寒。

她的犹豫，慕锦怎会看不出。他萧冷的眼底烧不动怒火，只剩无尽的冰川。他另一手挥起，房门“砰”地关上。

二十吓了一跳，哀求地看他，比画说：“二公子，我真的没有背叛你。”

慕锦嗤笑一声：“我凭什么相信你？”

二十委屈了。

昨天夜里，二公子时不时抚抚她的肚子。她虽然半梦半醒，但浸染到一阵暖意。本以为，二公子可以让她放心了。谁知，她刚在太子那里受了欺负，回来又得受二公子的气。

她走到今天这种境地，全是因为这些贵人管不住嘴。

她一个小丫鬟，都知道谨言慎行，守口如瓶。这些贵人自己兜不住事，却一个个过来恐吓她，威胁她。那些话又不是她想听的，她以前当小丫鬟，日子再辛苦也踏踏实实。谁乐意成日伺候阴晴不定的人?

可再委屈，受气也得自己憋紧。

二十咬咬牙，比画说：“二公子，对方也和你一样威胁我。我小命一条，不是死在你手上，就是死在他们手上。”她越说，那阵气越难憋，“我要是不跟你说，活不过明日。我要是跟你说了，被对方知道，也活不过明日。”她怎的就这么倒霉呢。

二十少有如此面容，似有无尽哀怨，万般无奈，和惊惶胆怯的可怜不一样，现在更像是诉苦。

他问：“他威胁你？”

二十点点头，比画说：“就跟你现在一样。”

慕锦冷笑：“哦，这是对我不满。”

她摇头，刚才鼓起的勇气又缩了回去，可怜巴巴地低着头。

他看到了她小巧的鼻尖，平和的细眉：“他威胁你什么？”

她比画："和你一样，要杀我，还要杀我家人。"

"讲后半句就好了，可以省略前半句。"慕锦凉凉的调子。

二十心想，不就和二公子一样吗？威胁的手段、语气，如出一辙。

慕锦坐下了，指间把玩长扇。

她用余光偷瞄他。二公子似乎没有刚刚生气了，她走上前想示忠。

他不耐一句："别碰我。"

二十赶紧后退几步。

他更加不耐。他说别碰，没让她滚。她离这么远做什么？真是见着就来气："过来。"

二十走上前。

慕锦质问："你是谁的人？"

她比画说："二公子的。"

"那你在外面受了威胁，应该怎么办？"

她能怎么办？他们不就是看她没有背景，没有家世，就一个无权无势的小奴婢，才欺负她。

慕锦长呼一口气，隐忍暴躁："你说你，一天到晚挖空心思想要对付我。跑到外边了，就笨得跟什么似的。"

二十怯生生地看他。

"再问你一次，你是谁的人？"

她再次比画说："二公子的。"

"那你在外面被别人欺负了，是不是该找我告状？"

好像有些道理，二十点了点头。

"他怎么欺负你？"慕锦说，"一五一十地告诉我。"

她看他一眼。

"不说的话，我立刻就把你的心挖出来。"慕锦的扇子抵住了她的心口。他得不到的东西，宁愿毁了也不让别人得到。

利器隔着衣服渗出冰凉。二十咽了咽口水。说实话，在二公子这里，死里逃生多了，她也不敢说了解二公子的脾性，她始终没有得到免死金牌。

"说还是不说？"慕锦的扇子用力戳在她心口，这已经是明晃晃的威胁了。

心口有轻微的疼痛，她赶紧点头，比画说：“二公子，我告诉你。”

慕锦没有收回手，仍旧抵着她的心口，说：“贪生怕死。”

这不就是他拿捏她的弱点吗？她要是不怕死，她才懒得伺候他，早自绝登天了。她如实答：“李姑娘的公子有一个大身份，他威胁我万万不可不要泄密，否则，就要杀我。”

“什么大身份？”

“他是……是……”

慕锦又给扇子施力了：“是什么？”

太子和四皇子是兄弟，似有隔阂。二十不想牵连到更大的纷争里。得罪二公子，来来去去仍是平民生活，如若卷入皇室内斗，那是分分钟掉脑袋的事。

可是她忽然想到，太子出现，是一种不祥的预感。万一是冲着二公子来的……倘若她不说，二公子恐怕会陷进被动局面。

于是，她立即卖了萧展：“他是太子。”

她站在了他这边。但这是为了保命，或者别的？慕锦没有把握。他看着她，问：“还有吗？”

二十摇头，比画说：“没有了，我不想听。是一不小心听到的。没办法。”她哀求他，“二公子，你千万别泄密，要是被太子知道了，轮不到你杀我，我已死在他面前了。”

这女人今天居然学会顶撞了。慕锦挑眉：“李石一看就意图不轨，你自己乐呵呵的，又收玉佩又听戏。你有这遭遇，不是活该吗？”

“可是，若是我见李姑娘就逃，岂不更令人生疑。二公子要隐瞒身世，应该是一如往常，佯装不知。我既然不知，自然就不知李姑娘来历不明，不知她意有所图。她来了我就见，不躲不避。否则，她一定以为我知道什么。”二十比画说，“二公子你知道李姑娘别有目的，为何不拦住我出去？你不也希望，我能自然地去见她，消除她的疑心。”

“你有时候很笨。有时候，又不那么笨。”慕锦收回了扇子，“不，你还是笨，太笨了。”

二十闷声不吭。

“笨死了。”慕锦捏起她的脸颊，“在外面被别人欺负了，也不知道到我这儿来告状。”居然就那么听萧展的话，连自己主子都想瞒着。

慕锦看一眼她的腰间。这趟远行，她没有佩戴腰牌。他问：“你的腰牌排第几？”

二十比了手势：二十。

“别二十了。我给你刻一个新的，笨笨。”慕锦三指捻起她单薄的腮肉，“我的女人只用数字排号。这个笨笨是独一无二的。讲好听的，就是唯一。懂吗？笨笨。”

她讨好地握住他的手。

他捏得起劲：“以后再被别人欺负，知道怎么做吗？”

二十点头，不过又比画说：“太子有权有势，我害怕。”

“怕什么怕。有权有势了不起吗？太子之位，那是我不要才轮到他。”慕锦顿了顿，“你说你是不是笨笨？”

二十瞄着他。她又从鬼门关回来了，二公子似乎不生气了。

“我发现了，你惹我生气，我就欺负你，欺负了气也消大半。”他看着她的脸。怎捏成歪脸也觉得她变好看了，“你是不是也发现了？”

二十摇摇头，她不知道。

慕锦又捏她的脸颊。“你不知道？”

她不敢摇头了。

“再问你知不知道？”

她只好点头。

“你终于知道了？”

她重重地点头。

“所以，你是想让我欺负你，才整天惹我生气，是不是？”慕锦另一只手也捏起她另一边脸颊，“是不是？”

二十两边脸颊鼓包包的，继续点头。

慕锦说：“一天到晚被你气。有你在，我折了多少年的寿。”

那是不是可以放她回家？她心里这么想，不敢问。

他忽地抱起她，一把丢到床上。

二十连忙摆手，她的癸水还没结束。

“我知道。”他按住她，跟着躺下，“你气死我了，罚你陪我睡一觉。”

她乖乖躺着。谢天谢地，又在二公子手里捡回一条命。

慕锦翻身压住她，看着她的眼睛，再问：“你真的没有和太子说不该说的话？”

二十点头。

“如果他再以死要挟呢？你会不会为了保命出卖我？”

她连连摇头。

“小骗子。”明知她屈服是因为怕死，日后一定是大患，他仍然留了她的命。他刚刚说她活该。或许，他才是活该，“抱着我睡。”

二十抱起了他。

慕锦说：“杀你的心，我一直都有。”

她心底泛凉，手上一软。他将她的手放回他的腰上：“抱也不知道抱紧点。”

二十抱紧他，耳边听着他鹜狠狼戾的话。

“杀你的方式，我想过无数。”慕锦抚抚她的长发。

她闭上了眼，缩在他的怀里。

“让东西二财把你吃掉，是比较轻松的。”慕锦轻轻拍着她的背，像是在安抚，然而嘴上出口的话却是不然，“倘若火烤。看你，细皮嫩肉的，烧起来一定有一股浓香的味道。撒上酱料，就当给东西二财添点美味。”

“我也想过，寸奔将你一剑封喉，让你走得痛痛快快，无忧无虑。可那终究解不了我的恨。给你喂毒、逼你上吊。哪一种方式死去，多少都带着惋惜。”慕锦说到最后，语气也是惋惜的。

二十僵直身子，一动不动。

慕锦掐起她的腰：“我想来想去，死在我的手里，才是你最终的归途。瞧瞧你这柳腰，我早就想拧断了。你这清瘦的手腕，还有这纤细的颈项。”他拨动二十颈背的头发，喃喃细语，“我闻到一阵不知什么样的香气，无法形容，可能是地狱的甜味。还有你这活灵活现的眼珠子，我想仔细钻研。”

二公子能不能别说话了。二十听得发怵。

“杀你的心，从来没有间断过。我有这么多让你惨死的方法，你却至今安然无恙，说明什么？”

她摇头。

慕锦叹气：“我心善。”

二十无言以对。

慕锦话题一转：“他只是告诉你他的身份，没有别的？”

二十摇了摇头。

“明天你去听一场戏。”

她现在不想听了，生怕又听到一些什么不该听的。只盼这些不可说的贵人，能各自把各自的秘密藏好。

二十分了神，手上的拥抱变松了。

慕锦反过来抱住她：“笨笨，你怎么长得这么瘦？”

她不抱他了。

“你叫什么名字？我又给忘了。”

她想要翻身，慕锦扣着不让。“叫什么来着？哦，阿蛮。”他用鼻子碰了碰她的脸颊。“徐阿蛮。”

这还是他第一次叫她的名字。

“笨小蛮。”

二十：“……”

“小笨蛮。”

二十：“……”

二十听了慕锦的话。第二日，又去茶楼听书。

李琢石住的客栈，就在茶楼附近。知道二十喜欢听戏、听书，她无事可做，也过来了。

萧展不爱这些唱戏的、说书的。无非是编故事。尤其一些皇城秘史，讲得头头是道，其实都是捕风捉影，妖言惑众。但这座城除了听戏，没有其他景色。何况，李琢石不在，他一人在客栈无所事事。

萧展想会会慕锦。

慕锦终日不出门。

萧展看了一眼二十。

二十知道他的身份以后，见到他就一脸畏怯。坐在他的旁边，她手指不自觉地颤抖，低头喝茶时，鼻子都像要磕到茶杯里去了。

萧展问："你家公子出来游玩，为何总让你一人出门？"

杨桃不知萧展的身份，见二十惊惶，杨桃跟着装作怯懦。她轻声说："我们家公子这两日水土不服，先歇着了。"

二十点点头，下巴一不小心磕到了杯子上。

萧展再问："主子不舒服，小妾不伺候？"何况，这女人昨日才吓破了胆，今日竟然还敢来听戏？

杨桃说："姑娘也颇有不适，伺候不了。我们家公子赶我们出来。"

萧展细想杨桃的话，明白了。

阴水为不祥之物。有些主子若在病中，避讳癸水女子。

台上说书人这日讲的是东周太子的艳史。醒木一拍，说书人说："那晚，东周太子夜宿青楼，招人非议。青楼女子的姣好身段，将东周太子迷得七魂丢了三魄。"

邻桌有两男人，吃花生，喝小酒，听说书，跟着摇头晃脑。

过了一会儿，男子甲忽然开口："说起东周太子夜宿青楼，我想起来，我们大霁太子的成年礼，不也是在青楼度过的。"

二十听到"太子"二字，不仅手抖，身子也微微晃了晃。

萧展眼色一暗，无声地端起茶杯。

男子乙一拍大腿，想起来了。说："咱们太子和东周太子不一样。素闻大霁太子温文尔雅，修身养性。宫里亲近的是太监。浮绒香嘛，京城第一大青楼。经验丰富的女子，教导教导生疏的太子。人之常情，常情。"

茶不好喝。萧展放下杯子，发出重重的一声"砰"。

说话的两名男子看他一眼，又继续聊二人的。

男子甲嘿嘿笑说："大雾太子也是潇洒，去一回青楼，人尽皆知，却没将浮绒香给拆了。"

"太子气量大。"男子乙说，"读书人能跟咱们一般见识吗？"

"那是。"男子甲附和，"太子心胸广。"

"京城传开了。"男子乙压低声音，"太子不近女色多年。终于成人了，抵不住妖艳女子的魅惑，食髓知味，大战了三百回合都不止。"

萧展手中的杯子啪的一下碎了。

二十偷偷瞄了瞄李琢石。

李琢石神色如常，像是在听台上的戏，嘴角浮一朵浅笑。

二十想，李姑娘上回说正在舍弃，或许已经舍弃一半了，于是听太子的成年礼，也无波无澜。

萧展目光凛冽看向二十。

若是二十不知萧展是太子，这些仅是远在天边的皇城野史。可因为她知道萧展的身份，听到的便是眼前人的故事。

她表情再正常，他也觉得她是在讥笑。他寒声说："听够了吗？"

二十连连点头，赶紧放下杯子。

李琢石平平淡淡："这出太子的戏没讲完，听得好好的。"说的不知是东周太子的，还是大雾太子的。

萧展冷眼扫向二十。

二十仓皇地向萧展行了一个大礼，匆匆离去。她一路惊慌，有时回头张望，生怕萧展追上来。直到走进别院，关上了门，她才弯起了嘴角。

刚才太子黑脸的样子，像是受到了极大的羞辱。

二十指尖捂嘴，藏不住笑。二公子真是太坏了。

慕锦转过走廊，见到的便是窃笑不已的二十。

月季花下，如一只偷腥餍足的猫。

"笨笨。"慕锦笑了笑。

寸奔没听清，以为二公子叫的是"奔奔"，他头皮发麻，正想这声该不该回应，却见二公子盯着前方的二十。

幸好，二公子叫的这一声“奔奔”不是他。

下午，慕锦终于出了别院。

“走，去集市。”话不多说，他拉起二十就走。

二十早就逛过这里的集市，也买齐了送掩日楼姑娘们的小礼。不过，二公子想去，二十便陪他去了。

慕锦不是这么想的。他自觉走遍大霁南北，二十不过一个居住府里的小丫头，见识不如他广，对着集市的心情，那肯定是新鲜好奇的。他在街头，指着一摊木偶，问：“想不想要？”

木偶栩栩如生，一个梳两小辫子的十来岁姑娘，笑得眉眼弯弯，可爱逗趣。这是二十听过的一场戏里面的机灵丫鬟。但是二十买了一个一模一样的，于是，她摇了摇头，一抬眼，见二公子直勾勾地盯着她。

她眨眼，看了看那个木偶，再看看二公子的脸色。

二公子不冷不热的。在他手里求生久了，二十尤其关注他的神色，不放过他脸上的起伏。她猜测，二公子似乎不满意她的回答？

慕锦再问：“想不想要？”

二十点了点头。果然，她这一点头，二公子眉上悬着的利剑就入了鞘，她松了一口气。

慕锦买下了那个木偶。他和摊主说，送到南巷别院。

摊主一见这公子出手大方，哈腰点头，再拿出另几个形态各异的木偶：“公子，瞧瞧这些。”

慕锦直接说：“一并送过去。”

摊主眉开眼笑。

慕锦昨日又研究了风月话本。话本里讲，女儿家喜爱小礼物。像这些他看不上的小玩意儿，大概是她喜欢的。

于是，到了第二摊、第三摊，二十被迫地点头再点头，看着二公子买了一个又一个木偶，红脸的，黑脸的，白脸的。

早知道二公子今日要买，前几天她就不逛了，不如将二公子给的金子偷偷藏好，收为己用。

到了第四摊，二十比画说：“二公子，我有很多木偶了。”

“这才买了三个，怎么就很多了？”

“前几天，我和杨桃一起买了。”

慕锦有了印象。二十的东西放在房间的一个小箱子里，他见过，知道是小玩意儿，他没多看。她和杨桃逛了几天，买的东西不少，还都是问他要的钱。“买的有什么？”

二十比画说：“向阳城的招牌小玩意，木偶，戏服，还有面具。”

“买这么多，唱大戏用？我以后是不是不用来向阳城，只看你唱就可以了。”

二十听二公子这阴阳怪气的口气，似乎又不高兴。但温柔的二公子说过，她想买什么便买什么，她要买一条街那也是可以的。柔情不过几日，二公子又恢复了本性。若是不让她买，现在带她出来这问那问，又是为何？

慕二公子的确不大爽快，问：“这么几天买的东西，有没有什么适合我的？”

慕家吃的用的，都是上等品。这些是平民集市的普通玩意儿，怎配得上二公子的身份？于是，二十摇了摇头。

他的脸色更冷。敢情她花他的钱买一堆鬼东西，竟然没有一样是送给他的？连礼尚往来都不懂，真是白宠她了。

气归气，话本上的戏还得演完。慕锦带着二十继续往下走。

二十连忙拉住了他，比画说：“二公子，买了好多重复的。”

“我乐意，你管我？”慕二公子正在气头上。狼心狗肺的女人，到了这一刻还不明白，基于礼貌，她需回他一份小礼。

二十赶紧把搭在他小臂上的手松开了。二公子有钱，她也不为他的银两心疼，便由他去了。

走了没几步，慕锦回头，问：“你想买什么？”

二公子这般阴风阵阵，她唯有挑一样东西。前方摊子有刺绣的戏服，她选了一件绣有艳红桃花的戏装。

慕锦眯眼看了一会儿，这花里胡哨的戏服，肯定也不是送他的。

他有些咬牙切齿："好，回去穿上唱大戏给我看。学了手语，就不在我面前唱戏了，可惜。"

二十本就不爱上蹦下跳。二公子自创的手语，她用得十分顺手，省事不费力。

走了半条街，慕锦买了半条街。

再买下去，身后无情无心的女人也不会有半点怜悯的。他开门见山地问："这趟远行，你带了银两没有？"

她摇了摇头。

"你出一趟门，什么都不带？"

二十眨眨眼，再摇头。

慕锦真想把这颗摇来摇去的脑袋给拧下来。他正考虑，该让二十回送什么。忽地又想起，寸奔曾经说，裁缝房一个叫徐阿蛮的丫头，在他的护卫衣裳，缝了一个香囊。

这事发生了，便发生了。慕二公子自认心胸宽广，早已翻过那座山头。此时心一梗，发现山里又有一池水。他翻了山，却没有蹚过这池水。他盯着二十。

二十抿抿唇，在他狠戾的目光下，低了头。

"你没有月银，就不让你破费了。"慕锦开口，"你拿手的姑娘家东西，做一件送我。"

她只会绣帕子，心想二公子也用不上刺绣绢帕，但在他的黑脸下，她点了点头。

慕锦这时才觉得自己浮出了池面。细想，那时她还没有见过他这般出色的男子，遇上寸奔难免芳心乱跳……

越想，二公子脸色越难看了。

集市转了弯，走到路中，是李琢石住的客栈。

萧展闲来无事，坐在窗边下棋。

支起的窗户里，传来了喧闹的戏声。

萧展说："向阳城如戏子一般，浮华轻薄。"不如有皇宫镇守的京城殷厚。

棋局越走越是诡异。萧展起身，倚窗俯瞰街市。一转眼，就见到了二十和慕锦。

萧展上午听了自己的艳史，正要细查那两名满口胡言的男子。然而，二人说完一堆话，就不知去向了。

“琢石。”萧展看着慕锦慢慢走来，心中压迫感越发强烈。

李琢石正躺着，听见了他的轻唤，她翻了个身，没有理。

“琢石。”他这一声调子重了。

每当他这样说话，便是威胁。她坐起了。

萧展淡淡瞥她一眼：“过来看看。那女人旁边的男人，是不是慕家二公子？”

李琢石跟着走到窗前：“我从未见过慕公子。”

萧展笑：“那我便当他是了。”

李琢石稍稍将窗户推开了。

慕锦和二十一前一后地走着，慕锦面色寒栗，二十低头，看不真切情绪。映在李琢石的眼里，就是一个狂戾的主子与一个受气的丫鬟。

萧展的目光定在慕锦的脸上。

四皇子长得颇像皇上幼年，性子也像，所以格外受宠，但是慕锦，长相与皇上不大一样。

萧展心上有疑。他关了窗：“难得慕二公子出门，我们去会会他。”

慕锦和二十离开集市，和寸奔、杨桃一起站在江岸码头等候船舫。

向阳城的皮影戏在城中对岸，乘船更近。

四人正要登船游览嵊江两岸美景，遇上了游江的萧展和李琢石。

“二十姑娘。”李琢石换了裙装，上一层薄薄胭脂，多几分女儿柔姿。

二十眼睛瞄到后面的萧展，有些畏缩地低下了头。她想缩到慕锦身后，挪了一步，又顿住了。

李琢石转眼看向慕锦：“想必，这位就是二十姑娘的公子了。”

慕锦不说话，眼睛在李琢石的脸上打转。

“二公子。”杨桃解释，“这位是救了二十姑娘的李姑娘。”

“哦，原来是我小妾的恩人。”慕锦堆起了笑意，“姑娘仗义，我本该亲自上门道谢。可前几日，我身体诸多不适，还请见谅。”话虽这么讲，然而他脸上毫无诚意。

李琢石淡笑：“路见不平，拔刀相助罢了。”

这时，萧展和慕锦对视了一眼。

李琢石退至萧展身边，说：“这位是我家公子，展公子。”

慕锦笑：“幸会幸会，在下慕锦。”

“慕公子，幸会。”萧展近看慕锦的眉目，可以说像皇上，但其实又不大像。

慕锦问：“展公子和李姑娘到这码头，可是要乘船？”

萧展转向远处船家：“我们来晚了。本想游江到对岸，不过船家说今日已约满，明日才有空。我俩就到处走走。”

“李姑娘既是我小妾的恩人，也就对我有恩。展公子若不嫌弃，与我们一同上船游玩？”慕锦热情好客，“我这船也够大。”

李琢石看向萧展。

萧展看着慕锦。

慕锦瞥了回去，勾着一抹轻浮的笑意。

萧展温和地回答：“那就叨扰慕公子了。这趟船费你我二人平分。”

“我慕家有金山银山，不差这趟船费。”慕锦大摇大摆地上了船。

萧展和李琢石是客人，二人坐在船舱中。

慕锦先是倚在边上的船沿，后来索性坐了上去。

二十站在他旁边，毕恭毕敬地低着头，双手捏着裙子，非常拘谨。

萧展先看二十，发现她的手微微颤抖，再看一眼慕锦，坐没坐相，站没站相，跟街上地痞似的。萧展问：“刚才听慕公子所言，慕公子来自富贵人家？”

慕锦一手搭在船沿，志得意满：“我不隐瞒，我慕家钱庄遍布大霁，说是金山银山不为过吧。”

萧展恍然大悟：“原来是慕家钱庄的公子，久闻公子大名。今日一见，果然品貌非凡。”

慕锦收下了“品貌非凡”的赞美，连句道谢也没有：“李姑娘是京城李氏染坊的千金，想来展公子也是家世不凡的人。”

相较慕锦，萧展可谦虚多了。“那倒不是，是展某高攀了李姑娘。”

闻言，二十手更抖了，脚上没站稳，险些摔倒，她连忙扶住船沿。

慕锦横去一眼：“没规矩，懂不懂礼貌？”

二十怯生生地躬身。

慕锦笑了笑，和萧展解释说：“小女人没见过世面，来几个客人就大惊小怪的。”

萧展说：“慕公子带着她远行，想必十分疼爱。”

“嘁。”慕锦不屑，“疼爱算不上。不过，说起女人，我有大把话想讲。寸奔，上一壶好酒，昨天我们才买的那一坛。”

“是。”寸奔在甲板上应声。

“女人嘛……”慕锦贼溜溜地打量李琢石，“原来只说是侠女救美，没想到是貌美如花的侠女，我应该早日见见李姑娘。”

萧展沉了眼，起身走到慕锦的面前，倚在船沿上，顺便遮住了慕锦投向李琢石的眼光。

慕锦撇嘴：“对了，展公子好酒吗？”

“偶尔酌上两口，颇有一番味道。”萧展浅笑，仙姿如画。

“没错，知音，知音。”慕锦笑，“我见展公子一表人才，和我一样，肯定也喜好美酒和佳人。”

寸奔十分应景，呈上来一壶酒，两个酒杯。

朱文栋欣赏强敌，自从见过寸奔的轻功，朱文栋每回说起慕二公子的护卫，说话不自觉就成了重音。萧展听多了，也留意到了寸奔。他问：“慕公子的这名随从，像是习武之人？”

慕锦略有惊讶：“没想到，展公子慧眼过人，莫非也习武？”

“我家姑娘自幼习武，我略知一二。”萧展说，“马步稳健的人，走路大不一样。”

“这是我以前在路上捡的。”慕锦看一眼寸奔，“当年很瘦小，被一群小乞丐追着打。我啊，心善，救下了他，谁料是个练武奇才。”

“哦？”萧展别有深意，“慕公子运气太好。”

“是。善有善报，我太有体会了。前几年收了一群退役国兵，我有时喜欢围观打打杀杀。他跟国兵打过，给我逗乐子。也不知哪天，他武艺渐长。”说到这里，慕锦顿了下，“讲这些男人没意思。”

慕锦给萧展递了一杯酒：“我生平爱的，还是女人和好酒。”

萧展接过，道谢。

“我这几年识人不少，但一直找不到像你一样，和我才貌匹配的公子。”慕锦一口饮尽，“成亲讲求门当户对，其实，友情亦然。我欣赏美女，也欣赏美男。”慕锦深深凝望萧展。

萧展稍稍退了半寸。

“我家中有二十几名侍女，是我从大霁各城搜寻到的。真的，展公子，你去打听打听，我慕二公子的妾侍，在京城可是大名鼎鼎的。国色天香，倾国倾城。”慕锦叹气，“后来，为了生意，娶了一个妻子。可这千金小姐，有妻子的名分，仍不知足，将我的侍女一个两个往外赶。现在留下的，全是那些我早已经玩腻的。而且特别聒噪，整天叽叽喳喳说个没完。烦死了。我现在带的这个，胜在安静，不吵不闹。人是笨了点，但也没办法，找不到十全十美的。”

慕锦又倒了一杯酒，再问：“展公子家中有几个美人？”

“展某只有一位夫人。”

“雅人，雅人。”慕锦悄声问，“李姑娘想必销魂得很？”

萧展没有回答。眼前的慕锦如朱文栋所言，不务正业，浮夸好色，没有半分锐利的姿态。可是，萧展又隐隐约约从慕锦的眉眼里，读出了四皇子的味道。

幼年，两人都小，萧展已经忘记了四皇子的长相，仅记得大家称赞四皇子与皇上是一个模子刻出的。

慕锦的长相和皇上不大相像。可偶尔眉飞色舞的神态，却给萧展一种熟悉又陌生的感觉，同时伴随巨大的威胁感。

慕锦又说起了自己在赌场时的威风。“岭洲赌场那群小喽啰，敢在我面前耍老千，我就去拆台。为的是什么？扬名，扬我慕公子的名。”

酒过三巡，慕锦的眼里有些醉意，微红的眼睛带着猥亵，时不时向李琢石扫去。

二十真佩服二公子。演绎纨绔子弟，形神俱佳。这是她在向阳城看过最痛快的一场戏。见二公子活脱脱一个声色犬马、败家流油公子，她心中直发笑。大约，二公子去参加雅戏赛，也是可以捧得名气的。

萧展明白，此趟套不出话。到了嵊江另一岸，他告辞了："今日多谢慕公子宴请，改日到京城，我再回请。"

慕锦再干一杯："有缘的话，江湖再见。"

萧展和李琢石二人下了船。

慕锦回到船舱："他怀疑我了。"

二十慎重地点点头。

慕锦又说："太子多疑，却也轻敌。能让他千里迢迢到向阳城，说明我真的是一个品貌非凡的男人。"

二十："……"

四人看完皮影戏，乘船回来。慕锦和二十走在前，寸奔跟杨桃落了一段距离。

杨桃问："那位展公子好像来者不善。"

"嗯。"寸奔只回了这一个字。

杨桃隐约明白，这事需对她保密。于是，她也闭嘴了。

回到别院，摊主们已将各类小玩意儿送了过来。

二公子挑起那件戏服，拉起二十进房。"穿上，唱大戏给我看看。"

船舱里二公子说已被怀疑，二十胆战心惊，以为太子布下了埋伏。结果，二公子该玩的玩，该吃的吃，还有心思看戏。

二十以为，如以前那样，她比画几下，房中跑几步便是了。

"差了些东西。"二公子扇子转了几转，他不知从哪里拿出一包药粉，"这是哑药的解药。"

二十：又来了。

慕锦慢条斯理地解释道："上次分量少了一点，所以你只能'嗯啊’。这次加大剂量，以后我想听戏了，你就可以放声高歌。”

二十觉得她这样安安静静，不需说话不需应答，很是自在。二公子说话时，她就像在看他的戏。若是跟他聊起来，那她就看不成二公子的独角戏了。

慕锦将药粉倒进了杯中，摇匀之后，端起：“过来，把这杯解药喝了。”

二十观察他的脸色，接过杯子，又是一杯红红白白的水。她闭眼，偷偷倒在了衣袖上。接着，她抚住了喉咙，连忙扶住椅背，才没有跌下。

这女人又是这招。慕锦面无表情地看着：“做什么？要被毒死了？”

二十张张嘴，困难地摇头，配上那件戏服，挺像那么一回事。

他命令道：“今天允许你在这儿说话。”

她依然无声。

“说话。”他抬起她的下巴，“跟我说话。”

二十的嘴巴歇息久了，出口说话反而费劲。她不想说，懒得说。

“小蛮不乖了。”他戳她的脸颊，“不听话，又气我是不是，让你说话，你不说话。我又要折寿了。”

慕锦忘记了二十说话时的声音。只有“嗯啊”毕竟失真。十五曾说，二十唱西埠关小调格外好听。以前可以听，慕锦不想听。这时心念一动，他就想听她唱几句。

他正要再说话，感觉到门外疾步而来的气息。

若非急事，寸奔不会过来打扰。慕锦卸下了逗弄二十的表情。

门外传来寸奔的话：“二公子，府里出事了。”

慕锦皱眉：“进来。”

寸奔推门：“昨天夜里，掩日楼起火了。”

闻言，二十惊骇。她上前迈步，脚底滑了一下。这回不是装的。

慕锦及时揽住了她。

“府里连夜派人，快马加鞭前来报信。”寸奔继续说，“姑娘们保住了性命。不过，或有外伤。”

二十紧紧抓住慕锦的手。夜里……起火……她们伤势如何？

慕锦当机立断："准备启程回京。"

"是。"

慕锦又说："传信回去，大夫该请的请，药材该用的用。拿出伺候我的心力，给我医治那些女人。"

"是。"